U0827941

漫娱图书
SINCE BOOKS

November 8th and May 8th

Chen Huo Bu Mian

沉火不眠

Chen Huo Bu Mian

诗无茶 著

长江出版社
CHANGJIANGPRESS
漫娱图书

“哥，我是不是没有家了？”

“只要有哥在，你就有家。”

Chen Huo Bu Mian

“哥，我想家了。”

“阳台的花开了，哥来接你回家。”

Chen Huo Bu Mian

目录

Catalogue

沉火不眠

我哥走到哪儿，

我的家就在哪儿。

虞美人

CHEN HUO

Bu Mian

【第一章】十七如芒

一场夏雨。

雨下得跟缝纫机针脚一样，落在走廊旮旯的积水里面，砸起一朵又一朵的水花。

就算这样禾川还是热得厉害，像上了火架的蒸笼，水汽倒是足，却只能增加把人闷熟的概率。

我站得有点儿脚麻，实在无聊，就垂着头踢水玩，顺便活动活动筋骨。

一脚下去，水溅起半墙高，一半附到布满脚印的白墙上，一半落回到我鞋面上。

这是齐晗高一时拿压岁钱给我买的鞋，穿到现在后跟的海绵都开线了。水渗进鞋面的海绵并且钻进被我穿开胶的裂缝，我踩了踩袜子，指缝都浸着水，像一脚踏进泥地里。

中考之后，我考入禾川一中，这个全省排名前几、重本率达百分之八十五的高中。

对于我这个初中当了三年“学渣”的人来说，被这样的学校录取，一定是有人背着我偷偷给我家祖坟上供。

当年拿到录取通知书后，我本来以为拿着那短短几行字到我妈面前就能获得一句表扬——尽管这对我哥而言是从小到大最轻易不过的事，可我到底还是太年轻了点，我妈对我的成绩根本不屑一顾。

也是，毕竟有我哥珠玉在前，我就是冲破天也难以望其项背，取得再好的成绩我妈也不会有惊喜的感觉，更别说给我什么奖励。

其实世上很多丢脸的事都是人自己作出来的，比如我。

因为对于中考成绩自我感觉过于良好，从考完试可以摸到电脑的那天起，我就在球鞋官网上一遍一遍浏览今年的新款球鞋，天天做着美滋滋的白日梦，幻想无数遍我把录取通知书拿到我妈面前，让她惊喜得随即要给我奖励的场景。光是脑补这个场景，都让我一连好几个晚上没睡着。

我甚至胆大包天地看上了一双上千元的球鞋，几乎每天早上一起床就要点开它的详情页面，看看我的鞋码还有没有存货，像在提前欣赏自己的看家宝贝一样。

不过因为我对这项举动太过习以为常，以至于在某天早晨忘了关闭页面，也忘了电脑上会留下浏览记录，使得后来用电脑的齐晗发现了我那段日子整天神采奕奕的原因。

之后我推测，如果他以一如既往的聪明，应该会点开浏览器的网页浏览记录，继而窥探到我内心对那双球鞋的期盼已经到了望梅止渴的地步。这才使得他又找到了一条想方设法讨好我的途径。

我妈在看到录取通知书时泼我冷水的剧情还有待细说，总之她的反应让我猝不及防，且难过了很久，或许那也是我高中两年来一直任由自己颓丧的原因之一——我实在是个没有什么上进心的人。目前为止，我一生中所做的大部分努力都只是为了讨我妈的欢心，如果讨不到，我很快就会放弃。

连带被我抛弃的还有那双我幻想了半个月的球鞋，自从得知我妈对我的荣辱丝毫不感兴趣之后，那双球鞋的详情页面就再没被点开，记录时间也一直停留在我录取通知书出来的前一天早上。

我的家庭并不富裕，至少不是能让我妈安心享受生活的程度，所以我得到一双一千块钱的球鞋这件事，只可能发生在一笔横财砸在我这个穷学生身上的时候。

可这种横财从来不会向我招手，只会青睐我哥——奖学金、竞赛奖金，甚至每年的压岁钱，都因为我哥更受人偏爱，他得到的压岁钱都要比我的多一两千。

当然这些都是人家凭本事得到的，严格来说不算横财。

大概由于我的情绪在他面前隐藏得太差，又或者说其实我根本懒得隐藏，我的失落自那以后持续了很长时间。直到那年冬天，我哥在新年第一天悄悄把我拉到房里，从身后掏出一个鞋盒，里面装着那双我曾梦寐以求的球鞋。

不能说我因我妈的奚落造成的心理阴霾被一扫而光，但至少我内心的伤口因此愈合了不少。

很神奇的是虽然齐晗自小就是我难过的根源，是我妈用来在我心头上造成伤疤的武器，但几乎每一次都是他出面给我安抚。我和齐晗总是陷入这样的循环——一切痛苦因他而起，又由他来平息。

迄今为止，这双鞋已经被我穿了一年半了。我琢磨着什么时候拿出点私房钱，换一双新的球鞋。

由远及近传来高跟鞋踏地的声音，我抬头就看到个明眸皓齿的女人。她很漂亮，走起路来气势非凡，像电影里的女明星。而这个女人，就是我妈。

虽然我妈不至于蹙眉抬脚都跟电影里的女主角一样满是风情，但是整个禾川再也找不出比她更好看的女人了。

我眼睛一亮，咧嘴笑了，刚想开口叫妈，迎面就挨了一巴掌。

巴掌声在整个走廊里回响，其实我也不知道那到底是回声还是我耳鸣了，总之脸上那股火辣辣的疼不像是幻觉。

高 203 班教室挨着楼梯口，而成小容的办公室正好位于拐角处，跟班级教室隔着一道走廊。

我偏头的时候看到坐在第一排的胡遥抬头望我，我朝她使了个无奈的眼色后，她就满脸冷漠地撇了撇嘴，又摇摇头刷习题去了。

胡遥——我高中两年的同桌，与我有着深厚的革命友谊，包括但不限于在我上课睡觉、吃零食、迟到和早退时帮我打掩护，以及帮我抢饭、擦黑板和搞卫生。

她也是时常劝诫着我，想把我往“正途”上引导的朋友。她曾对我表达过的良好劝诫，包括但不限于“早自习不迟到那两分钟会要你的命”“生前何必贪睡，死后必定长眠”“上辈子是猪，这辈子吃那么多饭，吃了还不长脑子光长个子”等友好问候。

至于我妈，胡遥每次提到我妈，都会表达出晚辈对一个同性长辈健康的关怀——“我要是你妈，养你这么个儿子，至少少活二十年，气出八十个乳腺结节。”

我时常佩服她的高瞻远瞩。

比如现在。

我妈这一巴掌清脆又响亮，如一石激起千层浪，连办公室里成小容坐的椅子都动了动。成小容指定以为我妈要当众给我点颜色看看，更别说教室里的同学——肯定不只胡遥抬头看我，只不过我这个位置只望得到她。

虽然我妈很用力地扇了我一巴掌，但是我只关心她是不是又要因此气得少活两天，又或者是身体里莫名长出哪个结节。

于是我在耳朵里嗡嗡作响的时候向天祈祷：让这些都发生在我身上。我造的孽，让我折寿，让我长结节，别害我妈，我妈得长命百岁。

成小容也不容易，也别让她气得生病。

都朝我来。

我不清楚成小容跟我妈聊了多久，但用脚指头想都知道谈的是些什么内容，无非让我妈一碗水端平，别顾了大的不管小的。

谁让成小容精力充沛，一个人管两个年级的尖子班，天天看完我哥又来看我。我和我哥顶着同一个姓，却一个是高三 A 部的正数第一，一个是高二 A 部的倒数第一，她能看得惯我才怪。

要不是学校规定学生凭中考成绩进入 A 部后再不变动，我估计她早就把我踢出这个班去了。

我们班总共三十五个人，从第三十四名往前数，成绩 530 分起步，上不封顶，到第三十五名分数呈断崖式下跌，直接以“4”打头。

我就是那个第三十五名。

一锅汤里的耗子屎，粪坑里的搅屎棍。

要说成小容为什么这么糟心，还得托另一个班上的宝贝齐晗的福。没有齐晗在我初三时给我恶补知识，别说 A 部，我连高中部的脚后跟都摸不上。

没办法，阿斗就是阿斗，齐晗能一时把我驮在肩上，但不可能一辈子把我驮在肩上。

至少这时候的我，是这么个想法。

他一松手，我就只有从云端跌落谷底的份。

粉身碎骨，一点儿体面也没有。

不仅我没有，我妈也没有。

话说到这儿，正巧我妈出来了。

天黑得像望不到顶似的，我正仰头跟一堆星星大眼瞪小眼，高三晚自习下课铃都不知道响完多久了。

我妈前脚还在办公室里跟成小容和和气气地说下次一定把我看好，后脚出来见着我就把脸拉了下来：“这么爱打架，怎么不把自己打死在外边？”

我挠挠脑袋，嘿嘿笑了两下，没接话。

谁天生喜欢打架来的?

我要是今儿不打，不知道要几百年才能见到我妈呢。

虽然吸引我妈来找我的手段拙劣了些，甚至说不上是吸引，仅仅是借用外在力量强迫她来，但条条大路通罗马，能使目的达成的方法，就是好办法。

我妈不喜欢我，非常不喜欢的那种。

都说因爱生恨，情不知所起，爱没有由来，可不喜欢总得有吧。

但我妈对我的不喜欢就没有。

我从来就不晓得她不喜欢我的原因，我妈就是看我不顺眼。

我妈真洒脱，洒脱到一上高中就火急火燎地给我办了寄宿手续。

谁知道我哥听说了这件事，也非要住校。

我妈拗不过我哥，气得牙痒痒，然后就更看不惯我了。

现在我哥读高三，在学校旁边租房子住，每天晚上我妈给我哥送汤，她都是绕开我教室走的，就怕一个不留神，把这汤灌进我的肚子里。

她也基本上不去给我哥租的那套房子里，因为我也住在那儿。

本来她是打算租来自己和我哥住的，但是后来我哥说我不一起去住他就不住。

得，从此我的记过簿上又多了一笔。

以前我心里还会不忿，世界上有些家长就是这样，明明都是自己的孩子，可他们就是明目张胆地偏爱其中一个，理所当然地只给一边放上砝码，让天平歪成一条冲向云霄的斜线。

以前我还生我妈的气，现在我不会了。

我妈再讨厌我，她也还是我妈，我还是厚着脸皮想见她。

我真是为我们之间的母子关系操碎了心。

打架被请家长是我现在为数不多的能见她的方式了。

如果非要今天见她，那这就是唯一的方式。

我比我妈高了大半个头，打伞的时候，我能轻而易举地看得到她的肩膀有没有被淋湿。

为了防止她被淋湿，我把雨伞往她那边多倾斜了些。等进了公寓收伞的时候，我才发现自己除了脑袋以外的地方都湿了。

一低头看到我妈右手还提了个保温壶，我咂了咂嘴，想到昨晚我哥那碗排骨汤的味道，有点儿试探性地朝她撒娇："妈，我饿了。"

我妈倒是坦荡，在我面前丝毫不遮掩那点偏心，把装汤的保温壶大大方方地拿在手里，说话中气十足："跟我喊饿有什么用？我能把你喂饱啊？吃饱了好再去打架？"

我讪讪住嘴，在心里给了自己一个大嘴巴子。

我真是明知故问，何必给自己找不痛快。

反正这汤最后也还是我喝。

有的人拼尽全力去罗马，有的人生来就在罗马。

我使尽手段想吸引我妈的注意，而我妈天生就只关心齐晗。

出了学校大门，再拐个弯走个五十米就能看到两栋高层建筑，外墙脏得像家里吸附了油脂的抽油烟机的表面，下面长着一堆杂乱无章但还勉强称得上是绿化的植物，门口装模作样地整了个门禁，大概是拦孤魂野鬼的，反正空洞凄凉，人和狗都拦不住。

楼里面每一户的装修和这栋楼本身的外形都是相互照应的，穷酸破败，偏偏价格却很高。

我跟我哥住的那一户，原本是个一百八十平方米的大户型，硬是被房东加墙隔出个四十平方米的一室一厅来，其中厕所小得只能勉强站两个人，就这还要三千块钱一个月。

这大概是所有学区房的通性，僧多粥少，地段寸土寸金。

覆盖无数陈旧划痕的金属门缓缓合上，我按了下“11”，顺便在心里回忆着今天早上出门的时候自己的那张床有没有收拾干净。

毕竟从去年八月份开始到现在，差不多十个月，这是我妈第一次愿意在有我在的时候踏足这里。

这栋楼的电梯仿佛一只被谁喂得太撑的老黄牛，一步一休息，连带着整个电梯间止不住地打嗝。

我妈站在前面，盯着反光的电梯门，一个眼神都懒得给我。

“叮”，门一打开，我妈就提着保温壶疾步走了出去。

1108室在整层楼的最里面，出了电梯还要走过一个长长的黑走廊。

鞋跟踩在地上的回声在漆黑的走廊里清晰可闻，这场景要是拍成恐怖电影，效果应该不错。

我妈在门前驻足，看我半天不动，转过头不耐烦地瞪着我。

我这才反应过来她没有钥匙，赶紧上前摸黑把门打开。

整个房间的陈列一览无余，餐桌离我的床只有两步的距离。墙上挂了个顶多二十寸的液晶电视，屏幕上蒙了一层灰。

我哥的床与我的只有一墙之隔，墙上还有个铝合金窗户，两张床上的人推开窗户就能在这两个地方间来去自如。

他住的那间房原本是一个阳台，现在勉强算得上一个房间——这是我妈当初要求的，让我哥住里面那间房是她最后的底线，因为有书桌和衣柜，并且插座的位置方便插台灯。

我嘛，我要这些东西做什么？反正我也不学习，有个地方睡，别打扰齐晗就好啦。我妈原话是这样。

齐晗正坐在书桌前写作业，背对着我们俩，听见开门声也没回头——他大概是根据高跟鞋的声音判断我妈也来了。

说来有点儿好笑，我妈不喜欢我，我哥不待见我妈，我不待见我哥。

但其实我知道，我哥对我妈的不待见在我面前是装出来的。

大概为了平衡我心里头那点因着不公而从小滋生的酸劲，他从不在我面前跟我妈过分亲昵，伪装得像模像样。其实我不在的时候，他比谁都更像二十四孝好儿子。

毕竟是齐晗嘛。

他对谁都刻薄不到哪里去，更何况对他亲妈。

难为他周旋在我们俩之间，每天过得像走钢丝那样艰难。

保温壶被打开，炖烂的排骨和煮熟的玉米被浸泡在浓郁的高汤里，香味顿时霸占了这个四十平方米的弹丸之地。

我坐床边咽了口唾沫，眼巴巴看着汤被我妈端到我哥面前。

齐晗肯定是不会喝的，只随便点了点头，说了一句“一会儿喝”就把我妈给应付过去了。

我哥听得耳朵都能起茧的那些叮嘱，放在我这儿是百听不厌的。我背过身去，半个身子躺在床上，闭起眼，假装我妈也在说给我听那些话。

“注意保护眼睛啊，要是不舒服就跟妈讲，妈给你换个灯。

“别太累了啊，你这个成绩，少做一套题多做一套题都没影响的，不要压力太大，把身体搞垮了。

“想吃什么就打电话跟妈说，妈都给你做，别想着节约就不吭声，妈再怎么样还是不差这点儿钱的。”

……

齐晗总是以简短的字词回应我妈这些老生常谈的叮嘱，不至于疏离得让我妈难过，也不至于热情得让一旁装死的我嫉妒。

直到我妈离开，高跟鞋的声音越来越远，我才听到我哥起身去了厕所，过了五分钟他又走到我面前，把我拉起来。

我被迫睁眼，看到他正准备伸手揉我的脑袋，我躲了开来。

他对此也不恼，只蹲下轻声说：“热水放好了，快去洗澡，别着凉了。”

我一脸淡漠地望着他，全然没了刚才我妈在时的如履薄冰。

齐晗轻而易举地看破了我眼底的哀怨，低头笑了一下，起身把汤端过来递到我嘴边："趁热喝，喝了去洗澡。"

齐晗和我搬进这个公寓将近一年了，我妈送来的各道硬菜，都被他以稀奇古怪的借口留着暂时不吃，等她一走，就大半进了我的肚子。

我对此无任何歉意。

因为在尚未搬进这个家的前十六年，他在我妈的眼皮子底下已经被喂了许多我一口都没资格触碰的美味。

那些好吃的东西通常都是因为材料太贵，我妈挪不出多给我做一份的钱。

而且不仅没有我的份，我妈也非要盯着齐晗吃完才肯罢休。

如今这些祭了我五脏庙的东西，在我眼中，都是过去那些年他对我所遭受的不公平待遇的补偿。

一年哪够？我再吃十年都不够。

穷生奸计，富长良心，这句老话在我和齐晗身上体现得淋漓尽致。

越是不得母亲欢心的孩子，就拥有越多恶劣的心思。

心满意足地喝了汤以后，我才慢悠悠地去洗澡。等我洗完澡出来的时候，看到窗户口晾着我今天穿的袜子和鞋，上面的污渍被刷得干干净净，一瞧就是齐晗的杰作。

我两步跨过过道，床上摆了个小蛋糕和名牌球鞋的鞋盒，我哥正坐在床边看书，听见我出来的动静才把书放下，抬头对着我笑。

他说道："崽崽，生日快乐。"

看吧，这个世界上唯一一个记得我十七岁生日的人，是我最讨厌的齐晗。

蛋糕被我狼吞虎咽地吃完了，一口也没分给齐晗。

哪怕这是他买的。

然而太自私的后果就是我现在躺在床上翻来覆去地睡不着。

饿得太久的人突然吃得太好的结局只能是撑死，那是源于一种没有节制的放纵。

排骨汤混着没来得及消化的食物在我胃里翻滚，翻身动作稍微大一点儿，我都仿佛能听见它们在里面翻江倒海的声音。

我实在闲不住，想着今天三十日誓师大会，齐晗在发言台上宣誓的样子。

当时他别着校徽，身着蓝白相间的校服，站在大片翠绿的香樟树前，那样苍翠欲滴的背景把他整个人衬得愈发白净。他戴着那个用了许多年的旧手表，鞋履干净，容貌清爽，在主持人的呼喊下慢慢走上发言台。

万众瞩目间，他偷偷朝我看了一眼。

我为了避免和他对视，在那一瞬间仿佛预判到了他扫射来的目光，灵巧地躲开了他的视线，转而望向身边那些仰头看着他的同学。

接着，我在那些人眼中发现了一种蛰伏的、若隐若现的情绪，大概是一种羡慕，又或者携带着一丝钦佩。

确实，高中三年从未跌落神坛的年级第一、蝉联无数次的全市第一，这样的学生对于任何一个老师、任何一个学校都是香饽饽，成为高考状元于他而言不过是时间问题。

偏偏他还有一副好样貌、一个天生的好性格，即便他的原生家庭没有那么完美，但这点小瑕疵早已能被从小簇拥着他的那些赞美所淹没。

这个人一生最大的污点，是有一个叫齐野的弟弟。

今早我在熙熙攘攘的人群中收回目光，等齐晗把目光投向远方，然后用他特有的、温润的嗓音念出一句句早已烂熟于心的宣誓词时，我才敢大胆地去观察这个跟我多年离心的哥哥。

他的前途光明灿烂，他的过去辉煌耀眼，这样的人怎么会是我的兄弟?

比起弟弟这个身份，我更像他的影子，是他在世界上为人所不知的所有阴暗和不堪的那一面，是被他永远踩在脚下，用于衬托他伟岸的工具。

在那一刹那，我产生了我们彼此间是否真的流着相同的血液的怀疑。

不甘的情绪被点燃，我坐起身，对着一窗之隔的他喊话："欸，今天我生日。"

房间没开灯，我哥怕光太亮惹得我睡不着，每天晚上只开那盏昏暗的小台灯做题。

要是我妈在，肯定又要唠唠叨叨地把整个房间照得通亮才肯罢休——毕竟我妈对他的偏爱是渗透到生活的方方面面的。

钢笔摩擦纸面的声音停顿了一下又继续响起，伴随着他的声音："哥知道。"

当我对他不满的时候，就会想尽各种办法作死。

而我随时都毫无征兆地对他不满。

我单刀直入："我今晚要出去玩，明天起不来，你去找成小容帮我请假。"

我整个人就是个矛盾体，打心眼儿里恨我哥，偏偏每次找垫背的人时，脑子里第一个想的都是他。

归根结底还是他太优秀，让我有恃无恐。

齐晗也清楚，可他似乎从来没有过纠正我思想的打算。我很多时候都觉得他对我的纵容是毫无底线的，就算有天我要把他害到什么万劫不复的地步，他也只会提前留好信给我开罪。

我无法解释我和我哥之间这种奇怪的关系是怎么形成的，只依稀记得是在某个不太美好的早晨，我躲在乾江上方的大桥上，他站在不远之外的朔风中，迎着呼啸的江风对我说了句"哥保护你"开始的。

钢笔被彻底放下了，和桌面碰撞发出声响，齐晗转过身来："太晚了，早点儿睡，听话。"

我盘起腿，固执地望着他："今天我生日。"

他败下阵来，叹了口气，踏出房门走到我面前蹲下："真想出去？"

我点头。

他眼中情绪复杂，似乎是在挣扎着决定到底要不要随我胡闹。

这时，齐晗忽地瞥见我侧脸略微发肿的五指印。

他偏头凑近了些看，确认是掌印之后，眼神晦暗不明地问："妈是不是打你了？"

我痛觉迟钝，总要有人开始关心了才会感觉到疼，而这个世界上唯一一个疼我的人是齐晗。但我最擅长的就是把痛苦娱乐化。

禾川这个小城市有四百六十万人，齐野平平无奇，样样比不过别人，唯独有创意地对待痛苦这一点，他练得出神入化，遥遥领先。

我置若罔闻，"噌"地一下离床站起。

我匆匆忙忙把鞋盒里的新鞋拿出来穿上，又捣鼓着穿衣服，转过身去背对着齐晗，假装自己对他的问题没空搭理："没打，我撞上五指山了。"

这个玩笑开得一点儿也不幽默，我知道齐晗还蹲在原地看着我，用他那种带着点歉意和悲悯的眼神。他总很喜欢把自己塑造成圣父般的角色，明明自己站在矛盾的旋涡之外，什么也没有做，可就是要在一切结束之后用他那颗体谅所有人的心去替双方难过。

我在他的注视下头也不回地走向玄关，没有和他对视一眼。

我不喜欢他那样的眼神，像白炽光打在我身上，使我这个没人爱的可怜虫浑身上下每一处的悲哀都暴露无遗。

好像只有在他的怜悯里，我才能得到人生中唯一一点儿正向的亲情，那种关怀里带着身为"哥哥"的特权，好似在告诉我：如果没有他这个兄长，我只配被全世界遗忘。

我不稀罕。

可我同时知道自己是卑鄙的，一边瞧不起他那点关心，一边肆无忌惮地利用着他的关心做着利己之事，毫不收敛。

“记得明天给我请假。”我带着莫名的狼狈逃跑似的离开，只给他留下这么一句话。

五月的禾川湿热而聒噪，夜风里都裹着热气。

我踩着齐晗给我买的新鞋，游荡得像个孤魂野鬼，连去哪儿都不知道。

家不想回，网吧也不能去——得要身份证，而我没满十八岁。

再说跑远了万一在哪儿碰见我妈，更是直接完蛋。

其实这个夜晚没有出来的必要，我找不到几个能联系的朋友，自己也没培养过几门独特的爱好，之所以闹着要出门，仅仅是因为我明白齐晗担心我，不想让我出来，而我就因为他的“不想”生了反骨，非出来不可。

跟齐晗所希望的一切反着来是我从小到大最乐此不疲的活动。

他给我买的鞋又轻又软，是今年才出的气垫底新款。

我琢磨着干脆找个烧烤摊把齐晗给我的两百元零花钱用光就回去，但我又实在吃不下了。

都怪齐晗。

齐晗，万恶之源。

我把气撒在脚边一个被踩扁的塑料瓶子上，刚把它踹飞出去，就发现前头有几个大高个在吵架，这让我的委顿颓唐瞬间烟消云散。

十七岁的齐野最钟爱的是什么？

——制造热闹。

制造不出来，就退而求其次去看热闹。

我背着手，左顾右盼，双脚已经状似无意地离他们越来越近。

里头有个瘦得跟猴精似的人我倒慢慢认出来了，是靳阳，上个学期跟人打架斗殴把人家打进医院最后被开除的老哥。

一群人挨挨挤挤，不知道把谁围了起来在闹事。

我本来打算遛个弯就走，离他们没多远了，才瞧见靳阳旁边有两人已经被打得鼻子不是鼻子、眼睛不是眼睛了，一个捂着脸一个抱着肚子，一群人声势不小但就是没一个人敢动。

更别说被他们围起来的那个人，我到现在都没看到个影子，怕是有点儿瘦小。

瘦小却能打，我脑子里浮现出一个人名。

但只是想了想，是那个人的可能性太小。

胡遥这种跟我哥一个路子的三好学生，大晚上出现在这种地方的概率约等于我这个月考年级前十；出现在这儿还跟人打架斗殴的概率，约等于我考进年级前十顺便得了个第一。

我伸着脖子往里头一看，还真是胡遥。

齐野啊齐野，你这个月不考年级第一说不过去了。

胡遥手上拎着烧烤摊外边那种随取随收的小铁凳，一双眼睛睨视着周边四五个人，脸上没有一点儿表情，眼神却凶恶得像只雪狼。

她确实是只披着人皮的小雪狼，骨子里那股狠劲我在短短两年的高中生涯里早有领教，那种做事干净利落不拖泥带水的性子，在她日常的各种行为中都看得到蛛丝马迹。

胡遥做事从不留余地，不管是给别人还是给她自己。

也就是我刚把她认出来的那一瞬，双方或许对峙了太久，我还没反应过来，看不清谁先动的手，靳阳那不要脸的大高个儿已经跟胡遥打了起来。

本着路见不平拔刀相助的原则，还有在十七岁的第一天高低给自己弄点开门红的想法，我的身体比我的脑子先做出了行动。

我脚一蹬地，闷头就往那缠斗的人堆里扎。

最后的结果，是我被警察抓进派出所里去了。

以靳阳为首的那堆臭小子们跑得忒快，估摸是坏事做多了，鼻子比狗还灵。我和胡遥还没瞅着警察的影儿，正打得酣畅淋漓，他们那一群人就跟长了顺风耳似的，一听到警察的动静，就在三秒内撤离得干干净净。

看来专业的事还得专业的人来。

我和胡遥因为没成年，被通知打电话叫家长来接。

开玩笑。我在学校闹事只是为了让我妈在我生日这天见我一面，眼下如果让我妈来……识时务者为俊杰，我一口气报了齐晗的电话号码。

等待的过程是煎熬而漫长的。

我俩像霜打的茄子一样坐在椅子上，听着身边看长相估摸年纪能当我俩爹的警察的教育。

"我说你们年轻人，一天到晚不学好，随便灌点黄汤就在大街上闹事！社会的治安就是你们这堆臭小子弄乱的！"

我支支吾吾地反驳："……没喝。"

"没喝？没喝还敢闹事！不趁着头脑清醒多读点书就知道打架！对得起你们爸爸妈妈天天在外面那么辛苦地工作吗？"

我正在心里嘀咕他是怎么瞧出来我们爹妈这会儿还在外头工作的，就听他说："但凡有个家长在家里，都不会让你们这样乱跑！"

还挺有道理。

他又指着我们问："看你们这个样子哦……学生吧？哪个学校的？我倒要看看，是哪个学校的，能教出这种学生！"

一直不吭声的胡遥这时候正要开口，就被我不动声色地拦下。

我抢话道："三中的。"

每个城市都有那么两所学校，是“王不见王”一般的存在。

它们师生资源差不多，成绩差不多，互相为竞争对手，互相不大瞧得起，每年都想方设法地从对方手里抢夺优秀的学生资源，并且同时见缝插针地要在各种场合贬低一下对方。

一中和三中在禾川就是这样的存在。

我作为勤勤恳恳的一中学子，虽然不能给我的学校带来荣誉，但我能给敌军带去耻辱。

这就是我为一中的名誉所做的努力。

那位警察口中啧啧叹道：“三中的……啧啧啧……”

“还是三中出来的！说出来都不怕给你学校丢人！三中出来的高才生在烧烤摊上打架！也不知道你们老师知道了会有多寒心！”

胡遥暗暗给我竖了个大拇指。

这时齐晗接到电话匆匆从外头进来，径直走到我面前，不停给警察叔叔点头哈腰地道歉。

我这才发现今晚才停不久的雨又再次倾盆而下，打湿了他半边肩头。

他真的是个事事周全的人，即便这么着急地出门也还不忘多带一把伞以借给和我闹事的人一起用。

坏消息是闹事的人跑了，好消息是伞正好可以拿给胡遥。

齐晗一来，看见我和胡遥的眼色立马就明白了，改口说我和胡遥都是他的弟弟妹妹。

警察也抱着息事宁人的态度，没有深究。

我和齐晗一起把胡遥送到她家门口那棵苍老硕大的黄果树下，本来我还想找她八卦点今晚的事，碍于齐晗实在不太好的脸色，还是硬生生把话咽下去了。

我和齐晗沉默地往回走着，互相等待对方先开口。

雨又大了，淋到了齐晗昨天才给我洗干净的衣服上。

他举着伞，知道我一向不待见他，就只把伞又往我这边倾了些，并不挨过来。

我悄悄一瞥，伞檐上滚下来的雨珠子快顺着他的脖子滑进衣领里。

兴许是今晚惹了事让我胆子小了点，面对他时也没以往那种莫名其妙的有恃无恐。

我主动朝他那边挪了挪，这样雨能少淋些到他身上。

齐晗沉寂几秒过后，并没问我今晚被抓到派出所的缘由，而是问："有没有受伤？"

我摇头。

过了一会儿，他又说："哥以为你还在生气。"

我愣了愣："气什么？"

齐晗似是突然语塞，一时竟想不出我今夜生气的理由，只因习惯了我以往在他面前傲慢的样子，便总觉得常年都有鸡毛蒜皮的怨恨横亘在我们二人之间。

"气……妈不记得你的生日，只给我煲了汤，还打了你。这些都值得你生气。"他说。

我脑子一抽，又问："这些跟你有什么关系？"

问完我和他都不约而同地陷入了诡异的沉默之中。

过去十几年里我无端在他身上发脾气找麻烦的次数数以千计，却很少会去思考矛盾与他有什么关系。

今晚这个问题从我口中说出才是一个意外，问得齐晗猝不及防。

我与他都过于习惯把母亲毫无道理的偏爱怪罪在齐晗的身上。

这使我想起以前在初中语文课上，平时成绩从来吊车尾的我，学得最快的一个复式成语叫"匹夫无罪，怀璧其罪"。

那时候老师解释这个词：一个人本身没有错处，可上天偏爱，在他身上赋予了别人想要却没有的东西，别人无法责怪上天，就会把恨意转到那个人身上。

于是我想，齐晗也是怀璧其罪了。

回到家已是凌晨，我闹剧一样的生日就算过完了。

齐晗给我另找了身衣服放在床边，嘱咐我快点儿睡，然后自个儿回到房间，打开桌上那盏昏黄的小台灯，又接着做题。

我翻来覆去睡不着，坐起靠着床头，透过我和他两张床中间那面墙上的铝合窗看了一会儿他的背影。

我忽然问："你今晚的题还没做完？"

按道理，我出去那段时间足够他把今晚的练习题做完了，换往常接派出所电话那会儿他该睡了才是。

笔在草稿纸上的摩擦声又是一顿："心里有事，做不了题。"

齐晗说话总喜欢点到为止，比如他担心他的弟弟，他不会直接说出口，只轻描淡写用一句"心里有事"就略过了。

尽管此时他背对着我，我心虚地移开了目光，低头看向自己的指尖，小声说："明天做呗。今晚早点儿休息得了。"

他从那片昏黄光晕里转过身来，这样就有小半张脸隐入了我所在的黑暗。

我看见他弯眼笑了笑："崽崽，今夜的任务堆到明天，明天就又不能准时休息。"

齐晗从小到大恪守着自己的行事准则，像东南西北四个方向都有一条他既定的、不能逾越的界线，而那四条界线就这样塑造出了一个叫人挑不出错的齐晗。

无论是哥哥、同学还是儿子，每一个角色他都扮演得毫无瑕疵，那是那四条界线的功劳。

我就像一颗误入那个四四方方线框的滚珠，毫无目的地横冲直撞，毫无目的地叛逆，东一榔头西一棒子地闯祸，凭的是我知道自己不管如何放肆、如何敷衍糊弄我的十七岁，都有齐晗划定的四条线给我兜底。

只要我不跃出那个线框，齐晗就会永远纵容他少不更事的弟弟。

我知道言尽于此，他不做完题也不会睡觉。

依照我和他平时的关系，再多劝只会使局面变尴尬，于是我不再多言，蒙头睡了。

难得的是，今晚齐晗写字的声音在我耳边格外清晰，我甚至能通过他落笔停顿的间隙判断他是否完成了手边的习题。

直到凌晨两点他才上床睡觉，而我则直接彻夜未眠。

凌晨两点睡觉是他固执己见的结果，但我知道，我才是使他晚睡的根本原因。

人要一天天长大才会逐渐明白，世上没有一丝一毫的关心是理所应当的，当一个人所做的配不上所得之时，一种名叫愧疚的情绪就会闯入内心。

金钱得之有愧尚且能还，亲人的爱却不能。

爱是世上最昂贵的东西。

第二天我起了个大早，虽然一晚没睡，但还是在齐晗悄悄起床的时候装死——他一向比我早起半个多小时，给我快速做好简易的早饭之后，趁天不亮就去教室自习。

因为从起床到出门的时间段上我和他从不重合，所以我一如既往地闭眼躺在床上，直到他彻底离开才慢慢睁眼。

这是一种我与他谁都不愿意打破的、微妙的平衡，即便知道自己在那时候起床也没什么，但人的本性还是趋向于一种“照旧”心理，以免遇到任何毫无经验可言的意外。

我吃完他留在桌上的两个煎蛋，喝完热牛奶，看时间还早，就慢悠悠地走去学校。

为了不使自己显得反常，我穿着齐晗给我买的新鞋，和往常一样卡着上课铃声踱进教室。

别说，新鞋的感觉是不一样。

我拉开胡遥身边的椅子，一屁股坐了下去，才看到自己桌上放了瓶云南白药。

其实昨晚我后背挨了一板凳，但当时太混乱了，我也没瞧见是谁打的我。

哥问我受没受伤我也不敢说，龇牙咧嘴地疼了一晚上，现在还不知道是个什么情况，估摸着被打的那处不是青了就是紫了。

难为胡遥还记得，我转头看着胡遥："你买的？"

她继续目不转睛地盯着练习册，点了点头。

药瓶被我朝空中一抛，又原路落回我手上。我把药揣进书包："谢了啊。"

"应该的。"

她声音压得很低，和这个死气沉沉的教室里的三十多个人一样，在三十多份一成不变的睡意渲染出的氛围里同化。

接着她说："我打的。"

……

"昨天没看清。"

行。

我这才发现她脸色不太好，眼眶有点儿红，像是哭过。

"靳阳又找你麻烦了？"我低头凑过去，低声问她，"还是成辕？"

说到这个我就来了精神，一夜没睡的困倦烟消云散，干脆用胳膊撑住脑袋望着她："你昨晚上跟靳阳怎么回事？不是，你俩怎么对上的？怎么就打起来了？我寻思你们也没交集啊？"

我总是对除了学习以外的一切事情都很上心，尤其是别人鸡毛蒜皮的家长里短。

胡遥睫毛低垂，簌簌抖了两下，我看出她心里在做挣扎，并且那点挣扎在我半是八卦半是关心的询问下已经快要动摇，但最后她刚准备开口，上课铃就响了。

我闭了闭眼，给自己还剩最后一年的高中生涯定下了第一个小目标，那就是毕业那天把这破铃开关给砸了。

早自习时我贴墙缩着，用手挡住额头，把书放在眼下，把脸一埋，开始补觉。

下课铃响以后，我冲去厕所洗了个冷水脸。

我和齐晗的教室在两层楼的转角左右两方，从他教室的外侧阳台能直接看到我这边外侧的走廊。

我回教室的路上随意抬头看了一眼，他果真在阳台背单词，和我目光对上以后就把视线移回到课本上。

我知道这是他每天早上的固定行程，一如我每到早自习下课的这个时间点会去厕所用冷水洗脸一样，他通过这样监视的方法用以确保我按时上学，没有逃课。

第一节是语文课，排课时成小容的这节课和齐晗他们班撞上了，所以两个班轮流上自习，这周轮到我们上。

这还不睡？我两眼一闭，睡得分不清东南西北。

睡着睡着，我梦见齐晗。

梦见造成他如今每天早上守在阳台看我有没有按时上学的原因，梦见多年来我和他水深火热的关系有了一点儿破冰的伊始。

那是快两年前的深秋。当时我用初三最后一年时间冲刺，拼了半条命考进一中高中部A部。

我有了学校可以上就像突然没了念想，也没了努力的目标，大学更不在我的人生规划范围之内，三次月末大考成绩跳水式下跌，分数一次比一次难以入眼。

我那三个月在学校以一种自我放弃的方式生活，成天下课打篮球上课睡大觉，一要请家长我欢天喜地得跟什么似的。

十一月份月假收假前一天，我在外边跟人约着打球，玩到晚上七八点才回家。

通常这个点齐晗吃了晚饭在房间看书，我爸不是去打牌就是出去喝茶，我妈则应该在她工作的地方加班又或者去干一份她刚找的、业余时间能做的临时工。

我妈她有正经工作，家里的钱却似乎无论怎么紧巴巴用都不太够用，我猜测是因为我和齐晗有一个身为赌徒且屡教不改的父亲。

我爸这个人懦弱无能，是个酒鬼加赌徒，要是哪个家庭由这样一个男人支撑，那必将是要走向分裂的。

横看竖看他都是一个失败的男人，全身上下唯一好看的就是那副皮囊，说一句金玉其外，败絮其中都是抬举他。那副好看的壳子的内里只有晃荡的廉价酒精和四色扑克。

偏偏就是这样一个男人，是赋予我和我哥生命的存在，是我所能摄取到的、唯一来自长辈的关爱的来源。

每一个无能的男人都会成就一个强势的妻子。

我爸在我妈面前永远是唯唯诺诺的，我记忆中他少有的硬气都是因为实在看不惯我妈的不公平待遇为我偶尔发声两句，大多数时候他对我是避之唯恐不及的，尤其是在我妈面前，更是不敢对我表现过多的喜爱。

有时我觉得我妈的生活真是水深火热：拥有重点大学的本科学历、美貌，工作雷厉风行，拼了命地想让日子更好一点儿，奈何身边有一个拖后腿的丈夫和一个冥顽不灵总叫她不省心的小儿子。

于是那个事事不用她操心，懂事到近乎完美的大儿子成了她痛苦生活里唯一的慰藉。

我越长大，越理解我妈所谓的“不公”的偏爱。

可人性里隐藏的阴暗面让我无法平息经年的嫉妒和不甘，所以我惯把气撒在齐晗身上。

社会规则似乎就是这样：越善良的人承受的恶意越多，因为人们总把他们多出来的包容看成理所应当。

那晚我打球打得尽兴，回家回得比以往要晚。我怕吵着楼下的人，不敢在楼道里拍球，就把球一路抱到家门口。当我正准备掏钥匙开门的时候，我听见我妈在家里的大呼小叫。

她的声音听起来很崩溃：“……这才开学几个月？打了几次电话请了几次家长了！他要是不想读这个书就不读，出去打工还能赚几个钱，别浪费我的粮食！

“不读就叫他滚出学校，滚出这个家！我当没养过他这个儿子！狗养十几年还知道看家护院，我养他十几年除了气出一身病还能干什么！叫他滚！回来就收拾包袱滚！我眼不见心不烦！骨子里就不是个好东西——”

她还想骂，屋里突然传出齐晗房门的开门声。

我妈的声音戛然而止。

齐晗什么也没说，甚至没有提及刚才她话里的任何一个字，只是站在门口，淡淡道：“妈，我有点儿积食了，肚子不太舒服。”

我听见屋里安静了一瞬，然后我妈一边往药盒柜子那边走，一边问齐晗是怎么个不舒服，要不要去医院。

齐晗还是只用那样波澜不惊的语调说：“给我点消食片就行。”

吵架讲究一鼓作气，一旦中途被打断过，便难以为继。等他把消食片拿进房间，家里也没了争吵声。

齐晗总是善于四两拨千斤地结束一场矛盾，不管多大的阵仗，在他那里似乎都是雷声大雨点小，靠三言两语就能一举遏制。

我自以为在门外等了很久，其实也就几分钟。等我确定自己进去不会让人觉得我听到先前的只言片语时，才假装浑身轻快地跑回房间。

家里没人管我，我妈照旧不问我吃没吃饭，我洗了个澡，飞快上床，在被子里窝着睡了一夜，当无事发生。

可我没料到我看似平常里的那一点儿异常其实根本没逃过齐晗的眼睛。

第二天回校我就逃了课。

我整整一个早自习没有出现在学校，成小容第一个找的就是齐晗——其实老师也不是很喜欢动不动就惊动家长。

齐晗不动声色地稳住成小容，撒谎说我昨晚吃坏肚子，今早赖床，家里又没人，让成小容给他批个假回家看看我怎么样。成小容理所当然地准了。

接着他沿着从学校到回家的路一直找，找遍了我平时爱去的球场甚至每一个小餐馆，最后在乾江上方那座跨江大桥的栏杆边找到了我。

当时是早上十点，桥上没有几个行人，过往车辆来去如风，驾驶座上没人看到有个少年被风吹得摇摇欲坠。

江边朔风呼呼作响，我在风中听见齐晗呼唤我的声音。

他叫我从栏杆上下来，叫我翻回人行道，不要做危险的事。

我其实没有任何轻生的念头，在齐晗不知道的许多时候，我都是这样翻出大桥栏杆坐在上面吹风的。

后来我忘记我们两个之间进行了什么样的对话，我只记得那天早上我原本以为自己是很平静的，可直到齐晗用他那双流露着担忧和难过的眼睛看着我。

那里面悲天悯人的情绪一下击中了我久久压抑不能释怀的某个爆发

点，让我大失体面，彻底崩溃。

人的本质都是这样，对越把自己弃如敝屣的人，越是视若珍宝；对将自己奉若明珠的人，反而有恃无恐。

我妈对我这样，我对我哥亦如是。

有人惯着，毫无道理地撒泼都能理直气壮。

我把一个夏天积攒的火气全发泄到他身上，对他大吼大叫，警告他别总拿那种高高在上、充满怜悯、自以为得当的眼神看我。

我又说到前一晚我妈在房里的咆哮，我说我就是废物，就是多余的，我就是不求上进，就是要一直“烂”下去，在他齐晗的衬托下“烂”一辈子。

最后我歇斯底里地指着自己，撕心裂肺地对着他进行了一番破罐子破摔的剖白，告诉他我无比贫瘠的自我，告诉他我一无是处的人格，告诉他我对我的名字的理解，我的名字注定我一辈子野生野长，无人在意。

有时我也思考这个星球上是不是只要有生命、会呼吸的东西就不是无懈可击的，永远也不会有无懈可击的生命体。

真正毫无破绽、无懈可击的只有铁板，而铁板是死物。

不管谁对我的未来摇头叹气，我从小到大都摆出一副如死水一般不起波澜的样子。

在无数次我觉得自己就快活成一块会呼吸的铁板时，一到我妈面前，我的软肋还是那样明显。她轻而易举用一个眼神、一两句话就会让我不堪一击。

而我的软肋总逃不过齐晗的眼睛。

他并非我的软肋，但他知晓我所有的弱点。

幸运的是他没有以此为武器，像我那样站在他的对立面，而是在我一个人躲起来舔舐伤口的时候，想方设法将我掩护得很好。

等伤口愈合离开齐晗的羽翼，我又是那个没皮没脸的齐野。

齐晗在不知不觉中离我越来越近，最后在我精疲力竭的那一刻伸手抓住我，把我从栏杆上拉了下来。

我记得他伸手之前那一瞬望着我的眼睛，记得他在风里对我说的那一句话。

“哥保护你。”他两眼略微发红，“你好好长大，胡乱长大，怎么长……哥都守着你。”

“哥保护你贫瘠不堪的自我，保护你一无是处的人格。”

齐晗说：“跟哥回家。”

我就这样跟他回了家。

或许是知道我对他的抗拒，他逮着我一路回家时只是抓着我的袖子，抓得非常用力，在刺骨江风的作用下每一个指节都已白得泛青。

那天他拉着我在风里逆行，时至今日我依然清晰地记得他那件风衣被吹得衣角翻飞、猎猎作响的样子。

江上的长桥像一道深深的峡谷，他顶着狂风走得举步维艰——不排除还拖着一个半死不活的齐野的缘故。

我看着他无数次想转过来看一眼但又抑制住冲动的背影，冷冷说道：“齐晗，我讨厌走在你们身后。”

他愣了愣，终于光明正大地转过来。呼啸的狂风像刀子一样，他不得已眯着眼：“……你们？”

“你们。”

我脸上泪痕未干，此刻漠然的神情却已和刚才坐在桥上哭得不顾体面的齐野判若两人：“你，你妈，你爸。”

他似是突然紧张了一下：“怎么说‘你妈’……”

“也是我妈。”

我自嘲地扯了扯嘴角：“可跟我关系不大。”

他又不着痕迹地松了口气。

“你知道吗？”我说，“你知不知道每次我们去超市，我总是最积极离开，冲在最前头，站在你和妈面前下扶梯的人？”

我们彼此相顾沉默了很久。

他的目光在我脸上不断扫视，最终垂下眼，轻轻呵出一口气：“原来你一直记得……”

我曾在七岁那年的寒冬差点儿被我妈抛弃在一个商场，她佯装结完账以后忘了我的存在，把我留在汹涌的人潮里带着我爸和齐晗扬长而去，最后还是齐晗在深夜独自跑出来找到了我。

这是我们一家人的一场心病，是一个我妈这么多年来唯一一件面对我时心里有愧的事，我们对此都缄口不提。

那晚我回到家，爸妈的房间已经黑了，客厅也是黑的，我才知道齐晗是趁他们睡去才偷偷跑出来找的我。

第二天一大早他们在客厅看见我安然无恙地从房间走出来，脸上似乎没有太多意外。

兴许齐晗的解救也是他们后悔之下的一场默许。

我妈仍是冷着个脸，嗔怪我一句怎么结完账那么磨蹭，走在如此远的后面，才导致他们跟我走散。

这话说完，就算给昨天的失误打了个圆场，这事就此翻篇。

可我牢牢记得她那句随口而出的抱怨，从此只要一同出行，尤其是在商场，我永远是第一个跑出去走在一家前方的人。

“崽崽……”齐晗艰难地开口，“他们不是故意的……”

“我知道。”

我打断他：“我知道，齐晗。我不怪他们。”

我顿了顿，又道：“我只是……不想走在你们后面。”

这简直给齐晗出了道难题。

无论他怎么宽慰，我都只有如此干巴巴的一句话，就像我真的只是单纯地表达不愿走在他身后一样。

他缓缓侧过身，示意我走到他前面去：“哥在你后面，你不会丢。”

江风把我的大脑吹得迟缓麻木，我僵硬地挪动步子，和齐晗一前一后保持着距离回了家。

一场闹剧狼狈收场，却成了此后我与他之间这段关系逐渐走向一种别扭局势的开端。

此后，齐晗每天早上要在阳台上看我有没有按时到校，而我不知何时养成每个早读课间都要出去转悠一圈的习惯。

这很难说清是我们两兄弟之间谁先认定的默契，又或是不成文的约定。

我心底对他的怨恨也再难纯粹起来，齐晗那种圣父一样的、自以为能感化所有人的精神终究在我身上产生了影响。

那次回去以后我发了两天高烧，昏昏沉沉的睡梦间隙里满是齐晗忙前忙后的身影。我记得自己隐隐约约叫了他一声“哥”，当时他给我冲药的背影似是一僵，也不晓得他到底听没听见。

家庭之别

【第二章】

下课铃让这个盘桓在我梦境中两年之久的画面烟消云散，我秉承着不浪费任何一分钟下课时间的想法，缠着胡遥询问她和靳阳之间的恩怨。

这件事说长不长，说短不短，总而言之是两个家境完全不同的女孩子结交之后给周围人带来的一连串连锁反应。

起先是我发现有个叫成辕的大高个儿老爱到处堵着胡遥找她麻烦——这也是我昨儿被请家长的主要原因：两天前，我趁晚自习上课前大扫除的空当下楼倒垃圾，发现这浑蛋又在小树林里把胡遥堵了，本着我班大“学霸”出门在外不能给别人欺负的道理，我像昨晚那样手脚比脑子先动，抄起脚边的大石头就开启了一场混战。

说到成辕，就不得不说起他那个妹妹——故事的另一个女主角。她骨子里那桀骜不驯和看热闹不嫌事大的天性和我简直如出一辙，跟我简直胜似亲兄妹。

禾川一中分三个部，从A到C，学生成绩依次降低，这是常规学校的常规操作。每个学校都有那么一群游离于普通级部的学生，通常穿着打扮比大部分普通学生光鲜亮丽，长得也普遍比文化生好看。

他们有一个共同的名字——艺术生。

在禾川一中，艺术生上专业课有单独的课程和教室，文化课却是插班上的。没条件的听学校安排被随机分配到B、C部，有条件能走关系的，会被插到A部上课。

有些家长总喜欢做这种表面风光的无用功，自以为是地给了孩子大众眼中最好的条件，就觉得孩子应该赚到同等的荣耀回馈给他们，否则就是浪费他们的良苦用心，从来不去过问孩子愿不愿意，或者扪心自问一下这是否让自己的孩子有些格格不入。

成辕和他妹妹成鞠就是这类悲摧的孩子。

一个体育特长生，一个舞蹈特长生。

成鞠比她哥运气好，分配到了我们班，最初和我是前后桌，整天缠着胡遥给她讲解题目。胡遥性子冷不爱说话，刚开始烦她烦得要死，奈何成鞠这人没心没肺，再加上胡遥在班上没几个朋友，一来二去慢慢就和成鞠熟了起来，两人好得连上厕所都要一起。

这其实是一个很神奇的景象，全班成绩名列前茅、沉默寡言的“学霸”和上课睡觉下课胡闹、一天到晚不安分的“学渣”，居然在性格方面有着一种出人意料的契合，连我都经常忍不住好奇，凑过去听听她们俩之间能有什么谈到一块的共同话题。

结果听到的都是她们吐槽那些想方设法搞到她们联系方式，接着千方百计进行“早安，午安，晚安”式问候的男同学。

我撑着胳膊往后一倒，开玩笑道：“行啊你们俩，人家辛辛苦苦鞍前马后，结果你们在这儿嫌弃呢。”

“你懂什么。”成鞠礼貌而谦逊道，“见着个好看的就说自己个儿遇到了命定之人，他们家里没镜子总能找到块反光板吧？”

这样亲切的问候，又使我想起了几十里之外的我妈。

几年前一个难得悠闲的下午，我妈闲得没事，决定在家做火锅吃。

作为家里虽然在食物链底端但是坚决站在拥护我妈第一线的人，她无论提出什么想法我都举双手双脚赞成，并且能在还没出结果的时候就提前想好一大堆专属于她的赞美之词。

我妈这个人，其实除了煲汤，做其他菜的手艺，都有些一言难尽。

这点上我哥确实和她一脉相承。

谁管呢。我安慰自己，做火锅从某种程度来讲也算是“煲汤”。

只是普通火锅的汤底是红色的，而我妈做出来的是不可名状的黑色的。

我和我哥沉默地坐在她的锅前，难得和平且一致地朝对方交换了一个带着些许恐惧的眼色。最后我哥颤巍巍地拿起筷子，以身试毒。

他把牛肉放在锅里涮了大概有个两三分钟，然后夹起来，待凉以后放进嘴里嚼了半天，最后先称赞道：“挺好吃的。”接着补充，“小野就别吃了。”

我：……

我偷偷摸摸打量我妈。

我妈不信邪，夹起牛肉就下锅烫，我也跟狗腿子一样和我妈一起烫牛肉，完全无视身边齐晗警告又无奈的眼神。

接着我和我妈一同吃烫好的肉，再一同陷入沉默。

半晌过去，我妈琢磨道：“今儿这底料……炒得不好。”

本着妈妈再有问题那也不是问题、就算真的是她的问题我也不能直接承认那就是她的问题的原则，我开始睁着眼睛说瞎话：“我觉得还好啊，挺好吃的。”

我妈说：“你懂什么。”

我听见了齐晗没忍住的偷笑声。

我睨视过去，齐晗坐在院子里花架下边的阴凉处，午后的阳光把他的睫毛照成棕色，他低着头躲避我的目光。

现在想想，那样悠闲的、可以一起消磨的午后真的是我和我妈一辈子时光里少有的、像母子一样相处的时候。

说回胡遥和成鞠。

胡遥和成鞠在相识相交后的很长一段时间里都形影不离，学校里不少异性同学纷纷对她们二人投去羡慕的眼光。据我多年的经验判断，其中一部分人是在羡慕成鞠，一部分人是在羡慕胡遥，这取决于那些男生仰慕的女孩子到底是这二位中的哪一位。

然而好景不长，前两天成鞠突然转到隔壁她哥班上，天天上下学也被成辕寸步不离地护送着，被保护得像是怕谁把她给偷走了一样，连胡遥也不敢去找她。

毫不避讳地说，成辕像一座大山横亘在两个女孩子之间，阻挡她们往来。

前天晚自习前打完架到现在，我也不知道成辕在那天堵胡遥干什么。

我瞅着胡遥眼神放空，望着练习册发呆，悄悄凑过去："你前天跟成辕……"

胡遥看了我一眼，大概被我满脸的求知欲感动，叹了口气，从头到尾跟我讲了一遍。

成鞠的家庭条件挺好的，如上文所说，父母关心孩子的面子，不太关心孩子的里子，本质上体现的是父母对自己面子的在乎。孩子要上最好的高中的最好的班，要拿最好的成绩，要交最好的朋友，说出去每一样都不能让父母脸上无光。

于是自小家庭离异、只有一个保安父亲的胡遥就成了成鞠父母引以为傲的女儿带给他们的一大污点——他们完美无缺、矜贵的女儿，怎么会有这样一个朋友，还是来自离异家庭的？成鞠今天把胡遥请到家里做客，那明天那个瘸子保安是不是就要当他们的座上宾了？说出去都叫人笑话。

胡遥和成鞠的父母是在一个周末的午后碰上的。那天成鞠邀请胡遥去她家一起写作业，二人正在客厅玩闹时，被提前从国外出差回来的成鞠父母撞见。

成鞠自小到大的朋友，除了来自她父母交际圈以内的孩子，其他的朋友都不被她父母关心注意。只是偏偏那天胡遥走后，成鞠的父母突发奇想地问了一句："这个女孩子是你同班同学呀？"

成鞠生性机灵，只说胡遥的成绩常年盘踞年级第一，这使她的父母在欣慰的同时对这个以往素未谋面的女孩产生了进一步的兴趣，又接着问胡遥家里是干什么的。

成鞠就这样把她和胡遥的友情推入了一个深渊。

成鞠的父母在得知胡遥家的情况后，轻描淡写地给成鞠下达了禁止再与对方交往的命令。而后回家的成辕对个中情况一无所知，得到的只有父母对他身为哥哥却并不够尽职尽责的责骂，并且此后被迫担负起监视成鞠一举一动以及管理她交际圈的任务。

细说起来，这对兄妹两个人都很无辜，只迫于父母的压力不得已折磨对方。

而无奈之下被父母转班的成鞠，并不愿意把自己父母的这般行径告诉胡遥，并且仍在亲哥的眼皮子底下想尽一切办法和胡遥联系。

只是被蒙在鼓里的胡遥唯一能感受到的只有昔日好友对自己的日渐疏远和频率下降得愈发厉害的联络。当她最后一次鼓起勇气拨通成鞠电话时，接到的是来自成辕恶狠狠的羞辱与警告。

这样的羞辱与警告里是否夹杂了成辕无处发泄的、对父母的怨气不得而知，但胡遥是个天生有反骨的人。与成辕的那一通电话，使得天资聪慧的她仅仅用了一个晚上就想明白了成鞠那些日子里一反常态的缘由，她如醍醐灌顶，回忆起自己似乎已经许久没和成鞠面对面地敞开心扉，促膝长谈了。似乎每一次在她们与彼此见面的时间点上，成辕总会及时赶到，出来打断她们。

她是这段友情里第一个勇敢迈出步子的人。

可当她历经千辛万苦与成鞠单独见面，得知一切始末之后，还没来得及在心中整理好所有的情绪，便再次被成辕发现，并且在一个午后被成辕堵在班门口，又被敲了一记警钟。

胡遥太清楚自己的家庭与成鞠的家庭存在着云泥之别，就在她打算归还成鞠一片风平浪静的时候，成鞠已抢先一步做出了行动。

有句话是怎么说来着——为了开一扇窗，有时不得不主张拆掉屋顶。我估计成鞠也是这么个心思。父母不让她跟家境不太好的胡遥玩，那她干脆找个更不靠谱的。

于是成鞠找了靳阳。

靳阳其人，父亲坐牢，母亲酗酒，家里只有一个外婆，他去年就因为跟成辕打架被开除学籍，成鞠这一着险棋，是在她家里所有人的敏感点上“蹦迪”——她找谁不好，偏要找个跟自己亲哥有重大过节的，在这样的对比下胡遥简直优秀得高不可攀。

昨儿我撞见的那一幕，就是成鞠逃课跟靳阳出去鬼混，却没告诉其他人，搞得她哥以为又是胡遥把人私藏起来，才气势汹汹地闹了这么场误会。

后来胡遥半夜联系到成鞠，找着人那会儿成鞠还跟靳阳在烧烤摊上左一句“好兄弟”右一句胡咧咧的。胡遥联系成辕把成鞠带走后，自个儿又留下来警告靳阳不许再靠近成鞠半步。

靳阳一琢磨，觉着自己当了个冤大头，说着就要跟胡遥干一架。

胡遥也不是吃素的。她爹二十多年前就是这儿拳击馆的教练，后来被人找事打断了条腿，才来学校当的保安。托她爹的福，胡遥从小也是个以一敌十的硬骨头。

事情交代完，我问胡遥接下来打算怎么办。

胡遥摇了摇头："她年纪那么小，总不能因为我跟家里人闹翻。"

"那你的意思是要跟她断交？"我摸摸下巴，"嗞"了一声，"可我觉着，成鞠那性子，不像是你说一句东她就不往西的。指不定成鞠越挫越勇呢？"

胡遥愣了愣，思索片刻后道："你平时放学都没别的事吗？"

深谙胡遥老谋深算之道的我立刻警觉起来："你要干吗？"

"我能干吗？"胡遥上上下下把我打量一圈，打开我交叉在胸前的双手，"你平时没事就上下学跟我一起，送我回趟家，让成鞠觉得我交了新朋友。"

"姐，其实我平时很忙的……"我瞅瞅她的脸色，"那要是有人误会了咋办？"

"为的就是让人误会。"

"那要是有人问我，我能跟别人解释不？"

"不能。"

"我哥也不行？"

"你能保证你哥不跟别人说？"

我想了想，摇头。

其实我觉得我哥大概率是能保密的，但凡事不能说得太绝对，99％和100％之间归根结底还是差了个1%。

我面露难色，在答应和不答应之间摇摆不定。

要是让齐晗知道我整日不学无术也就算了，让他知道我竟然还有闲情雅致帮人搭戏台子，他指不定又要在心里头怎么想我。

"上个星期成小容她老公的车轮胎被人扎破了。"胡遥一开口轻飘飘的一句话就把我往绝路上逼。

要说扎轮胎这件事，其实当时我也不是故意的，就是那天晚自习成小容把我叫到办公室里，问我语文试卷上的文言文理解怎么空着不做的当儿，她老公来找她回家，她正愁怎么罚我，她老公就出馊主意道："叫他把这篇课文和注释抄五十遍。"

结果我真的抄了五十遍。

抄完之后的我为了放松心情到楼下散步，不知不觉就走到了成小容老公停车的地方，不知不觉就捡起了一根没人要的螺丝刀。谁没事乱扔螺丝刀啊是不是？那我不得拿起来看看。我看了看，也不知怎么的，感觉有股力量抓着我的手往成小容她老公车轮胎上扎，那我也不能忤逆天意是不是？

……好吧我就是故意的。

我壮士断腕般喝了口水，一脸绅士地对胡遥礼貌伸出右手点头微笑，整套动作干净利落："成交。"

我天天放学送胡遥回家的事很快就传开了。

我也不知道是我名气太大还是她名气太大，每个学校总有那么几个因为长得超好学习超差而出名的学生，比如我和成鞠；也有那么几个因为长得超好学习也超好而出名的学生，比如我哥和胡遥。

总而言之，天下便宜都是我的，昨天全高三才貌最出众的男生才把我从派出所领回家，今天全高二才貌最出众的女生就跟我并肩同行。

反正我跟胡遥在众人眼里就是俊男美女，金玉良缘。

胡遥听完我的转述以后十分客观地帮我纠正回来："是臭味相投，蛇鼠一窝。"

"学霸"就是"学霸"，找形容词都找得比我精准。

真是伤友八百，自损一千。

我哥肯定是知道的，他班上对胡遥有好感的男生也不止一两个。我都做好了他怒气冲冲地跑来质问我，结果被我一顿调侃的准备。

但是我等了好几天，都没等到他的质问。

我心里烦得厉害，具体烦什么我也说不上来，就像在期待什么东西却久候不得一样。

后来我琢磨了很久才明白我那时在期待什么，我是迫不及待想让他逼问我真相。

齐晗得逼问我，我才有机会假装不堪重负，假装气急败坏然后一怒之下告诉他真相，告诉他你弟弟不是这样的人，他真的没有特别坏，他才不会白白浪费自己的大好青春去做你不希望的事，他再胡闹也不会突破你的底线。

看来在潜意识里，在道义和我哥之间我还是选择了后者。

可惜我哥没给我这个机会。

我总觉得自己该做点什么，回去将其假装作为和他炫耀的资本，看看他的反应。

胡遥这两天溜得特别早，晚自习下课铃一响，她就背上书包走了。搞得我也必须跟她一样，总提防着什么时候我哥闲得没事到阳台上望一眼，把我抓个正着，虽然我内心有点儿期待他这么做。后来我发现成鞠每晚都在教室门口伸着脖子等谁，等半天等不到就垂头丧气地走了。有次我有事没跟胡遥一起回去，见着成鞠在班门口，本来想上去打个招呼，谁知还没走近，就收到了个大白眼。成鞠只留下个背影，让我一个人站在原地不知所措。

果然两个人的友情里容不下第三个人。

我再没眼力也看得出来胡遥在躲谁。

天赐良机，今晚晚自习被成小容霸占拿来讲语文，还拖堂。下课的时候，成鞠早就在门口等得望眼欲穿了。

为了不再遭受白眼，我准备给她们制造出一个相互解释的机会。结果胡遥磨磨蹭蹭地收拾好东西后，把我一把拉住："今晚也送我回去。"

那我肯定是要被成鞠拦下来的，然后被夹在她们中间左右为难。

成鞠嘴巴一张，还没出声，眼泪就一颗一颗往下落。

我从没见过一向没心没肺的成鞠变成现在这副样子，她的鼻尖和眼尾都是红的，胡遥这会子又出奇地有耐心，站在她面前看着她哭。我看见胡遥一直死死掐着自己的大腿，可能是在疯狂遏制自己冲上去跟成鞠说实话的欲望。

成鞠哭够了，才抬起眼，死死盯着胡遥："你这是什么意思？"

胡遥一脸不以为意——只不过根据我对她的了解这应该是装出来的，她这个人就算面对再不讨她喜欢的对象，顶多就是冷一点儿，绝不至于做出这么副吊儿郎当的模样，这不符合她的性格。

比如现在，她语气故作轻松，非常不屑似的对着成鞠说："如你所见，我有朋友送我回家了。"

我就是块砖，哪里需要哪里搬。

硝烟非因我而起，却硬要蔓延到我的身上。

这个世界上成功地又多了一个恨我入骨的女人。

成鞠用眼神把我上上下下剐了三遍后，一抹眼泪，跺脚走了，顺便留下来一句不知道是给我还是给胡遥的战书："等着。"

胡遥可以等，我不行。

我觉得我单独面对成鞠的时候一定毫无招架之力。

出校园的那条大路上凉风习习，我和胡遥走在人行道上相对无言。

不知道走了多久，她大概过于失神，连红灯也没瞧见。

接着马路上响起极其刺耳的鸣笛声和周围人发出的喧哗尖叫声。

我眼疾手快地把她拉回："在想什么？不要命了！"

她愣了愣，这时绿灯亮起，斑马线两岸的人开始穿插行走。

她的声音在一片车水马龙里响起："你就送到这儿吧。"

我低头仔细盯了她几秒，觉得她脸色实在不太好，不确定道：“你……还好吧？”

“好啊，我有什么不好的。”

“你就打算跟她这样了？”

毕竟她们先前玩得那么好，是那么亲近的朋友。

而胡遥少有朋友。

“不这样还能怎么办？”她调整神色，说，“让她为了我这个‘朋友’，跟家里闹得鸡飞狗跳啊？”

这一个问题我似乎也找不到好的答案，毕竟能想出两全其美的法子的脑袋应该不会长在我的脖子上，哪怕聪慧如齐晗，在我和我妈之间也常年如走钢丝一般，总是顾此失彼。

行。

齐晗没办法，胡遥没办法，我更不可能有办法。

我在她家门口的那棵黄果树下目送她进了家门。

【第三章】

花洗锈窗

Hua Xi Xiu Chuang

大概是一路上都在瞎操心胡遥和成鞠这事到底该怎么收尾，我回家的速度慢了很多，加之胡遥家和我家从学校出来是两个方向，送她回去再自己回家，我回家的时候不知道都到几点了。

但应该挺晚的，不然齐晗不会急成这样。

我走出电梯时，看到黑黑的走廊的尽头有模糊光晕，门开着。

齐晗屈膝坐在门槛上，头垂得低低的，低得能看见脖子处的后衣领子。顺着后衣领子望去，他肩胛骨的轮廓也若隐若现——齐晗好像瘦了一些。

他两只胳膊都直直搭在膝盖上，其中一只手里还拿着表，指尖在表盘上顺着秒针转动的方向轻轻摩挲，像永远不会停下来那样。

房里的微光把他的影子拉向我，拉得老长。

我下意识把呼吸放得很轻。

如果不是他不停地用指尖摩挲表盘，我差点儿以为他睡着了。

奇了怪了，那么讨厌的齐晗，我现在竟然想快点儿跑到他面前，告诉他我回家了。

告诉他，齐晗，别等啦，你看你弟弟，毫发无伤地站在你面前，你不要担心啦。

我向前一步，把脚步刻意踏得重了些，板鞋踏地一瞬发出的声音引得我哥抬头望来。

他抬眼望过来的眼神是极度紧张的。

这样连带着我也有一股莫名其妙的心虚冒出来，像被他用眼神钉在了十字架上。

我在心虚什么？我又跳出齐晗的规则和底线了？让他无端担心了？又有一晚他要因为我而不能准时睡觉？

我不知道。

我只是明确地感觉到自己内心像有什么东西压着，齐晗不高兴，我也笑不出来,这使我第一次对我和他之间的血缘关系有了点具体的定义。

我站在原地，迎着他的目光一动不动。

他没起来，只把表放进兜里，看着我，一直看着我，目光中一向饱含的怜悯和温和逐渐被淡然和冷漠取代。

他滚动了一下喉结，像是咽了口唾沫润嗓，但声音还是带着一点儿沙哑，在漆黑空荡的走廊里响起："去哪儿了？"

楼道灌进一阵凉风，五月的禾川早就热了起来，此刻走廊的温度却低得让我起了鸡皮疙瘩。

我知道，这是齐晗一生中少有的、对我不掩盖怒意的时刻。但他这样的人，连生气都是温和的。

我挪开目光不去看他："送胡遥回家。"

"回家？"

"嗯。"

"还有呢？"他起身，一步一步朝我走近，"你们还做了什么？"

我想了想，回家的路上因为胡遥心情不好我买了两根烤肠，一根给她一根给我，结果她不吃，我一个人吃了两根。

“请她吃饭。”

烤肠也算饭，虽然她没吃。

“还有呢？”

还有?

还有她因为走路出神差点儿被马路边上飞驰而来的汽车给撞到，多亏我眼疾手快拉了她一把才叫她幸免于难，并且我还很绅士地让她一直走在我内侧。

可看起来我哥好像不是很想听我说这么多话的样子，这怎么描述?

我言简意赅：“拉手。”

“拉手？”齐晗的声音越来越近，也越来越冷，“还有呢？”

他把手搭在我肩上，微微俯身看着我，手指略微用了点力，捏得我的肩膀有点儿疼：“你们还做了什么？”

我摇头道：“没了。”

“没了？”我哥总是重复我说的话，语调波澜不惊，但搭在我肩上的手指节却在泛白，摁着我不放。

我被捏得直皱眉，又听见他问我：“崽崽，你知不知道现在几点了？”

我怎么能知道?

我妈又没给我手机又没给我手表，我又不是你。

本来看你不高兴就烦。

我被他逼问得心里起火，不耐烦地“啧”了一声：“不知道。”

“十二点半了。”他这次无视了我的情绪，眼里像是有什么情绪积而不发，俯下身强迫我和他对视，“崽崽，哥在这儿，等了你两个小时。”

他说：“两个小时，电梯门响了十三次，没有一次是你。”

我的手指不自觉地蜷起来捏着校服下摆，心跳没由来乱了一拍。

直觉告诉我齐晗在等我解释些什么来平息怒火。

但我的反骨这时候又不知好歹地开始作祟。

我换了更恶劣的语气反问：“所以呢？我叫你等我了？”

他微微一怔，似乎惊诧于我的理直气壮，两瓣唇紧紧抿成了一条直线，呼吸声越来越重。

齐晗盯着我看了好久，眼里的怒火渐渐转化成一片失望，隐隐泛起了氤氲水汽。

过了半天，他对着我长长舒了口气：“没有。是我自以为是，拿着你哥这个身份自居，要多管闲事。”

“是我自己要等你，你什么也没做错。”他眼角缩了缩，终究红了眼眶，“齐野，我这些年，就是太惯着你了，才任由你用我弟弟的身份这么肆无忌惮。”

十七年来，我第一次听他连名带姓地叫我的名字。

“十二点半，你和人家女孩子出去，你带她吃饭，跟她拉手，我没权利管，没权利在你们之间插话。可你为她想过吗？”

“我是你哥，你对着我怎么撒野都行。但是对女孩子，你要学会‘责任’两个字怎么写。”他第一次说那么多话，“深更半夜，人家女孩子十二点半不回家，你有没有想过她还在值班室上班的父亲？他的担心比我只多不少。他怎么想？老师们知道了怎么想？一所学校那么多同学知道了又怎么想？别人只知道你们晚上十二点半不回家，别人会像我一样问你们干什么去了吗？如果不问，你跟谁解释？谁替你们解释？你如果真的跟人家亲近，什么事该做，什么事不该做，都该考虑一下她的感受。”

齐晗敛下眼睫，转身迈向房门。

他的背影离我越来越远，脊背好像也没那么直了，逆着光映在我的眼里，有种说不出的落寞感。

我明明看不见他的表情，却从背影中轻而易举地读出了他的难过。

奇怪，齐晗不是一向很擅长把自己的情绪藏得很好的吗？

今晚和胡遥告别的时候，我问她怎么忽然决定远离成鞠了，她的回答在这一瞬间于我耳边响起。

“在乎一个人的时候，你看见他难过，会想把自己和他发生过的事全部撤回，从头来过，不论好坏。”她说，“如果成鞠现在很难过，那我宁愿一切都没有发生。我不想她为了我进退两难，所以选择成全。”

“那他要是从没在你面前难过过呢？”

“你从没伤害过他，或者你从一开始就在伤害他。”

我大概是后者吧。

其实胡遥没说全，那些被辜负后表面依旧维持着波澜不惊的人，心底无非是毫不在乎或者被伤到麻木这两种情绪，但如果有人一直对你给他的伤害熟视无睹，还有可能是你伤他伤得不够深。

心死的那一瞬间是真的有声音的。

听得见的那个人是个十恶不赦的蠢人。

我哥就这么明目张胆地在我眼前难过着，在胡遥看不见的地方打了我的脸。

我其实很在乎我哥。

或者说，我终于承认我最在乎的人里有一个叫齐晗的了。

我不想他难过。

房里的灯熄了，我在走廊坐下，地板冰凉的触感帮助我清醒地回忆着我与我哥以往之间的点点滴滴。

每一年他生日，都要给我留一块他的生日蛋糕。那块有着最多水果的蛋糕，最后却总是被我当着他的面倒进厕所。

一个乐此不疲地留，一个乐此不疲地倒。

蛋糕也分三六九等的。我妈总说咱们家虽然没多少钱，但孩子的生日一年只有一次，一定要过得有意义。

她说家里虽然买不起那样奇形怪状的四位数价格的蛋糕，但照顾口味总是能做到的。

每年我哥生日那天，她总是一大清早就去蛋糕店给我哥订蛋糕，款式是普通简约的那种，可她会一遍遍跟柜员说要最好的奶油。

“就要那个动物奶油，多花一两百块钱没关系的。”

但是小孩也分三六九等吗?

从小到大，我妈每年最反感的就是我的生日，似乎这个世界上最不欢迎我的到来的人就是她。

别说蛋糕，每年我生日家里都不做饭的。我妈更是连一个眼神都不多给我。

无数次我明里暗里地表示我也想吃生日蛋糕，但我妈总有方法把话岔开。

其实我不要最好的奶油，我有一个蛋糕就可以。

可蛋糕也是我最讨厌的齐晗偷偷给我买的。

第一年，他给我买了个蛋糕，把我拉到小区楼下的书店，悄悄送给我，我看了一眼，转身就走。

第二年，他买了个更好更贵的，我照旧不吃。

我从没过问过那两个蛋糕他最后是怎么处理的，只是那两次教训过后齐晗学乖了，再也不会浪费钱。

他还是像往常那样，在他过生日这天，留一块最好的、最大的生日蛋糕给我。

但其实从小到大，从他手里递过来的东西，只要不是迫不得已，我极少会接受。

我还看到了齐晗从小学到初中的一张张奖状和证书。

那些奖状和证书总是一不小心被我偷到，然后在我妈看到它们以前被我撕得粉碎。

那时我还在心里暗笑，我妈什么都给齐晗买最好的，偏偏给他买了质量不好的书包，拉链随时都拉不上，什么东西都能被我驾轻就熟地找到。

齐晗的书包总是为我半敞着，我不接受他光明正大赠送的一切，却十分享受在他不知情时从他那里把东西偷来抢来再占为己有的胜利感。

他的书包里总放着我喜欢的零食、模型和玩具手办，直到那次我在他包中看到了奖状。

那是即便我偷走也难以消灭齐晗烙印的东西。

我把奖状撕得粉碎，还耀武扬威地扔回原地。

那晚我睡在床上，精神抖擞地期待着他打开书包时那一秒的表情。

我如愿以偿地看到他捏着书包边沿愣了很久，但那次的我同这次一样，他身上散发出的难过使我如鲠在喉，我没有得到想象中的快感。

仅仅是因为他愣神的时间很短，愣过之后就抓着书包走出去，把那些碎屑全部冲进了厕所，才使得他的难过没有波及我。

我本以为他把我的战斗结果冲进厕所是在用沉默向我宣战，没想到后来我问他，齐晗只是笑着说，他害怕扔在家里的垃圾桶里会被我妈看到继而怀疑到我头上。

这样的事情随着光阴渐长而愈发常见，我也愈发怀疑所谓的亲兄弟心连心的说法不过是谣言。

因为我从未参破过齐晗每一次沉默的真实用意，他心里通往我的脑海的那条血脉似乎早已打通，所以他每次只用一个眼神就能看透我所有的想法，而我在自己的心里筑起了铜墙铁壁，因此也遮住了明明可以看清他内心的那双眼睛。

我还看见每次路过商场我多看两眼，第二天晚上就会静悄悄出现在我被子下面的玩具。

还有他永远用三分钟激情缠着我妈去超市“扫荡”一圈，结果买回来就不想吃而恰好都是我喜欢吃的零食。

自从我七岁那年在商场门口差点儿被“不小心”遗弃，那样人来人往的大型超市就成了我这辈子最抵触的地方之一。

可惜我孩童心智，虽然抵触那样的场合，那样挨挨挤挤的人群，却难以做到抵触货架上那些琳琅满目的商品。

我从来不忤逆我妈的任何想法，因此七岁那年在寒风中回到家以后，我在她面前以一种难以想象的速度表现出了自己的自愈能力，好像那样一个塑料袋把我手指勒得没有知觉的冬夜在我心里无足轻重，第二天一早醒来挨了骂后，我就很快把他们的失误抛诸脑后。

所以以后我妈凡是提起要去超市，我在表面上依旧表现出永远不知餍足的样子，然而实际上在超市里我十分警惕，永远分出一只眼睛去注意我妈的步伐，一旦窥探到她要离开的预兆就立马跑到最前面，以免再次因为迟了一步被遗弃在商场门外。

我想我是经不起第二次遗弃的。

再被遗弃一次，我就真的没有走进家门的勇气了。

我不希望我在我妈眼里真的有那么讨厌，即便真的有，她也不要用实际行动证明给我看。

而齐晗在我一次次的走马观花中，永远能在第一时间察觉我的目光在哪些商品上停留得更久。苍天有眼，我已经极力掩饰自己对那些东西的渴望了，绝不存在故意露出马脚让齐晗来讨好的行为，我的卑鄙从不用在这些方面，相反，在这种明眼人都看得出来我低他一等的情况下，我往往更加心高气傲。

就算这样，他还是能第一时间捕获到我的目光所至。

他兴许做过谁的眼睛，这辈子才能如此洞悉我眼神中所有的想法。

我看见我的那些我所有同学都能一眼识破却让他永远都会在我这里吃亏的蹩脚伎俩。

后来我渐渐明白，我对我哥所有的“歪打正着”，都是我哥对我的“早有预料”。

在离我不远的那扇半开的铝合金门里面藏着一个伤痕累累的齐晗，一个不堪重负的长兄。

月光暗淡。

有花借着这抹暗淡在我眼前悄然复活。

我哥喜欢花，这是我极早就知道的事情。

小时候他会因这样艳丽的鲜花的盛开而欢欣鼓舞，而我冷眼旁观。

长大之后他学会了收敛锋芒，喜怒不形于色，可偏偏对这东西另眼相待。我笑他不成熟，十六七岁的人了，眼皮子这样浅，整天为一朵花的开放而高兴。

后来我把这事告诉了胡遥，她听了以后沉默不语，半晌才说：“爱花不是肤浅的标志，嘲笑才是。

“人到了一百岁，也是可以喜欢花的。”

我缓缓起身，蹑手蹑脚地走向电梯。下楼以后，趁我哥还没发现，飞快地跑了。

一中后面有片野月季，我今夜做了采花贼。

回到公寓，我在电梯里不停做着深呼吸，临迈步前煞有介事地把花藏在了身后，心跳如擂鼓。

我走出电梯，一脚一个泥巴印。

房里的灯果不其然又亮了起来，我听见我哥在里面来回踱步的声音。

我咳了一下，声音在走廊里清脆嘹亮。

房里的脚步声戛然而止，片刻过后我哥急急奔了出来。

他眼神里半个小时前的怒火已经完全熄灭，我突然意识到自己可能因为刚才莽撞的不告而别又给我哥带去了不好的情绪。

我总是把事情搞砸。

今晚齐晗为我担心的时间又加了半个小时。

摘花的时候地里一片漆黑，花枝上满是露水和尘泥，等我摘得差不多了，身体裸露出的部分也快被地里的蚊子叮出的包盖满了。

我握花的手紧了一紧，打直了背，站军姿似的等着我哥朝我走过来。

他跑到我面前，把我上上下下仔细打量了一遍，伸手像是想拉我，但我背后还藏着花，下意识退了一步。

他怔住，对我的反应有些不知所措。他踟蹰不前，前言不搭后语地惶惶说着："哥……哥今晚话说重了……你……你别跟哥闹脾气……"

我看着我哥仓皇的样子，笑不出来。

这个世界随便什么人都能把好话挂在嘴边，偏偏我哥逆道而行，刀子嘴豆腐心，怀着自己惴惴不安的心在我身后走得步履维艰。

他还在继续："你让哥看看你怎么了，怎么脸上那么多地方肿了？"

我心想完了，这辈子没有谁能比齐晗对我更好了。

我笑了一下，答非所问："我跟胡遥没什么别的关系。"

他有些猝不及防，反应过来以后以为我还在为刚才的事赌气，只哄着我："好。没事，哥知道了，没关系的。"

齐晗见我不愿意朝他走过去，便不执着于要看我的伤，拉着我转身想往房里走。

我挣开他的手："有关系的，哥你不信我。"

他转头，似是鲜少听到我叫他一声"哥"，脸上有一闪而过的诧异。

"哥。"我笑着开口，期待着他的反应。

我哥愣了一下又回过头去，步履蹒跚地走着，只点了两下头，低低的声音传到我耳朵里："知道了。你别再乱跑就行。"

这个人被我折腾了太久，有什么好事都想不到自己头上，总以为我在捉弄他。

"我还要跟你坦白呢。"我冲着他喊，看到他僵在原地，像不确定自己听错没有，慢腾腾地转过头凝视着我。

我忙不迭把藏了好久的花从身后掏出来，朝他站的方向递过去。

“哥，”我鼓起勇气，厚着脸皮说，“你要不要……再原谅我一次？”

第二天上课，生物老师在台上讲基因重组，我用手撑着脑袋，上眼皮和下眼皮止不住地打架。

凳子太硬，我昨儿劳碌了一晚，今早起来浑身骨头都不是自己的，冷板凳上一坐，屁股硌得难受，于是趁胡遥下课上厕所的时候，我一把扯过她的坐垫给自己垫上。

胡遥回来的时候我正准备埋头睡觉，用装死来逃避她让我今天送她回家的要求，结果等了半天也没个动静，于是我露出眼睛去看，发现她眼神直愣愣的，脸色有些苍白。

我又活了过来，装腔作势地伸了个懒腰，四仰八叉地靠着椅背：“成鞠又咋了？”

胡遥其人，平日里情绪相当稳定，天塌下来她都能一边拿脊梁骨顶着一边做题，而这段时间能让她的情绪如此持续地出现波动的，只有另一个情绪从未稳定过的奇女子。

她丢了魂似的摇头：“她旷课了。”

我“哦”了一声。

这确实是成鞠的做事风格。

此后整整一天，胡遥一到课间，就往隔壁班凑。

意料之外，情理之中，同样坐不住的人还有成辕。

今天胡遥去了成鞠教室门口多少次，成辕就来我们班门口多少次。晚自习上课之前他终于把胡遥叫了出去，一开口就没好气：“成鞠呢？”

我坐在教室最后一排，把椅子一转，翘起来，抄手看戏。

胡遥早就急得连课都没听进去几节，偏偏成辕来问，她还非故作镇定不可。

她一贯心里有多急，表面就有多沉得住气："你自己的妹妹不见了，跑来问我？我跟她什么关系？"

"少装！"眼看成辕要上去抓胡遥的衣领，我"噌"地一下起来伸手去拦，结果成辕人没揍成，听着声打眼一瞧，成鞠和靳阳有说有笑地从楼梯口走上来，一拐弯还正看得到我们这几个人乱作一团。

成鞠面上毫无波澜，还和靳阳旁若无人地聊天。

胡遥白天的坐立不安终于在这一刻表现了出来，她一个箭步冲上去，插到成鞠和靳阳之间，抓着成鞠的胳膊就问："你在干吗？"

成辕三步并作两步跟着，正准备开口又闭了嘴，生生咽下一口气——其实是台词被胡遥抢了。

成鞠抱臂歪头，笑得一脸灿烂，眼风往我身上扫："如你所见，我朋友送我上课。"

……

这怎么还能把火烧到我身上？

我在旁边听得一口老气提不上来，脑子一木，不合时宜地开口："可不用找这么个……"

"你什么意思？"很明显，靳阳意料到我们会有人这么说，他也很介意我这么说。

我话还没说完，他已经开始吹胡子瞪眼地质问。

"能有什么意思？"胡遥无差别开炮，"你什么货色自己心里不清楚吗？"

谁都知道成鞠身边的这个朋友是个"什么货色"，上学期挑衅成辕打架斗殴，结果把人打进医院，最后被学校开除的混混，以后说出去也就是个初中学历，大人眼里的街溜子罢了。

古往今来的街溜子总是有很多办法在没有校园卡的情况下溜进学校来的。

“他什么货色？”成鞠把胡遥甩开，“我跟他站一起，很聊得来，那我是什么货色？”

胡遥的脸彻底黑了下去：“别胡闹。”

成辕在身后刚刚提了口气准备张嘴说话，蓦地又闭上了嘴——因为台词又被抢了。

靳阳先伸出一只脚，再拿舌尖顶顶腮帮子，脑袋一歪，冲胡遥气焰嚣张道：“你说说我什么货色。”

“我说说？”胡遥眼皮子一掀，“仗着自己没人管，天天跑到网吧里头认大哥，结果被我爸拧着手磕地上送到警察局的这么个货色，还要我多说吗？”

靳阳脸色青了又红，红了又白，最后他转头看向成鞠。

“你看她做什么？”成辕终于能抢话了，“大哥不够认了，要认姐？那你要不要先把你姐的哥认了，叫我声哥？”

靳阳嘴角抽搐了一下，拳头已经在暗地里捏紧了。

“你做出这副样子给谁看？”胡遥冲靳阳问，“你去年怎么跟成辕打起来的，要我提醒你吗？是谁背地里造成鞠的谣，说她一个月换十个男生天天送她回家的？你这会儿装什么委屈？真当自己是个人物？不想我爸第二次把你送进去就自己走开！”

靳阳瞪着她，又看向成鞠。

成鞠沉着脸看着胡遥，没有要为她这个朋友抚平委屈的意思。

胡遥挑眉看着靳阳。

后者自讨没趣，低低骂了句脏话，甩手走了。

这场夕阳闹剧在晚自习的上课铃声和成小容的脚步声里无疾而终。

成鞠是被她哥拽走的。

她被拽着去教室上晚自习，拽着下晚自习回家，手臂在她哥手里挣不开。

我也没什么心思在边上学习，课桌上一张干干净净的理综试卷，下了课也还是干干净净的。

想着靳阳今天那状态，我实在不放心，害怕胡遥一个人回去时在路上被报复，我干脆主动提出今晚放学送她回家。

征得胡遥同意后，我拉着她奔上六楼给我哥打了个晚回家的招呼，我哥靠门笑着答应了："别去其他地方，天太晚了，都早点儿回家。"

我冲他努努嘴，开玩笑："唠唠叨叨的。"

"听话。"

"知道啦。"

回家路上我们俩都很有默契地缄口不言，可我又实在见不得她魂不守舍的模样，眼看着要到黄果树了，我突然想起什么，低声问她："昨天你那么晚回家没挨骂吧？"

她很给面子地没有不吭声，只摇头回答我："我家没人。"

"你爸呢？"

"值夜班。"

"那你妈呢？"

她眼睛闪烁了一下，抿嘴说道："我妈……跟人跑了。"又补充了一句，"在我很小的时候。"

我没想到自己随便一问又揭了一个伤疤。

这样的回忆让一个跟我同龄的小孩亲自说出口实在很不体面。

然而下一秒我为了掩饰尴尬问了个至今都想把自己一榔头敲碎的问题："什么人？"

说完我闭上眼，把头转到旁边深深吸了口气，啪地给自己嘴边来了一巴掌。

齐野啊齐野，舌头不要可以拿去下酒，下酒都比你在这儿张着嘴胡言乱语有价值。

我这脑子，跟猪脑子也没什么区别了。

胡遥抬头瞟了我一眼，大概是我脸上瞬息万变的表情让她开心了一下，她没怪我，反而扬起嘴角笑了，摇头道："不是什么人。"又说，"是为她自己。"

"她自己？"我转回去睁大眼看着她，差点儿以为自己听错了。

我还没来得及将自己脸上的震惊在它风化之前收起来，又听见胡遥说："她和她这辈子最好的朋友，很早以前就约好要一起去外面打拼。

"以前……挺久以前吧，我还没出生，她有个很志同道合的朋友。她们一起长大，一起在生活的小镇里奋斗，一起努力想去更远更好的地方，一起规划着以后的蓝图。后来我妈为了我爸，放弃了跟她朋友创业的机会。等生了我，她才发现在自己心里还是事业更重要。取舍之下，她离开了我们。"

小镇也分富贵贫穷。

胡遥从这些年她爸一些零散的酒后之言里拼拼凑凑出自己年轻时的母亲。

那是个像野草一样的女孩子，出身寒门，扎根在寒风苦雨之中，没有停止过飘摇却也从不曾倒下。

她是在大雪纷飞的冬天借路灯的光也要读书的人。

她和现在的胡遥一样高傲孤僻，不喜言谈，家里的父母不愿意出钱给她读高中，她拼拼凑凑，到处找人打欠条也要读。

最后当地的一个老板愿意打这张欠条。

他愿意资助她读书，前提是要她帮助他那个在学习上没什么天赋的女儿，他要她能考上的大学，她的女儿也能考上。

这就是两个女孩认识的开端。

她们很快熟识，成为彼此青春里最不可或缺的同伴。

无数个晚上她们坐在草地里，约好以后要去哪些地方。

“但是她家里不让。她有两个弟弟要养。”胡遥说，“她无法追逐本该属于自己的星星，她要回到自己的泥土地里，去打工，去挣钱，去结婚，去拿自己的积蓄养活家里。”

“然后她遇到了我爸。

“我爸不差，但离她的目标太远，她不甘心。”

她耸了耸肩：“其实恨她的人只有我。

“我爸看得很开，每次谈到我妈他都一点儿不埋怨。他说我妈在跟他结婚以后才开始感到快乐，她也很尽责，可是她能力太强，是后来的他配不上她。一个人在任何时候都有追求自己想要的东西的权利。他和我妈是和平分手，我却总觉得是她抛弃了我。”

“你爸是个很好的人。”

尽管武力值惊人。

她点头：“其实谁能怪我妈呢？没人有权利要求她必须做一个好母亲、好妻子。人活在世上，最重要的是做好自己，不是妻子、女儿、姐姐或者母亲，只是自己。可总有人要去要求她，这是不公平的。我爸愿意放手，也只是一种仁慈罢了。那是本就应该的事情。”

“仁慈本身就是一种温柔。”胡遥说，“我爸老早就跟我说过，许多所谓的规则，本就是不平的天平。对与不对，不该用规则去评判。就像根据规则，我妈应该安安分分地度过一生，可她没有。我不能用惯有的规则去决定自己要走什么样的路，而是应该凭本性去接纳这个世界给予的所有波折。如果我走了跟我妈一样的路，离开这个地方，我爸其实不会怪我，是我自己不放过自己罢了。”

我点头表示赞同。

她又说：“你看，这个世界上的每个家庭都有那么一些不足为道的不堪。人们做有些事情只是因为自己的冲动。以不伤害别人为前提的冲动，值得为之行动。”

凉风徐徐，月光映在她眸子里，眸中清澈如明镜。

作为交换，我告诉了她关于我家的不堪，关于我和我的矛盾和解的由来。

我总是孜孜不倦地跟我哥作对的，从小到大都是。我哥在小时候有段时间也因为我莫名其妙的敌意而反击过很多次。只是后来某一天，不知道为什么他对我的态度突然就好了起来，我并没有兴趣去探究原因，也从不愿意接受他给予我的善意。

在我第一次把他特意给我留的蛋糕当着他的面倒进厕所垃圾桶的时候，他把我堵在厕所门口，问我为什么总是对他的一切都有着那么深的抗拒。

我望着天花板思考了一下，反问他："如果本身属于你的一大把糖果被无缘无故地剥夺给了另一个人，那个人怀里抱着本该属于你的一份糖果，假装怜悯地施舍给了你其中一颗，你就要对他感恩戴德了吗？"

我哥站在厕所门口愣了很久。

我们彼此心知肚明，我说的不是糖，我想要的也不只是糖。

我哥以为糖果就是糖果，可我说的糖果是那份本该属于我的、来自我妈的爱。

怎么是他想给就给得了的呢?

我要的，他根本无法给我。

那取决于我妈。

他左右不了我妈，就开始左右自己，开始把所有的东西都留给我。

可我依旧拒其于千里之外。

我哥给我的东西越来越多，他也学会了在我日复一日的恶语相向里克己慎行，收敛锋芒，在家里样样都要和我平起平坐。

可狮子始终是狮子，不会因为藏起獠牙就失去捕猎的能力。

禾川的中考是全市统考，三年前的夏天，我哥以文化考试 570 分的成绩和隔壁私立学校高成一中的姜安并列全市第一。

成绩刚刚公布的那一个小时，他就收到了三所学校教务处的招生电话，条件一个比一个丰厚，最终我哥还是选择了与我所读的初中在同一个校区的市一中。

我并不关心我哥选择了哪里，只记得名次出来的那一刻，我在我妈脸上看到了前所未有的骄傲，我哥也成了她在小区里抬头挺胸逢人就炫耀的资本。

那样的神情使我刻骨铭心，我愚蠢而天真地认为，只要我取得和我哥一样的成绩，我妈就会对我露出一样的神情。

殊不知那样骄傲的目光并非因为几个数字，或者说，并不全是因为那几个数字组成的分数，更多地，仅仅是因为取得分数的人，是齐晗罢了。

我抱着自己也能让她引以为傲的想法，在往后的三百多天里我付出了人生十五年以来最大的努力，甚至不惜在许多个晚上拉下脸皮去找我哥问问题，硬生生把落了两年的功课精卫填海一般补了回来。

中考成绩出来那天，我兴冲冲地跑去告诉我妈我考到了全市前一百，禾川的高中可以随便让我选。这成绩虽然没有我哥那么辉煌，但怎么也是一件长面子的事。

我以为最令我失望的局面不过是我妈毫无反应地甩给我一句“知道了”，没想到我妈听完我的汇报，难得地将眼神从麻将桌上移开，转过身正眼看着我，在客厅里当着一堆客人的面，带着一丝刻意的嘲讽，甚至有些气极反笑，咬牙切齿地反问我：“你都能考前一百？”

那一瞬间，我明白我花费一年的努力做了一件错事，我不应该变得优秀，我得让我妈看到我血液里的劣根性才是和她正确的相处之道，虽然我并不知道这是为什么。

然而事实证明我那一瞬间的恍然大悟是对的。

往后我在学校干的浑蛋事越多，越丢脸，我妈私下对我的态度反而越平和，仿佛我要竭尽全力去给她证明我从生下来就是个没救的坏胚子，生来无可救药地低齐晗一等，才能讨得她的欢心。

我忍着鼻头的酸楚把成绩单揉成一团捏在手里，走进房间，看到我哥拿着一个滑板，那是我一个月以前当着他的面许下的愿望——我当时想，成绩起来了，区区一个滑板，我妈一定会给我买的。

我哥用双手把它捧到我面前，脸上的笑容让我产生了一种他由衷替我高兴，为我骄傲的错觉："小野好棒，恭喜你。"

我当着他的面把滑板从三楼窗口扔了出去。

手里的成绩单被我撕个粉碎，飘飘洒洒落到地上。我看到一地的白纸残片，每一片都带着我哥的黯然神伤。

十六岁的齐晗，带着讨好般的语气，近乎卑微地奉给我他力所能及的一切，就这么被我肆无忌惮地给予难堪。

他那样神伤的表情在我记忆中出现的次数并不算很多，之前我撕烂了他的奖状算一次，扔他给我准备的滑板也算一次。

"我有多恶劣，我哥就有多无辜。"

我对着胡遥满含歉意地笑，仿佛我哥隔着几千米就能接收一样："你看我多可笑。从不敢去恨任何一个不爱我的人，因为恨到他们身上他们不会痛。

"所以我就去恨唯一一个在乎我的齐晗。"

"这样就有人和我一起痛。"我眨了眨眼睛，鼻子有些酸，是在替过去那些年的齐晗委屈。

"那和解呢？"胡遥垂眼聆听着，又提醒我，"你那么可恶，你哥用什么方式跟你和解的？"

我皱起鼻子使劲吸了吸空气，把那个夜晚被我无视的争吵和第二天逃课后的爆发娓娓道来。

“那天回家后，我在发高烧的时候始终想着，我哥身为我哥，究竟亏欠过我什么。”

我顿了顿，道：“他在上保护我的一切，在下承接我妈所有的期望，可唯独中间的他自己，自成一道铜墙铁壁。”

“我说我一无是处，说我贫瘠不堪，他就保护我的一无是处，保护我的贫瘠不堪。

“我说我注定会长成不讨人喜欢的样子，他就说我这辈子不用去讨谁的喜欢。”

因为我知道，我不管多不讨人喜欢，齐晗永远都不会厌烦。

有时候我觉得齐晗就像一团棉花，各方的要求和希冀像水一样被他无声无息地吸收进去，他除了让自己内里愈发沉重，永远不会对别人吐露半点要求。

“我没有理由去恨我哥了。”我对着胡遥诉说着自己扭曲的心理，“这又成为我恨他的理由。”

人在被嫉妒吞噬的时候，内心会贫瘠得滋生不出一点儿爱意。

正如后来我问我哥为什么那么多年硬撞南墙不回头时，他给我的答案：“我只是希望这个世界上有人能让你感到值得。”

“我不希望你还在那么小的时候，就一遍遍怀疑自己的降生，怀疑自己是不受这个世界欢迎的。

“如果没有人欢迎你，那就我来。崽崽，我从不奢求你对我有多热情，但我不想让你觉得你是孤独的。”

“你恨他们吗？”胡遥问我。

“谁？”

“你爸，你妈。”

“都不。”我摇头，“你也说了，那些规定一个人必须成为好母亲、好妻子的规则本就是无理的。他们没有必须爱我的义务。或许齐晗的光芒太盛，他们实在分不出心思爱我。可齐晗愿意让我站在他的光芒中央。人只要活着，就该对赋予你生命的人心怀感激。更何况我妈把我养大本身就是一种爱，我要怎么长大她已经无法干预了。我爸……他不是一个好丈夫，但我无法指责他。”

我一想到我哥现在应该在家等着我，就有些归心似箭，对胡遥招了招手：“爱一个人已经很不容易了，我不要浪费多余的情绪去恨别人。”

【第四章】落帆重扬

Luo Fan Chong Yang

1108 室没有像我预想的那样，有人在走廊尽头有人等待。

铝合金大门紧闭着，我摸黑走近，隐隐听到有说话声隔着十厘米厚的金属门传出来。

我哥在压着脾气和人争执，从他的语气里我判断出了对方的身份，当然主要还是因为那个人的声音是来自我记忆中十几年站在我们家食物链顶端的女人。

我捏着钥匙贴在门上听了十分钟他们的谈话内容，在我哥第八次谈到我妈要是搬进来住我就没有地方睡的这个话题时毅然决然打开了门，房内的声音戛然而止。

“您不是非住这儿不可的。没有别人照顾我照样可以考好。但小野需要地方睡觉。”

我哥的声音依旧是温和的，只是他以一种不容商量的眼神看了我妈一眼，转身朝自己房间走去。

我妈一屁股坐到我床上，大概是吵累了，眼神挪到一边看着地板，胸口起伏得厉害。

“妈。”我喊了一声，轻手轻脚合上大门。

我象征性地向前走了两步，朝我哥的方向开口，实际上却是在和我妈商量：“我可以和我哥一起睡的。”

齐晗停了下来。

我妈瞪了我一眼：“两个大男人怎么一起睡呀，躺在一起好让你影响你哥啊？”

“那我打地铺也可以的。”

齐晗转了过来。他紧紧盯着我，似乎是在警告我的背叛。

我妈有点儿动容，扭头看着齐晗。

我哥面无表情地回望了一眼。

他转身时说出了他对我这个主意的决定：“我睡地铺。”

我妈当然不答应：“你睡地铺？！你马上就要高考了睡什么地铺！你就是要跟我反着来是吧？”

还没等她到达盛怒的状态，我已经手脚麻利地把凉席铺在了我哥床边，枕头被子混着我的书包一同落席，我盘着腿坐在凉席上，两眼亮晶晶的，望着我妈等她表态，就差长条毛尾巴对着她边摇边吐舌头。

我妈要骂出口的话被什么堵在了喉咙里，她神情复杂地盯着我看了几秒，翻身上床睡了。

我曾经有幸捕捉到过那样的眼神。

在我七岁被丢后捡回家的第二天早上，又或者是在别的什么情况下。

我妈把它投射在我脸上的次数屈指可数，但每一次都在我的记忆中熠熠生辉，宛若淘沙河中偶尔被大浪冲刷出来在阳光下闪烁的水晶石。

毫无例外，都是我笨拙而费心地想要讨好她的时候。

她的留下得到了我哥的默许，我的留下得到了她的默许，我沉浸在这样两全其美的结果中，欢欢喜喜地洗了个澡。

被改造成书房兼卧室的封闭阳台亮着灯，光线透过隔墙中间的那扇玻璃窗，向旁边勉强可以被称作客厅的小屋里洒了一团柔柔的光。躺在床上的女人呼吸绵长，我手里提着拖鞋，踮着脚经过那张原本属于我的床，进了我哥的房间，坐到地上的凉席上，转身关上门，阻断了从这个地方唯一可以传声出去的路径。

齐晗背对着白墙，留了个无动于衷的侧影给我——他还在为我讨好我妈的独断专行不高兴。

我一步一挪地慢吞吞地移到我哥椅子边上，仰头往上看。

他还是盯着桌面上的理综模拟卷，钢笔因在纸面停留太久而洇出的一团黄豆大小的墨迹，这个墨迹出卖了他的心不在焉。

我叹了口气："哥不理娘不爱，我是没人要的小白菜。"

齐晗终于忍不住笑了，虽然嘴角只蜻蜓点水地扬起了一秒钟又被他飞快镇压了下去，但还是没逃过我的眼睛。

笔尖肆无忌惮地戳破了被墨水洇湿的纸面，齐晗对我说："哥吃力不讨好，哥才是小白菜。"

小心眼儿。

我不接话，身子一倒，睡在地铺上。

我睡了没多久，脖子还没开始被这个姿势折磨得酸痛，眼睛先被我哥抽掉台灯插头制造出的黑暗拯救了。

迷糊中齐晗好像把我放到了床上，自己睡了地铺。再一阵昏昏沉沉过去，接近天亮的当口，他又再次和我换了位置，这样赶在我妈醒来之前，制造出我睡了一夜地铺的假象。

好兄弟就是要轮流受苦。

我听见开门声吵醒了另一张床上的人，紧接着外面就忙活了起来，是我妈起床准备开始做早餐了。

高三真累。

我又嘟囔了一遍。

等七点准时响起的闹钟把我的好觉吵醒的时候，我哥大概已经坐在教室做完一套英语听力题了。

这不稀奇，稀奇的是我妈给我做了早餐。

我捧着我妈给我煮的面，如坐针毡。

一个人突然对你好，给了你点什么，总是为了向你讨点什么回来的，除非你是她亲生儿子——偶尔也有例外。

比如我这个亲生儿子，吃了我妈的面，就得给我妈交代。

“吃啊。”我妈幽幽地扫了一眼过来，“怎么不吃，怕我下毒？”

怕。

我讨好地笑了一下：“怎么可能？妈最好了。”

我抓起筷子，夹了面就往嘴里塞。

我妈特意给我煮的面，当成断头饭来吃也不亏。

虽然味道一言难尽。

我正吃着，我妈突然冒出一句：“你哥是不是谈恋爱了？”

堵在喉咙里的面渣被我倒吸的一口凉气刮进了气管，我开始猛烈咳嗽起来，一边咳嗽一边费力地想把嘴闭紧一点儿，舍不得让面从嘴里喷出来。

我妈以一副“我就知道”的表情有一下没一下地拍着我的背给我顺气，顺便把桌边早就准备好的凉开水给我递了过来。

我喝了水，顾不得呼吸依然急促，只拼了命朝我妈摇头，配合着手上的动作，浑身上下都坚定地表达着否认。

我妈用凉凉的视线把我上上下下打量了一圈：“没有？”

那眼神胸有成竹，仿佛刚才问的两个字只是走个过场罢了。

我装作看不懂她的眼神，顶着一张憋红了的脸捣蒜一样止不住地点头。

我妈什么也没说，只抱臂坐直，把身子和我拉开了一段距离，明明我比她高了大半个头，却感觉此刻被俯视的人是我自己。

她朝电视机旁的储物柜扬了扬下巴，连眼珠子都懒得转过去，依旧睥睨着我："那柜子上的花是咋回事？"

我这才注意到储物柜上那几枝半枯的花。

我哥的高三生活一直被他规划得满满当当，根本挤不出一点儿空隙，不知他什么时候抽出时间去买了个花瓶来装那几枝花。

我看得心情大好。

原来被人珍视的感觉真的很不错。

"我哥喜欢花，您该不会不知道吧？"我反客为主。

"我能不知道啊？"陈女士"啧"了一声，"那他有工夫自己摘吗？我亲儿子我不了解？把这玩意儿插这儿会是他浪费时间干的事？"

我挑着面小声嘀咕："您有两个亲儿子呢。"

"你说什么？"

"没什么。"

没等我抢白，她又说："说吧。哪个小姑娘送的？不然他能把那花当个宝贝一样？"

"其实……小伙子也能送。亲人，朋友都能送。而且那花儿不是宝贝……"我垂着眼睛辩解。

"少贫嘴。"

我妈瞅了眼挂在墙上的钟，不耐烦地招了招手，想来一大清早这么点时间从我嘴里逼问不出什么，敷衍了两句，就结束这个话题催着让我上学去了。

我前脚一走，她后脚跟着起来，直直朝那个花瓶走去。

我心里大叫不好，停下脚步，盯着她："您该不会要扔吧？"

"都快蔫了，"我妈瞪我，"不扔干吗？留着让你哥分心呀？"

我急中生智，赶忙上前拦着她："您又要像初三那次一样？"

我妈手上动作顿了顿，迟疑了几秒，终于把花放了回去。

我哥持之以恒地对我照顾那么多年，也不全是因为他的意志力。

一个人总拿热脸去贴冷屁股，尽干些得不到回应甚至还要被报复的事，怎么都会累的。

我对齐晗，大概是给一百个巴掌喂一颗糖的关系。我不是故意这么做的，换作过去十七年的我，如果能有选择，我大概一颗糖也不会给他。

但我有时候控制不住本能。

当年我哥读初三，临近中考那会儿，我妈怕他压力大，有句话怎么说的来着：世界上有一种压力大，叫妈妈觉得你压力大。

我其实对我哥的心态从来没产生过任何怀疑，从小到大随便哪场考试我就没见他紧张过，就连他初一参加全国中小学生英语水平竞赛决赛的前一天晚上，他都还在陪我玩三国杀。

我妈怀着一种比中考当事人还焦虑的状态病急乱投医，竟然跑来问我。

“你们两兄弟！天天在一个屋睡上下铺，你哥喜欢点什么你能不知道？”

我眼珠子一转，摊开手：“您给我钱，我去买。”

我哥这个人的兴趣爱好乏善可陈，当年十四岁的我为了从我妈给的那点钱里克扣出最多的油水，思来想去，跑鲜花批发市场给我哥买了几束花。

鲜花市场嘛，成本低，但东西也原生态，那么长的花茎，那么长的刺，人家要单独给你收拾都得收你钱。

我哪里舍得。

我连包花的纸都是自己买的——两毛钱一张的回收旧报纸，我买了三张，把那几枝花捆得很严实。

我回家后，趁家人都不在，先拿剪刀修剪了一下花枝上的倒刺，再拿个矿泉水瓶子灌上水把花装起来，放齐晗书桌上。剩下的钱全进了我的口袋。

齐晗回来瞧见桌上的花，转过头看了两眼正躺床上看小说的我，我顺势说："妈叫我买点你喜欢的，待会儿吃饭她问你我买了啥，你别说啊。"

他又低头回去看了好一会儿花，再抬头，语气似乎愉快得很，竟跟我开起玩笑："那我怎么说？"

我翻了个身，懒得搭理他："你爱怎么说怎么说。"

吃晚饭时我妈果然问了起来，齐晗灵巧地搪塞了过去。

过了两周，他还执拗地在书桌上放着那个矿泉水瓶子，里头的花被他想尽一切办法维持生命，但还是枯得了无生气。

即使是这样，他也不愿扔那瓶花。

奇怪的是，我每天在他书桌前晃来晃去，看见那瓶枯萎的花，也懒得扔。

好像不扔，我就不用承认它的枯萎。

直到有天我妈突发奇想要大扫除。

我和我哥放学回家，我正拿了衣服去浴室洗澡，外边突然有了嘈杂声。

等我匆匆忙忙穿好衣服从浴室出来，只看到了我哥打开家门冲出去的背影。

我妈气得在原地直跺脚："大半夜书也不看，几朵花而已，你要跑去翻垃圾呀？！"

我哥置若罔闻，早就没了踪影。

我把我妈安抚好，替她冲下楼去把齐晗抓回来。

哪里晓得到了楼下，真如我妈所说，他大半个身子探进那几个硕大的垃圾桶中，一个口袋一个口袋地拆开，不停地在里面翻找。

我一把把他拉起来："不就是几朵花吗？你发什么疯？"

他愣怔了一下，接着又俯身翻找起来。

我拼命把他扯起来："你要花我明天再给你买就是了！"

他停止翻找，目光凝视在垃圾桶里，我顺着他的视线望过去，那几朵花被碎掉的杯子和陶瓷碗压着，因为干枯许久，随便一碰就会掉许多花瓣，眼下早已七零八碎，拾不出一朵完整的来了。

"你不会的。"他看也不看我一眼，"你不会给我买的。"

他说得对。

我从来是一个兴致上头才会去做什么事的人。这次给他买花也只是为了从我妈手里捞点油水，今晚我这样承诺他，仅仅是为了让他回家，明早起来，我就会当成什么也没发生过一样食言。

齐晗把我的劣根性摸得十分透彻。

那晚我和他异常沉默地回到家，我妈追问着，我和齐晗谁也不回答她，最后齐晗在家里跟所有人赌气生了好几天闷气，谁的话也不理，我妈理所当然地把那场矛盾归咎在自己身上，认为是她未经允许扔了我哥的花，才造成那样的局面。

"您又要像初三那次一样？"

这句话问出口，我想这束花应该暂时安全了。

三年前没能为我哥做的事，阴差阳错在三年后竟然让我有了补偿的机会。

我不再有顾虑地走出去，一步也没回头。

我知道我妈不会再对那瓶早已经没有任何观赏价值的枯枝制造威胁。

等我回到教室，胡遥又像更早以前那样埋头拼命背单词，神情专注，叫我恍惚间以为前些日子发生在她和成家兄妹之间的矛盾只是一个梦境。梦境醒来，我这位同桌还是风雨无阻地前来上学的"六根清净"的大学霸，什么朋友仇敌，于她都是幻影。

当然这是不可能的。

我毕竟是亲眼看见她为成鞠与自己之间的友情失神的人。

我拉开椅子坐下，正要从书包里拿书，瞧见我妈不知什么时候偷偷塞到我书包隔层里的牛奶和鸡蛋。

哼，口是心非的女人。

我把鸡蛋拿出来，把壳磕破，蛋壳破碎的声音使得教室骤然产生了几秒的寂静。

接着又是一片背书声。

牛奶也还是热的，想来是我妈在我起床之前刚刚烫好放进去的。我把吸管插上，一口咬了半个鸡蛋进嘴里，又吸了口牛奶，咽下去以后拿肩膀碰了碰胡遥，学着昨儿才在课本上看的片段，拿腔拿调地问："是几时孟光接了梁鸿案？"

胡遥猝不及防笑出声，白了我一眼："少在这儿阴阳怪气。"

看得出来她确实心情大好。

我丝毫不怀疑自己要是像挨着我哥那样挨着她，甚至可以听见她心里正乐得打鼓。

人类的悲欢并不相通，但这并不妨碍他们对别人情绪变化的缘由产生好奇。

经过一个早自习的死缠烂打之后，我才知道昨晚过早在黄果树下离场的我错过了什么。

原来胡遥昨晚让我回家之后自己并没有立即踏入家门。

从小练拳击的胡遥，也练出了一种对所有潜在危机都十分敏感的强大直觉。在目送我离开后，她很快察觉到有什么人潜伏在小区围墙的花圃中。

她本已做好防御或是逃跑甚至反击的准备，可当里头窸窸窣窣一阵响动过去，她看到的却是无比狼狈的成鞠。

除了自己无能为力的学习成绩之外，成鞠在其他任何一个方面都是完美主义者。

如果我没有记错，她个人不仅固执，还有很严重的洁癖。

毕竟我清晰地记得高二上学期的一个下午，她们舞蹈专业有一个集体视频要补录，而成鞠站在第一排中央，录制只有一次，她因为自己跳舞的时候某一个动作记错了左右脚，把自己关在舞蹈教室练习了整整三个小时。

一直到专业课时间结束该上文化课了，成小容虽然迟迟不见成鞠来上课，但也没当回事。后来是成鞠他哥给自己妹妹送奶茶时，发现成鞠就没回来上课，到处叫人去找，才发现成鞠还在舞蹈室里。成鞠被人找到的那会儿，她已经把舞蹈服跳得能拧出水来，就为了把那一个动作刻进肌肉记忆里不再出错。

成鞠的洁癖更是严重到可怕。

有句老话叫差生文具多。这句话虽然在我身上不太体现得出来——毕竟我一年到头也就用两支笔，一支零点五毫米签字笔，一支自动铅笔。有需要用红色墨水笔时，我一般就找胡遥借。

但是成鞠，是在身体力行来验证这句话的真实性。

据不完全统计，她一年里曾在包里掏出过六个不同外观的笔袋。

而每个笔袋，都配备一套不同组合的笔。

只能说她考虑到了所有细枝末节，用这种细致表达她对学习这件事的尊重。

但对提高她的成绩无济于事。

众所周知，一般签字笔墨水染在手上，是无法轻易洗干净的。

那次大课间下楼跑操，成鞠走得太急，一不小心拿签字笔在自己手上画了一笔，大约半个手背那样长的一条线，她注意到以后当场愣在原地，随即一头冲进厕所，打开水龙头疯狂冲洗，一直洗到我和胡遥跑完操回来。

等成鞠洗完手非常优雅地回来坐下，她的一整只左手已经被她搓得红成一只卤猪蹄——我的这个贴切但不太优雅的形容被她狠狠嫌弃了一番，所以我后来又加上了“优雅的”三个字，即优雅的卤猪蹄。

总之在我和胡遥看来，墨迹并非被成鞠洗掉的，说是被她直接连皮搓去的更为合适。

就这么个生命中时时刻刻要体面和整洁的人，在那晚在胡遥家楼下的花圃里浑身脏得让人不忍直视。

胡遥说她第一眼就看见了成鞠左脚的拖鞋，因为她右脚已经没鞋子了。

原本灰白色亮绸睡裤在小腿以下已经湿透了，被露水打湿贴在她前脚踝那一圈，灰白也不是灰白，沾泥带土，像是深夜去耕了地。这泥一路蔓延到上衣领口，那张每天早晚用不知道抹了多少昂贵的护肤品的脸蛋此时也挂了彩。

没有衣物遮挡的小臂和胳膊肘直接破坏了她本人以往严格遵循的穿衣配色法则：浑身上下不能超过三个颜色。黑泥此刻正在凉风的吹拂下慢慢脱水凝固，泥块周围有不少擦伤的红痕，与之做伴的还有不知怎么跑了一路都没甩掉的郁金香花瓣——这花我见她带到教室来送给胡遥过，听说是她妈特意从国外空运回来的珍贵品种，只不过在她家花园里跟批发一样的种植数量大大增加了我心里对它珍贵性的怀疑。

从家里翻墙出逃的少女有些无措地搓了搓自己的双臂，有棱有角的沙粒滚过她的伤口，让她疼得龇牙咧嘴。她想放手又怕自己的狼狈在想见的人面前会多流露一分，掩耳盗铃似的把左脚放到右脚面前，想借着黑夜遮住一两分。这种行为就当时来看简直是十分窘迫。

胡遥当时忘了呼吸，呆立在原地。

她知道自从靳阳的事闹大以后，成辕对这个自己平日里本就爱护有加的妹妹的看管到了多严密的地步，更知道那栋由于父母繁忙常年不在，只留了一堆保姆和一对相互依存的兄妹的小洋房别墅花园内荆棘遍布。

难以想象这么一个娇生惯养的女孩子，是怎么穿着一套薄薄的睡衣跨过了荆棘丛，再在她哥眼皮子底下翻过了两米多高的铁栏，一路光脚奔到这里来见自己最亲近的朋友的。

胡遥从未料到自己在成鞠心中原来占据这么重要的地位。

成鞠低头看向自己的脚边，凝望了那块土地很久，然后慢慢弯下身，从那里捡起来了什么。

等她把东西拿在手中，胡遥借着不甚明亮的月色，看见那是一束显然不属于这个院落的郁金香。

成鞠在自己家把它们偷偷采走的时候，这几朵花应该尚且还不错，或者说应该很好——她舍不得送给胡遥次等的东西。

在一个小时前，这几朵花还傲然立在只适合自己生长的特殊的土壤中，眼下经过一路摧残，却已变得破败不堪。

成鞠盯着自己手里的花，对着花低声说："不经吹。"

接着她抬头看向胡遥，把花伸向胡遥的方向，伸出一半，又把手垂下去，摇了摇头："家里新种的稀有品种郁金香，昨天刚开花，本来想送你的，算了。"

胡遥依旧痴愣着没动，她就这么站着，站在禾川五月的夏夜里。

成鞠的声音传到胡遥的耳边变得有些模糊不清，胡遥只能看见她双唇张合，却听不见她大部分的话语。

"遥遥……"

当成辕面若寒霜地出现在胡遥身后，质问成鞠大半夜跑出来就是为了和胡遥分享刚开的郁金香的时候，小鸟依人的成鞠光着脚跨步上前，把将近一米七的胡遥护在身后，她扬起下巴，脸上又是那副对着她哥恃宠而骄的模样。

“看不惯你就告诉爸妈啊。”成鞠瞪着他，“你想怎么样？把她抓起来？先从我身上踩过去。”

成辕气不打一处来，虽然嘴里语气凶，但身体很诚实。

他背过去，做了个标准的扎马步姿势，微微躬身，冲后头喊：“给我上来！哥背你回家。”

等胡遥摇着脑袋目送一边背着成鞠回家一边骂骂咧咧的成辕的时候，隔了老远还能听见两兄妹的拌嘴。

“……哟，您还好意思挤对我呢？别逼我揭你老底啊，你当我不知道你高一的时候让我替你送玫瑰，就是想追胡遥呢？”

黑夜里，有人转身回家的动作僵在了黄果树下。

这世间的男女关系有时候就是那么复杂。

我妈——亲爱的陈女士，她搬来与我哥同住给我带来的为数不多的好处就是我又能吃到她亲手做的饭菜，并且每天中午我都有了“给我哥送饭”这个光明正大的理由去他的教室找他。

然而这点好处似乎在她正式搬进来、开始三人生活的第一天就有了夭折的势头。

中午我到家拿钥匙开锁的时候，一股煳味从大门与地板之间的间隙钻出来，这味道顽强得如同戈壁滩上碎石底下挣扎发芽的野草一样，直冲我的嗅觉神经，不禁让我想起了我小时候一次煎蛋的经历。

那时我一时兴起，学电视里边的情节做什么爱心煎蛋，在简短的五分钟的努力过后我就选择了放弃。我虽然放弃了蛋，但并没有放弃火。被火差点儿烧穿的锅底发出的味道就跟现在的味道差不多。

等大门被打开的时候，那股烧破锅的煳味几乎将我整个人从头到脚包围起来，而我妈正若无其事地坐在客厅择菜。

我顾不得关门，也顾不得把包放下，甩手掉头冲到厨房迫不及待地寻找这股气味的来源。

不锈钢锅里是差不多三人份的瘦肉粥，白净的粥面除了看起来有些黏稠以外还是一派安然无恙。我关了火，拿起铲子朝锅底搅了搅，沉在底部的粥像西北荒漠还没被开垦过的地，锅铲陷进去，寸步难移。

这一顿中饭毁了，我哥现在还饿着肚子在教室里，一边做题一边等着我送饭。现在去食堂买饭，食堂里也早就不剩什么好菜了。

我惊讶于我妈对这样强悍的味道都能置之不理，几步跨出去走到我妈面前。

当我走到她面前时，她连头都没抬一下，依旧泰然自若："粥在锅里，盛了给你哥送去。"

我实在捉摸不透她这是什么意思，如果只是想给我吃煳粥我完全可以理解，但很明显那锅里的粥不只是我一个人的分量。

夏天本就燥热，我已经无奈到了有些生气的地步，胃里像被什么人塞了一团乱麻又胀又烦。

我拿出了生平第一次不太客气的语气质问她："那么大的煳味你闻不见吗？这送去我哥还怎么吃？"

她手里的动作停了下来。大概是从没听过我用这么冲的语气对她说话，她静默着兀自缓了两秒，才接受了我话里的那一丝不尊重。可她抬起头的眼神里没有我准备好要接受的怒意，反倒是有点儿慌乱和迷茫。她张着嘴眨了两下眼睛，才带着几分不确定地问我："煳了？"

我一时语塞，准备好的道歉措辞堵在嗓子眼里无处可去。

虽然我知道我妈在做饭这方面的能力有所欠缺，但我不知道她能力能如此欠缺。

并且我又适时地想起了当年我把锅底烧穿的往事，这让我不禁感叹原来一切都是有迹可循，就连烧厨房的本领也有一定的遗传因子在作祟。

她又把头转回去，像是在问我，更多像是在问她自己："味道很大？"

没等我开口，她起身快步走进厨房，过了片刻又走回来，有些失神。

"是……是煳了。"这是她头次在我面前展现出一副带着歉意的神态，不过我知道这歉意不是给我看的，是给隔着一圈围栏和一个操场正饿着肚子刷题的齐晗看的，"我刚刚走神了，没注意仔细去闻。"

我闭嘴咽了口唾沫，摇了摇头，也没反驳她"这么大的气味怎么可能闻不见"的心思，只想着今天中午怕是得让我哥拿泡面凑合一下，有些低落："算了，我去学校了。"

我妈在背后叫住我："那你们吃什么呀？"

我没回头："我去小卖部看看吧。"

我抱着两盒泡面垂头丧气地走到我哥教室后门，两条腿跟被剔了脚筋一样软绵无力。不知道我哥晓得自己白白等了一个中午，结果是吃自己最讨厌的泡面会是什么表情。

齐晗不喜欢吃泡面，这在我们家是众所周知的事情。

去年夏天，一中的准毕业生在期末考过后会有长达一个月的补习时间，那段时间整个学校只有那一个年级上课，而食堂承包商不愿意为了一小部分学生大费周章地开灶，甚至连一个窗口都不开，所以我哥他们这些准高三生只能在饭点时走过一个长长的地下通道，到禾川一中的初中部去跟初中生一起吃饭。

那年夏天据说是禾川三十年以来最热的一个夏天，想来这也是食堂工作人员不愿意开伙的原因。

而初中部的食堂容量很小，高中生一旦过去，必须自带饭盒，不能堂食。所以他们只能走过那个地下通道打了饭，再带回宿舍或者教室里吃。而这就意味着高三生们本就短暂的午休时间，要浪费至少一半在赶路和洗碗这样的事情上。

那条地下通道很长且不透气，齐晗刚刚读高中那会儿我还在读初三，有几次过来找他一起回家就是走的那条路。通道里头总有股灰尘四起的怪味，还有人因为那儿没有监控摄像头就随地扔垃圾。我很不喜欢通道里的脏乱环境和难闻味道，更不用说齐晗这种极度爱干净的人。

所以他几乎不去初中部跟那堆小孩抢饭吃，总在教学楼下小卖部买点泡面凑合。

一天上了早课要上下午课，上完下午课还有晚自习，齐晗平均一天吃两顿泡面，终于在那段补习快要结束的某天晚上跟妈开口，请求她能不能头一天多做点饭放保温盒里，让他第二天带去吃。

我妈对他的请求感到诧异，再三逼问下，齐晗才说出了学校食堂目前的境况。那时我们全家才知道齐晗在所有人都不知道的情况下，吃了半个月的泡面。

我妈听得心里很不是滋味，当即告诉我哥，反正家里还有个高中生一天到晚没事，干脆以后两顿饭都叫他送。

那个高中生就是我。

神奇的是，当时的我在知道齐晗吃了那么久的泡面以后，面对我妈提出的这个近乎无理的要求竟然不似以往那般拒绝，而是埋头吃饭对我妈的想法进行了默许。

可齐晗并不懂我的眼色，他以为我只是单纯地不愿意拒绝我妈但也不想给他跑腿所以选择了沉默，于是他耐心地跟我妈说："那么热的天，我走个地下通道都出一身汗，哪里能叫小野一天两趟地跑来送饭。"

我妈兴许也是觉得理亏，便没有再提。

第二天，齐晗照常出门上课，我在我妈出门买保温盒以前若无其事地跑到她跟前："我哥的饭呢？"

我妈愣了愣："什么？"

我说："你不是叫我给齐晗送饭吗？饭呢？"

我妈在震惊的同时看我的眼神又变得有些复杂，因为那确实是一个很热的夏天，往年得了点空闲就巴不得跑去打篮球、恨不得一天不沾家的我在那个夏天也变得异常不爱出门，缩在房里吹空调，因为一出门就感觉会被太阳晒化。

而我哥接到门卫室电话跑出来发现送饭的我时，手里还拿着刚从小卖部买的泡面。

我顶着一头热汗冲他皱眉："看什么？没看过你亲弟弟啊？"

齐晗赶忙跑到我面前。

我把保温盒递给他："又吃泡面，几条命够你吃啊！"

他低头笑笑，接过我送来的饭，不说话。

"就在这儿吃，"我说，"吃完了带回去……我妈洗。"

其实是我洗。

那段时间校门口有挺多给孩子送饭的家长，都是孩子坐那儿当场吃完，然后家长拿饭盒回去，图的就是速战速决。

胡遥她爹，也就是咱学校保安队大队长，深谙此道，特地在自个儿保安室里准备了挺多小塑料凳子。

这个学生吃完了，就自觉地把凳子让给下一个学生。

后来半个月，我每天帮齐晗送饭，总时不时看着他手上拿着从小卖部里买的泡面。

我以为他是喜欢吃泡面，所以等他补完课再回家休息且我妈不在家做饭时，就体贴地让他煮泡面。

起先齐晗还挺乐意给我煮泡面，我俩凑合着吃了两顿泡面以后，他很腼腆地问我："崽崽，咱们下次出去吃吧？"

"为什么？"我嘴里嗦着泡面，头都不抬，"你不是吃得挺开心的吗？"

他的身影在我眼角的余光里一僵："我以为……是你喜欢吃。"

"你不喜欢？"我顿了顿，"那我怎么记得你在学校天天买？"

结果齐晗告诉我，他买那些泡面，只是以防万一。

以防我给他送饭是一时兴起，以防我下一顿不给他送，以防他在校门口等我的时候会希望落空。

因为我从没有在一次送饭过后明确告诉他：以后都会给他送。

我当时看着他手里剩了大半碗的泡面，沉默了一会儿，然后拉着他起身："走，出去吃饭。"

眼下同样的夏天里，我又要让他吃泡面了。

我手里的两桶泡面真跟两个烫手山芋似的。

脚步在门槛前顿住，我看着我哥微微弓着的背影，脊骨从肩膀下面一点儿的高度开始被半湿的校服勾勒得若隐若现。一路往下走，到了中间，白色棉麻布被汗水完全浸透，严丝合缝地贴着他的后背，布料随着骨节的形状模糊地起伏。

不知道那么瘦的一个人是怎么轻而易举地在夜里把我从地上换到床上，又在凌晨把我从床上换到地上的。

教室天花板的吊扇摇摇晃晃地转，杯水车薪的凉风根本吹不到因为身高而主动要求坐在最后一排角落的齐晗身上。

我紧了紧抱着泡面的两条小臂，像自己才是我哥吃不到午饭的罪魁祸首一样心虚地靠近。

泡面盒子被放在我哥正在做的押题卷上，货架上被我顺手拿走的卤蛋一骨碌滚到他手指边。

他抬头，我望着桌角，嘴里像被人塞了颗烫口的珠子，舌头都无法控制，闷着口气飞快地说："今天中午吃这个。"

仿佛我吐字含糊一点儿，桌上三三两两散落的午餐就能跟着含糊地变成别的东西。

齐晗又瞟了一眼桌上的泡面，也不问我饭菜怎么被掉了包，搬了椅子让我坐下，笑着说："哥去给你泡。"

汤汁被调料染成深红色，我站在阳台上，拿起叉子把泡软的面饼搅了搅。

我哥撕开塑料包装轻车熟路地把两个卤蛋挨个挤进了我碗里。

我看着眼前陡然上升的面汤，叉起一个卤蛋放到我哥碗里。想了想，又叉起一个，让它们在我哥碗里团聚。

"那个……高三多补充点营养……"

我哥在憋笑，随便谁看了我们俩现在吃的东西都对这句话难以信服。

更何况这话是在以往碗里有吃不下的肉宁可倒了也不分给齐晗的齐野口中说出来的。

学着做一个会体谅亲哥的弟弟真的好难。

为了打破眼前的尴尬，我转移话题，意图把今天吃不成饭的过失从自己肩上卸下来："咱妈今天中午发呆把粥给煮煳了。"

"她打电话跟我说了。"我哥不以为意地点头，"妈最近想事的时候走神得有些厉害。"

"想什么事？"

"小野，"我哥突然打断我，盯着楼下空旷水泥地上几个晃动的人，"明年你高三，咱们还是住1108室吧。"

思路被突然打断，我没反应过来，顺口道："好啊。"

过了两秒，我才缓过神："我明年高三，你不都读大学去了？"

齐晗点头："哥就在这儿读大学，陪你读高三，哥不去远的地方。"

我在大脑里飞快地过了一遍禾川的几个大学，最后替我哥敲定了唯一一个985和211头衔加身的建大。尽管如此，以我哥二模665的分数来说，建大于他而言，还是有些屈才。

我吃了口面，对我哥的想法不置可否："咱妈会赞成你读建大吗？"

"不会。"齐晗答得没有一丝犹豫。

我撇嘴："那有什么好说的。"

我哥转头看着我，语气平淡得像一碗白开水，放出的话倒是一颗惊雷："咱妈会赞成我天天睡地铺吗？"

"不会啊。"

别说赞成，我连我妈看见我大剌剌躺床上，而她最心疼的齐晗蜷在地上睡觉的场景都不敢想象。我被吓得话都变了调，有些惊悚地瞧了我哥一眼。

"那我睡了吗？"

我埋头吃面不接话，懂了我哥的意思。

"小野，"齐晗把两只手搭在瓷砖上，我余光瞧见他碗里的塑料叉子没入了汤里，面只动了几口，蛋也还是原样。他开口，声音轻得仿佛风一吹就能把嘴里说出来的话冲散，"你有没有想过，妈不愿意哥做的很多事情，以前哥会做，以后……哥迟早也会做。"

我摇头。

"迟早"这个词实在太模糊，时间跨度宽泛得谁都说不清楚。它可以是今天下午，也可以是一年后，五年后，十年后的某个早晨。我哥口中的有一天在我心里遥远得如同呼伦贝尔大草原上的某根地平线，你顺着时光往前走，永远都追不到头。

我为什么要去考虑这样杞人忧天的问题？我才十七岁，我只需要照顾好自己和眼前的人就好了。我不要去想象我让我妈难过的样子，即便我从未使她顺心过，我的成长本身就是她难过的一大原因。

我哥跟我的沉默较真起来，他不愿意放过我似的追问："等哥和妈短兵相接那一天，你会怎么办？"

我有些恼怒于他看不懂我回避态度的不识趣，反问道："那你呢？"

"哥总能有办法。"他也赌气一样不再看我，"只要你听哥的话。"

嘴里的面变得索然无味，我哥又把主动权抛到了我手里。

我在这一刻突然懂了为什么以往我哥面对我的霸道嚣张时能无限纵容，因为他总能看到恶魔面具下那个卑微怯懦的齐野。

如果真有那么一天，我花了半辈子力气去讨好的人对我提出什么要求，而这要求恰好是我一直以来最擅长的事——伤害齐晗，我或许会为了那点微不足道的欢心，去变成那把杀死这段本就没有破冰多久的感情的匕首。

我哥实在太了解我，才会以这样试探的方式开始，教育的方式结束，给我还没开始打磨的刀刃装上刀鞘："哥知道你一直以来对咱妈心存讨好，感激她的刀子嘴豆腐心。所以你耗尽一身气力去讨她喜欢，把所有的听话和乖巧留给她一个人，舍不得做一点儿忤逆她的事。但是崽崽，你先是你自己，再是儿子，和弟弟。"

"你为什么非得讨论这个呢？"我虚握着叉柄，像是被抽干了力气听我哥这番演讲，肩膀也塌了下去，不太开心地点了点头，弱势地想要为自己的逃避再辩解点什么，"可那是咱妈。即使我的一举一动不能使她开心，至少我也不想让她难过。"

"你得先清楚自己想要什么，崽崽，"齐晗抽纸擦了擦我的嘴角，"放弃自我为顺从别人意愿而活的人生，比白纸还没有意义。我是你哥，什么都要教给你。十七岁的年纪里，你最该讨好的人，就是你自己。"

我哥说得一板一眼，把我唬得眼睛都直了，以至于我在往后很长一段时间里忘记了面前这个习惯给我遮风挡雨的人，其实也不过才十八岁。

一顿本就不太美好的午饭因为这场来去都莫名其妙的对话变得彻底糟糕起来，在我履行着自己身为齐晗的好弟弟的职责，坚持要替他把残汤倒掉之后，这个沉重的话题很快被我抛诸脑后，取而代之的是我摸着自己口袋里这个月所剩无几的生活费，思考着去哪里给我哥买个手持小电扇。

成鞠在今天晚上转回了高203班，坐到了我的座位后面，美其名曰防止我跟胡遥有什么猫腻。

唯一使我高兴的是在我向胡遥讨教手持电扇购买门路的时候，这个耳目遍布全禾川的大小姐还没等我把我的话讲完，就迫不及待地插嘴给出自己的意见，并且殷切地表示她可以在今晚放学后陪同胡遥完成带我去买电扇的这项艰巨的任务——顺便和胡遥一起回家。

于是晚自习后，我们三个连带着不放心自家妹妹安全的成辕浩浩荡荡地出发，去两条街以外的东市给我哥挑选手持电扇。

然而还没踏出校门，我们就看到了在门外暗处守株待兔的靳阳。

只是今天这个早在上学期就因为打架斗殴而被开除的社会人员穿着和我们一样的白蓝色校服，肩膀上还规规矩矩地背了双肩包。

在场的四人，除了胡遥一脸淡然以外都是丈二和尚摸不着头脑。

不过谁都不难猜出他出现在这里是想找谁的麻烦。

早早辍学整日浪迹校外无所事事的混混，在昨天找了禾川一中出了名的大美人做自己的朋友，满心欢喜地去那些狐朋狗友面前炫耀，今天就沦为众人的笑柄，这在没真正踏进社会的熊孩子眼里，简直是丢了比天还大的面子。

而往往做出丧心病狂的恶事的，都是那些尚不懂事的熊孩子。

胡遥拦住我们，一行人像三个徒弟听候师父的命令一般在门内站着等了十几分钟。直到前者估摸着时间看了一眼手表，才又带领着我们慢悠悠地踱步出门，顺便还给她爸打了个招呼。

我和成辕尽职尽责地把两位女孩子护在身后，四个人像看小丑一样听着靳阳放着那些滑稽的狠话。

我突然凑过去对成辕说："要是以后有人单独找你麻烦，而且对方人多的话，我有个从网上刚学的对付那人是法子。"

成辕颇感兴趣："什么办法？"

我压低声音说："你拿个挖耳勺出来。"

成辕：嗯?

我一本正经道："我看网上有人说，以前他惹了校外一混混，对方把他逼巷子里边堵起来，他就拿个挖耳勺掏耳朵。对面十几个人，愣是没一个敢上前动他。"

话音未落，后头的成鞠已经忍不住开始哈哈大笑。

我看着成辕一脸认真思索的样儿，明白过来为啥他亲妹妹不乐意跟他玩。

他简直是不懂冷笑话的无趣人类。

然而成鞠的笑声太过放肆，似乎惹恼了对面还在放狠话的靳阳。

他骂骂咧咧的声音一停，冲这边吼道："你什么意思？"

成鞠不明所以："我怎么了？"

靳阳还要再说，就见胡遥懒懒打了个哈欠，朝靳阳身后不远处扬了扬下巴："接你回家的人来了。"

轻飘飘的一句陈述，让上一秒口若悬河的靳阳像突然被闭闸的水库一样硬生生把接下来的话关在了牙门里。

我们顺着他转头的方向望去，来者没有三头六臂，甚至担得起一句弱不禁风——不过一个头发花白的老奶奶罢了。

靳阳像一只突然收刺的刺猬，只对着身后的人露出洁白柔软的腹部，两三步上前将人扶住往回走，那副温和的模样让我有种错觉：刚刚在我们跟前冲着我们龇牙咧嘴的混混不过是披了个靳阳壳子的另一个人。

下一秒，他快速扭头朝胡遥抛掷过来的阴狠眼神替我否定了这个想法。

眼看着人越走越远，我骨子里不比优秀比浑蛋的好胜心又悄无声息地冒了出来。

我冲着靳阳佝偻的背影挑衅地吹了声口哨，把每个字的语调都拖得老长："君子报仇，十年不晚啊——"

靳阳的脚步在原地停顿了一下，看起来就像特意放慢了速度，等着身旁的老人赶上来，如果我没看到他大腿边握得青筋毕现的拳头的话，姑且可以这么认为。

五月二十四日是个值得铭记的日子，这天我们所有人之间发生的许多话在往后被命运玩弄似的逐一应验，字字句句一语成谶。

【第五章】

风过松冈

往后那小半个月，1108 室的人都如临大敌。我和我妈每天在齐晗学习或休息的时候都自动放轻脚步，大气都不敢出。

而当事人齐晗则是一如既往地延续他处变不惊的行事作风，按时吃饭，按时睡觉，心态稳如老马。

黑色小电扇为我哥转了十三个日头，终于在高考前被我妈收起来，准备连带着她大包小包的行李带回家去。

禾川六月初的太阳无比毒辣，一中正门口为数不多的几棵香樟树成了家长们的避难所。此起彼伏的蝉鸣把等待的时间拉得漫长且难熬，我举着一束花，站在一堆混合了各种气味的嘈杂人群里，看着头顶上的香樟树。树木替这些望眼欲穿的身影遮挡烈日，却依旧没办法帮他们止住因焦虑而在发际之下不断冒出的汗珠。

交卷铃声响了，我不知考场内众生战况如何，观战的长者倒像一支如获大赦的军队，连松气的声音都是随着铃声发出来的，整齐划一得好似被人指挥的。

高考从来不是一个人的孤军奋战，那支考场上一份份试卷的背后是一整个家庭的付出。

我看着教学楼大厅里冒出的黑点越来越多，一个黑点身后跟着出现一片黑点，那些人聚在出口后又四散开来，像排列组合一样在这些脸上拼凑出各种各样的神情，每张面具背后又不约而同地都压抑着同一种情绪带出的声音——那是即将奔赴新天地的低吼。

我百无聊赖地看着门内门外两拨人的蜂拥交接，等到人群稀稀拉拉散得差不多了，才抱着花走到大门口翘首以盼。

齐晗总喜欢走在热闹后面。

他说与大众的情绪保持一定距离，能让自己有一份清醒的余地。

那个高出大部分人一截的身影被我一眼捕捉住，我咧嘴吐出一口热气，我举高了手里的花，像摇旗呐喊一样扯着嗓子喊："哥！"

我哥扫视人群的视线定到了我的身上，那个方才慢慢悠悠随人流挪动的人此刻得了动力，见缝插针地在人与人之间的空隙里穿来穿去，以一步跨两人的幅度疾速朝我移动着。

"咱妈说太阳晒得她头疼。"我被齐晗单手握住肩，顺势把花塞给他，"在家等着你回去呢。"

其实我知道，是我妈心态不咋行，比我和我哥都紧张，站在这儿着实度日如年，还不如回家做饭。

我哥低头嗅花，眼里一片欢愉清朗。我仰头去看，他侧脸的轮廓被阳光照得模糊起来，鼻尖也淹没在手里的那一捧姹紫嫣红之中。

"不问哥考得怎么样？"

我虚张声势地"嘁"了一声，做出以往那个嚣张跋扈弟弟的姿态："我哥天下第一。"

因为实在热得慌，我把我哥拉到校门口旁边的奶茶店休息了一会儿，顺便买了两杯冰柠喜。

校门口的冰柠喜是我这几年最喜欢的饮料，就是七喜兑了柠檬水加冰块，因为我妈给我的零花钱不多，齐晗给我的我也不怎么用，一到热的时候，我基本上天天来这儿喝三块钱一杯的冰柠喜。

齐晗胃不好，冰的、刺激的一概不能多吃。我以前每次给他带一杯回家的时候总得跟店员招呼一声不在他那杯里加冰。

这回也一样。

我挤进人堆往柜台前凑，想要打招呼说有一杯不放冰，挤半天了还挤不进去。

齐晗把我拉出来："算了。"

"算了？"我上下打量他，"你这身体能喝冰的吗？"

"偶尔一次没关系的。"他说，"哥也试试你喜欢的口味。"

我俩拿了饮料在店里的小方桌边坐下，我一面咬吸管一面问他："你接下来有什么打算？"

齐晗愣了愣："接下来？"

"就是……报哪个学校……学什么专业啊之类的。"

他低下头："哥还没想好。"

"还没想好？"我陡然拔高一个音调，又自己嘀咕，"我们班好些人现在就拿着那本录取参考书开始翻了，你这半只脚都进大学了还没想好进哪个。"

齐晗笑笑，沉默了一会儿忽然问我："你希望哥读哪个学校？"

我微微一怔，没想到齐晗会先把我问他话的真实目的说出来。

我确实是想打探他读哪个学校的，问清楚了我就顺便看看，我这成绩跟他填一样的志愿是不可能的，但好学校也有二本专业嘛不是，我估摸着报齐晗读的大学的二本专业也不差，或者再不济，跟他在一个城市读书也是可以的。

但是我嘴硬。

我别开脸不去看他："你报哪个学校是你自个儿的事，你问我干吗？我让你就在禾川得了，你行吗？"

这只是我打嘴炮的一句话，不承想齐晗竟然回答我："行。"

我被吓得不轻。

"得了吧，"我赶紧打圆场，"你留在禾川读大学，到时候妈知道了说我教唆的，不得扒了我的皮。"

"妈不会知道的。"

我开玩笑地把这事翻篇，也没放在心上，喝完饮料就跟齐晗回了家。

陈女士对我哥的家长式的喋喋不休，在我哥不经意间提起他今晚要去迪皇的毕业晚会时突然中断，随之而来的是她长达两三个小时的诡异沉默以及不时夹杂在其中的试探。

"玩多久呀？"

"不知道，应该挺晚的。"

"所有人都要去吗？"

"差不多吧。"

"我听说迪皇有点儿乱的哟。"

"大家都是学生，不会做什么出格的事。"

"别夜不归宿哦。"

"好。"

"小野和你一起去吧？"

我和我哥齐齐转头望向这个倚门而站的女人。我诧异于我妈对我的称呼，我哥诧异于我妈对他的提议。两兄弟都有些怀疑刚才的发言是否是由这个房间肉眼不可见的第四个人提出来的。

我妈坦坦荡荡地回望着我哥，顺便以增进兄弟感情这样在她口中说出来显得无比离奇的理由解释，然后对着我抛掷了一个含糊不明的眼神。

那样的眼神是多人对话场景里最经典的一个招式——像是聊天时随便瞟了你一眼，不过眼里的意味会在你与这道目光交接的那一刻突然浓烈起来。

看的人虽然不说，但被看的人在接招的这一瞬间应该明白，我们两个人之间有秘密，是那种不能为在场第三个人知道的。所以我用眼神示意你，这样即使别人看出了什么也会识趣地装聋作哑，只要你在心里明白了我的暗示，我意有所指的目的就达成了。

我在我哥不明所以地答应以后才琢磨出那一眼的意味深长。它的目的在于唤醒我曾经向我妈含糊地承诺过，要帮她探究我哥是否有个不为人知的追求者或者说女朋友的记忆。

在得到我妈会亲自替我打电话向成小容请假不上晚自习的承诺之后，我怀着对那个并不存在的痴心女友的无限感激，给自己洗了个热水澡。临出门前，我决定去拿放在自己书包里的那张学校专门给我哥发奖学金的银行卡，经过我妈身边时，她以只有我们两个才听得见的声音，为这场自认为一致对外的战争打响了第一炮："跟着你哥，别乱跑。"

我冲她比了个"OK"的手势，像一个成功潜入敌方内部的细作，对着她示意了一个友军的眼神。

我妈难得平和地对我点了一次头。

走在路上时，我哥就直接问我："妈跟你打什么游击战？"

果然什么都瞒不过他。

我叹了口气："妈以为你谈恋爱了。"

我哥顿住脚步："我？"

我拉着他继续走："我送你的那束花，她老觉着是人家女孩子送的。"

他哭笑不得："你就没解释一下？"

"我怎么解释？"我说，"我跟我妈说，我闲得没事怕你压力大跑去给你买束花插家里边，你不觉得这理由听起来更不靠谱吗？"

齐晗想了想："这倒是实话。"

崇明街格外热闹，一个烫金招牌横跨了五间门面的迪皇大厅更是人来人往。

今晚是又一代人的狂欢。

听说这条街有上百年的历史，民国时期，有个很出名的梨园戏子在这儿待了许多年，唱了很久的戏，还有个将军也来过。

如今梨园改成了十一楼的迪皇消费中心，建筑外观保留着当时的复古风格，红绿交错，颇有种纸醉金迷的感觉。

迪皇二楼是音乐餐厅，金属摇滚乐的声响浸泡在五颜六色的玻璃杯里，给三五成群的人的脸上镀了上一层醉生梦死的光晕。

为了让四楼的桌游室与二层冲破云霄的音浪隔绝，设计者巧妙地在三楼安插了大型 KTV 作为音量过渡区。

毕业聚会是默许带家人朋友的，旁人带的都是朋友，我哥来 KTV，带的是家人。

四十平方米的大包厢装不下一个班的人，齐晗在两个包厢之间被来回拉着喝酒，我趁他不注意一个闪身跑去了迪皇隔壁的商场，顺便拿着他的奖学金去买了一个我看上很久的胸针。

卡虽然是学校给我哥发奖学金的卡，但上个月开始我就在里面偷偷把自己和我哥的零花钱都一并存在了里边。我看着价格算了算，两百多一个，不算贵，正好是我这个月抠抠搜搜从饭钱里省下来的数额，这样也算我自己给我哥买的礼物了。

等我准备万全一路跑回去，从电梯走出来的时候，头上已微微出了汗，气还没喘匀，就看着齐晗正拉着楼梯口的服务员问有没有人看见他的弟弟。

"哥！"我冲他招手。

“去哪儿了？”齐晗跟服务员说了声不好意思，赶忙走到我跟前，“一会儿不见，就跑成这样？”

我正准备开口，才见他捂着肚子，似乎脸色不大好。

我凑近了些，发现他额头在冒冷汗，忽觉不妙：“你喝了多少酒？”

齐晗摇头，脸色在以肉眼可见的速度变白。

我赶忙扶住他：“去医院？”

齐晗已经说不出话来了。

聚个会聚到急诊科去，也算是少有的经历。

齐晗今天吃了冰的，晚上没怎么吃饭，又喝了酒，给喝出了急性肠胃炎。

他从小胃不好，平时随便吃点什么都得注意，今晚就放纵了一点儿，就把自己给放纵进医院来了。

齐晗躺在医院病床上，我在旁边给我妈打着假报告。

“……这不人挺多的嘛，我们今晚不回来了啊。”

“不回来？你不回来？你明天还要上课啊。”

“那你放心他一个人在外头玩儿？我回去了谁替你守着？”

我妈沉默了一小会儿：“明天要回家啊。”

“好嘞。”

我回头，齐晗正把手搁在被子外头打点滴，嘴都白了，还对着我笑。

我把手机一扔：“笑什么？有什么好笑的？”

他说：“你什么时候跟妈撒谎也能这么理直气壮了？”

我白了他一眼：“拜你所赐。”想了想，又说，“不过这也不是第一次为了这事跟妈撒谎了。”

还有一次是我畏罪扯谎。

大概是我五六岁吧，总之是齐晗对我的态度开始有翻天覆地的变化之前。

我对小时候的那些记忆总记不太清楚，只隐约有点儿模糊的印象，依稀记得齐晗其实在七八岁之前对我的态度是极其恶劣的。

小孩子嘛，喜恶分明，对不喜欢自己的对象总有十分敏锐的直觉，而齐晗在小小年纪察觉到我对他的敌意之后，第一选择当然是对我以牙还牙，报以同样的讨厌情绪，事事跟我比着来，跟我作对，并且总以毫不意外的姿态胜出。

毕竟母亲的爱是筹码，而他不缺爱，我则根本毫无筹码。

可我每每问起齐晗那几年的事，他总否认，说我和他没有闹过矛盾，这使我愈发怀疑自己的记忆出了差错，从而愈发对这些过往抱着不确定的态度。

总之是某年夏天，孩子们之间很流行一种解暑方法，把用塑料瓶子装着饮料放进冰箱下层的冷冻柜，等饮料完完全全在冷冻层里凝固，凝成一个完整的冰块之后，再从里头拿出来，让它一点点融化。每融化一点儿，就把里头的饮料喝掉，这样全程都能喝到加了冰块的饮料。

没有饮料的，就在塑料瓶里加水。

我和那时的几个玩伴也喜欢这样的方式，早上出去在院子里玩，玩到中午就去小卖部买一瓶五毛钱的饮料，钱多一点儿的，就买一瓶一块五的饮料，接着赶在午饭前偷偷放进家里冰箱冻着，等吃完饭再在家里睡会午觉，一觉醒来，就能拿到新鲜的冻成冰的饮料。

如今那些玩伴的名字和面容在我的脑海中都已不大清晰，但那样明确的清凉的快乐却在我潦草压抑的童年里给我留下了不可磨灭的印象。

我并不经常得到零花钱，就连五毛一块也很少，所以我通常都是拿着很久之前买的汽水瓶子，把里面的汽水喝完之后把瓶子洗得很干净，第二天再在家里拿它接矿泉水放进冰箱冷冻。

不知何时起，孤僻高傲的齐晗在暗中发现了我的这个爱好。

从某一天起，我放矿泉水的那一个隔层里开始多出一瓶汽水。

以后每一天我打开那个隔层，都能看到一瓶冻成冰的汽水。

当年和齐晗水火不容的我当然认为那是一种炫耀和宣战——他能每天买一瓶汽水，而我只能在老旧的汽水瓶子里装矿泉水。

我对他这样的行径视若无睹，直到有一天，他在我从冰箱里拿出我的汽水瓶子的时候假装若无其事地走过来问："你不喝汽水吗？"

我在心里冷笑他的明知故问：我不喝汽水，是我不想吗？

"你有病吧，"我站起身来，"哗"地扯开刚被我关上的冰箱隔层，"你爱喝，你自己喝啊。"

齐晗似是猝不及防，呆呆望了我几秒钟，接着整张脸涨得通红，一下子把隔层扯到底，伸手拿走了那瓶汽水："喝就喝。"

"那你喝啊，"我抄着手重复，"你不喝我看不起你。"

他抿了抿嘴，费了点力才把冰得冒着白气的汽水打开。我注意到他被冰得止不住换握瓶子的手。

齐晗空对着一瓶只有冰块没有水的饮料，又看了看在一旁等着看他笑话的我，一咬牙，抱着瓶子往桌边磕。

他磕了很久，终于把那一整块冰坨子磕成了碎块，然后一赌气往自己嘴里倒，倒得满满一口就开始硬嚼，我听见了他牙齿咬碎冰块的声音，咔嚓咔嚓。

齐晗的脸在咀嚼的过程中慢慢褪去血色，刚从冰箱里拿出的冰块的冰冷使他不住地张口汲取外面的空气来缓解口腔内的寒意。等他咽下第一口碎冰，我仍然抱臂在旁无动于衷，于是那个下午，他在我冷漠而挑衅的注视下，硬生生吃完了一整瓶汽水碎冰。

我只在最后离去时冷冷丢下一句："你喜欢吃，你就每天都这么吃好啦。"

齐晗恼羞成怒，冲我呛声："吃就吃。"

可惜我和他都没机会等到他再次这么放肆。

那天半夜，我在床上睡得迷迷糊糊，感觉耳边有谁的呼吸声，随后便听到有人叫我。

“小野……”

我皱了皱眉，半梦半醒地睁眼，映入眼帘的是齐晗那张了无血色的脸。他苍白的脸色让我觉得他是在向我和这个世界辞别。

我还没来得及反应，就见他扯着我的被角，手里攥了一把钱，无力得连声音都发不出来，只能喘着气请求我：“能不能……帮我出去买点儿药？”

我虽然平时跟他不对付，但关键时候还是分得清轻重。

正好那天晚上我妈上夜班，我爸又出去喝酒打牌没回家，我当即拿了钱就开跑，生怕晚一秒回来齐晗就凉了。

我们家那几年住的地方很偏，赶上禾川搞什么城市建设，我们一家子随时在搬家，最后因为经济困难，被逼得住进了城中村。

城中村的好处是，虽然破破烂烂地方又小，但一直到很晚都比较热闹，因为没有系统的城市管治，摆摊卖夜宵的也多，我那个年纪在那一块地到处跑也不用担心人贩子。

而且麻雀虽小五脏俱全，我家楼下就是药店。

我爸喜欢抽烟喝酒，胃也有老毛病，所以家中常备胃药。那晚齐晗胃疼，是先去找了家里头的药箱，发现药箱都空了才来找的我。

我除了学习之外，干别的事都还算机灵，一溜烟跑到药店里头，都不带停顿地就能把那些胃药的名字给报出来。

等我拿了药回家，齐晗已经快疼晕过去了。

我把他从地上扶起来，说了一句和今天一样的话。

“不能喝就别喝，死要面子活受罪。”

后来的齐晗学会了不逞口舌之快，学会了内敛锋芒，学会在跟我闹矛盾的时候永远最先后退一步，他也渐渐发现示弱比强势更能缓和我与他的关系，只要他示弱，就能离我更近一些。

第二天我妈大清早回来发现垃圾桶里的药盒子，问我们昨晚谁买的胃药，买来做什么。

我和那时脸色稍稍好了一些的齐晗对视一眼，说："昨天捡到只猫，一直在吐，就把它带回家来喂了点药。"

我妈目光在我俩脸上逡巡半天，最后没吭声。

现在想想，当时的理由真是蹩脚，也就是我妈看我和他没出什么大事不愿意深究，没有戳破我们的谎言罢了。

"你说你那时候为什么那么喜欢跟我作对？"我很好奇，觉得眼前的齐晗跟五六岁那个心高气傲的他简直判若两人，"拿命跟我玩儿？"

他低下头，抿着嘴笑："我记不清了。"

"吹牛。"我撑着下巴看他，"你明明就记得很清楚。"

他凝目沉思了一会儿，忽然问："之前在迪皇，你跑哪儿去了？"

"哦，对了，说起这个，"我很容易被他在不知不觉中转移注意力，从兜里掏出那个丝绒盒子，"喏，你的毕业礼物。"

"我的？"

饶是齐晗，此刻面对如此正式的礼物也有些惊讶。

我仔细想想，这似乎确实是第一个我如此有仪式感地送他的礼物。

……虽然这个场合不太合适。

"你的。"我又把盒子往他跟前递了递，"我跑上跑下累得够呛。"

齐晗接过去，眼神明亮，偏偏还在嘴硬："跑那么急做什么。"

"我怕跑慢了人家等不了我了。"我把手揣起来，"毕业快乐。"

他在这时把丝绒盒子打开，里头一枚金色的胸针在病房灯光的折射下散发着柔和的色泽。

“齐晗，”我叫住他，等他抬眼望过来，才说，“希望你以后，能永远毫无顾忌地去热爱一切。”

病房里还有张空床，我去楼下买了清粥、牙刷和毛巾，睡在齐晗隔壁凑合了一晚。

第二天回家的时候陈女士已经上班去了，连带着她曾在这里居住了半个月的所有痕迹都被带走。

我和齐晗给她打了个电话报平安顺便说我俩已经到家，还着重强调昨晚什么都没发生，齐晗一整夜都和我待在一起，她才挂断了电话。

我和他精疲力竭，各自洗了个澡往床上一躺，睡得昏天暗地。

往后那几天齐晗的状态让我有种他是不是还没有高考的错觉。

除了他在起床和睡觉时间上对自己不再那么严格，有时偶尔会睡到早上八点又或者会熬夜看书看到凌晨一两点以外，白天他还是捧着一堆课本和习题写写画画。

我问他看这些课本做什么，他笑而不答，过了一会儿又说：“做准备。”

“准备？什么准备？”

“等成绩出来了……”他说到一半，又不说了。

【第六章】记忆跌撞

齐晗毕业之后我的学习成绩逐渐有了不小的起色，毕竟他手头没什么要紧的事，只要在家，就能一心一意辅导我写作业，虽然他并没有问过我想不想学。

他突如其来的对我学习状况的重视使我有些敢怒不敢言，我还是低估了他的心机，毕竟在此之前他从未表现过对我学习态度的不满，由此可见，他的改造计划确实已经蛰伏了很久。

从此之后我每晚按时回家吃完夜宵，洗完澡就坐在那张齐晗曾经坐了快一年的课桌前，用着他的那盏台灯，彻底代替他开展以前他每晚的学习，严格按照他制定的标准步步提高。

其实这样也无可厚非，只是我散漫了好几年，骤然从自我放纵的状态中转变出来还是有些不太习惯。

毕竟人的天性就是懒惰，但想着我哥是为我好，而且过程中他也没闲着，我也就无话可说。

然而这样刻苦的学习并没有持续太久，齐晗就已因为某些缘故分身乏术，无暇顾及我，我还因此在暑假第一个月的某个周六发了一通脾气。

最直接的原因是他不让我跟他一起回家吃饭。

不是走廊尽头的1108室，而是有爸妈在的那个家。

追溯得再早一点儿，可以从他出成绩的第二天说起。

像我先前说的，他暑假里没有所谓的毕业纪念旅行，也没有像别人那样回家之后两眼一闭睡得不分昼夜。齐晗拿到自己高考成绩后的第一件事，是把它们打印成纸，然后坐地铁到几十公里外高成区的一栋别墅里应聘。

我在那时才明白他在考完到出成绩这段空白的时间里，不分昼夜地把高中三年的科目笔记做归类整理是为什么——为了方便他拿到成绩的第一时间就多一分应聘成功的筹码。

于是周日的早晨九点半，我趴在床上半睡半醒的时候，他就已经拿着中考模拟卷帮那栋别墅主人即将升高中的女儿做起了考试的准备。

他并没有止步于此，很快凭借自己以往的成绩单在禾川找到了第二份和第三份工作，无一例外都是家教。

都是高成区的家教，在禾川这样的二线城市以三万五一平方米的房价而出名的环湖别墅区。

我哥拿着一个小时四百块的薪酬开始了每天两点一线的兼职生活，在他身上似乎永远没有那股属于刚刚脱离学业苦海的学生独有的对课本的厌恶气息，三份家教，三个年级，他每天在不同封面的数学课本的翻页声里忙得不亦乐乎。

终点站是火车北站的一号线地铁负责每天早上在一中门口把我哥捎去高成区，顺便捎走了以往总是陪我吃午饭晚饭和陪我放学回家的那个身影。

大概是因为齐晗这个名字实在不够长，短短十七个笔画身后要容纳进“家教老师”这个身份就会把“哥哥”给挤出去。

我甚至觉得他这个毕业生过得还不如考前他读高三时那么悠闲——

当然只是我所认为的他读得悠闲。

从1108室到高成别墅区光是单程就要花费两个小时，这样费时的路程使我每天除了和我哥共进早餐以外，几乎找不到在睁眼时可以有交集的时间段。

晚上他搭乘十点半的最后一班地铁回家的时候，我多数情况下已经睡了——自甘堕落的差生不需要学到凌晨，毕竟每天逼着自己早起已经够痛苦了，更何况还没有齐晗在旁边监督着我。

而提醒我他已经回家的信号是厕所里定时传来的洗漱声。

只有一个周六的下午他风尘仆仆地短暂回来过，带着一身灰尘和疲惫，洗了个澡又匆匆赶去上晚上的补习课。

大半个月的劳碌奔波之后，齐晗拿到了第一笔不菲的酬劳，凭他的身价和能力，应该至少有五位数。

大概是他给我妈发了个不小的红包，我妈在欣慰和骄傲的同时终于想起了这个品学兼优的儿子还差一场体面的庆功宴。

我积累多日的不满和埋怨，终于在他不由分说地拒绝我跟他一起回家吃庆功宴的这一刻爆发了。

愤怒能吞噬掉一个人大脑里的理智和话语里的委婉，在亲近的人面前更甚。

我不明白为何一向对我有求必应的齐晗会在这件事情上固执地抵触我的参与，我也不是没有想过其中某些原因：或许是他还认为我对他的优秀十分忌惮，忌惮他在我妈面前过分耀眼；又或许他觉得只要回去吃这顿饭，就难免要与我妈表现得母子和谐亲密无间，这样又会伤到我敏感的自尊心，引起我的嫉妒。

我坦然地告诉他我已非昔日那般小肚鸡肠，我可以正视他在这个家中举足轻重的地位，而带给我这般坦然与底气的人正是他齐晗，所以他什么也不要怕。

可他沉默了很久，还是二话不说地拒绝了我。

这让我觉得我们之间的心结依旧未解，并且造成如今这个局面的源头是他并不是我。

原来他内心深处一直觉得我死性未改？他从没真正直视过我的释然？他也不愿意试着去相信我一次？

我的质问在他的沉默里渐渐失控，怒火肆掠，把什么都烧到了一起，烧尽了关于他以往殚精竭虑保护我的记忆，也燃旺了我内心深处自知融不进这个家的那点自卑。

在我毫无顾忌齐发出的乱箭里，终于有一支刺中了他。

在我说出“你也一样觉得我是这个家多余的人”的那一刻，他的沉默被箭头刺出了裂缝，裂缝的形式是他口中不断重复着的道歉和带我回家的承诺。

我的口不择言结束在他赶去走廊打电话的脚步声里，耳膜里尚未平息的心跳声盖过了他刻意压低音量的催促和请求。

直到被我哥带入家门那一刻，冷却许久的理智和灵敏才又回到我的骨髓和血液里。

家里有了些微妙的变化。

我心中的疑云是在看到我爸手里那个他专用的茶壶变成了普通客用玻璃杯时出现的。我上完一趟厕所经过洗漱台出来的时候，这份疑惑在胸腔里膨胀起来。

最后我一不小心盛汤时弄湿了我爸的衣服，在他拒绝我让他回房间换衣服的建议时，那团疑云在我脑中轰然炸开。

我爸在这个家里的痕迹犹如我妈在1108室曾生活过的那样被悄然抹去，他不再用自己随手能拿到的保温杯，卫生间里不再有他的洗漱用品，甚至屋里连一件可以换洗的衣服此时也找不出来。

我后来一直回忆不起吃完这顿食不知味的饭菜的过程，我哥向我妈汇报成绩的声音，和打马虎眼的志愿意向如同流水一样进入我的左耳，在脑子里打了个转又流出去。

语文128分，英语136分，数学140分，理综270分……这些数字伴随着我麻木的吞咽一起进了肚子里，不知道什么时候才会被我反刍回味过来再为他感到骄傲。

我现在是没有工夫的，我的心思在一直以来被我哥隐瞒得天衣无缝的事实里挣扎，每一口咀嚼的都是漫进齿缝的震惊和难过，直到我头重脚轻地跟着我哥，走出了那个逼着我们一家四口装模作样其乐融融的封闭式舞台。

当关门声作为落幕，被一面墙隔断的两拨人才松了口气。

天下哪有比我爸妈还辛苦的父母，被自己的大儿子临时求着去演一出骗他们小儿子开心的拙劣戏码。

一切早就有迹可循。

齐晗从不会无缘无故拒绝我的任何要求，除非那样的后果是给我带来伤害。

所以我对他那样歇斯底里，是在逼他选择。

他那时进退维艰，在我一声一声的质问中明白，如果今天这顿饭我无法如愿以偿，兴许给我带来的伤害和让我知道爸妈离婚的真相一样深刻。

齐晗殚精竭虑地给我编织好的一张网就这样被我亲手撕碎。

头脑里对现实情况的认识逐渐清晰，我在机械地抬腿落脚中慢慢接受和消化爸妈已经离婚的事实，顺便回忆起我哥今天给不出拒绝我回家的理由时的语塞无措和那个他一身疲惫回家洗澡的下午。

这些回忆像蒸笼里升腾的水汽在我后脑聚集，烫得我的脑袋突突地痛，最后一股莫名其妙的悲伤开始往我的四肢百骸里钻。

为什么一个受害者要像自残一样以一个加害者的姿态拼命地粉饰太

平?

难道他不会难过吗?

他的难过是谁造成的? 难道加了一刀在伤口撒盐的人不是你吗?

不是你吗? 齐野?

这些问题连同着支离破碎的认知，敲打着我混乱的思绪，像一个一个秤砣陆续落在我的脚后跟上，把我的脚步越压越沉。

到了那个连接着花店和甜筒站的过街天桥时,我终于拖不动脚步了。

我停下来，用右手食指和中指去勾我哥的衬衫袖子，怯生生地试探，像小时候每每经过这里就用这样的姿态对着我妈撒娇让她给我买冰激凌时一样。

夕阳落了下去，天边镀了一层朦胧的橙红。

齐晗站在禾川六月的橙红里,转过头,脚下是不远处拥簇成团的花丛，衬衫衣领被风吹得立起来，剐蹭着他的脖子，额前的碎发也顺着风的方向飘了起来，风里有股催人回家的味道。

他若无其事地笑着问我:“又想吃冰激凌了?”

你看这个人多有本事。

你对他发的所有脾气他总能一点儿不差照单全收,到最后你才发现，他是拿他的忍气吞声做了道屏障。你发泄的坏情绪会通过一个名叫真相的过道原路反弹到你的身上，顺便将一种被称作愧疚的附加物品一起带回来，毫不顾忌地压着你，压得你喘不过气，压得你非逼着自己承认自己是个浑蛋才肯罢休。

最后他轻飘飘的一句“是不是又想吃冰激凌了”就给你的全盘崩溃做了谢幕收场，你知道他原谅你了，甚至他从没怪过你，可你依旧希望他怪你一下，你清楚自己配不上这份温柔，可他就要你受着。

从不发脾气的齐晗就这么死死治着一天到晚都在乱发脾气的齐野，把他在十七岁那年的夏天收拾得服服帖帖的。

我转头看着天桥下川流不息的车群，鼻子像被什么刺了一样又酸又疼，我使劲抽气，酸楚感化成水从泪腺里冒了出来。

由远及近的建筑、人行道、车道上不停息的车流和它们旁边被修剪平整的绿化带全被泡在眼眶，充盈在泪水里，泡出交叠的重影。我不敢去擦，也不敢眨眼，就睁大眼睛瞪着那些重影："爸妈是不是离婚了？"

我听见一声叹息。

"对不起。"

我嘴唇动了动，没出声。

你有什么好对不起的？

眼里的泪珠滚落下去，又装得满眼都是。

我终于还是没忍住："我是不是没有家了？那天下午，你是不是帮爸搬家去了？"

齐晗跨步走过来，左手抱着我，右手把我脑袋摁在他颈窝里，想止住我肩膀跟着呼吸一起不由自主地颤动。

"哥……哥。"我额头枕在他肩膀上，看着自己的眼泪把他薄薄一层衬衣洇湿，"我是不是没有家了？"

齐晗的声音不知什么时候也哽咽起来，这声哽咽让我恍然想起他也是爸妈的孩子，他也不过比我大了一岁而已。

"只要哥在，你就有家。"

小孩子都是应该受保护的。

我不合时宜地想起这句话。

这是在齐晗十二岁那年，我妈去金店给他买平安锁的时候说的话。

那个锁是纯金的，大概两克重，背面刻了齐晗的名字和生日，放在手里也不过指甲盖大小，却花了我妈一千来块钱。

我妈说："害怕齐晗今年犯太岁，多花点钱没关系的，小孩子都是应该受保护的。”

十岁的我在旁边听得红眼病都快犯了。

齐晗在我妈的注视下戴上那个由一根红线串起来的平安锁，一抬头就看到我眼里毫不掩饰的觊觎和厌恶。

他生在寒冷的冬天，衣裳穿得里三层外三层，这样贴身的饰品自然要贴身戴着，所以我妈在第一次看见他戴上去后就没怎么见过那个平安锁。

她以为齐晗一直很听话地贴身戴着那把锁，只有跟他睡在上下铺的我才知道，自打他第一次短暂地戴了一会儿过后，那个锁就不曾出现在他身上。

我在妒火中烧的同时总不知死活地在心里存着点小小的企盼，企盼在我十二岁那天我妈也会给我一个小小的平安锁，不需要很大，哪怕不是纯金的，镀金的也好银的也好铜的也好，只要她能让我戴上，也告诉我“小野不要犯太岁，小孩子都是要受保护的”就好。

人人避之唯恐不及的“本命年”在我这里成了盼星星盼月亮的一种期待，这期待到最后我的企盼理所应当地落了空。

或者说半落空。

好消息是我收到了一个平安锁，比齐晗的那个略小些，背面有我的名字和生日；坏消息是这锁不是我妈送的。

按套路来讲，用脚指头想都知道这锁是谁送的——不错，是齐晗。

他很能揣测我的心思，知道当着我的面亲手给我我一定不会收，所以他把那把平安锁放进了我的笔盒，还附上一张纸条，上面写：“小野也是有人保护的。”

我一直没好意思跟齐晗讲，时至今日这纸条还被我完好无损地存在教室的课本夹页里。字条放家里我不放心，怕齐晗哪天一不小心就看到了，这会让我觉得丢面儿。

于是我在拿到那张纸条的第二天就把它放在了我的英语课本的第一百零八页——语文课本我一年到头都不会翻几次，数学课本同理，英语课本则需要拿出来背单词。

这样我每次翻到那一页都会想起这张字条的存在，方便提醒我下学期开学换书的时候把它一起带走，带到下一本书的夹页里。

齐晗也没有告诉我，可我难得聪明一次，在那次以后的某个夜晚突然想明白，那个平安锁减少的一点儿重量是怎么回事。

很多年后，我也曾经假装若无其事地问过齐晗，当年送我的平安锁，是不是他特意找人把自己那个熔了以后再打了个新的，这样就能在新的上面刻下我的名字。而彼时尚且十二岁的齐晗承担不起那样的手工费，所以用一部分金子作为抵押。

一般大型的金店并不会答应这样的方式，能同意齐晗这样以物易物的，估计只有某条街巷中不为人知的手工店，那样的手工店往往黑心，所以吞了齐晗一部分金子。

那个平安锁我一次也没有戴过。当年齐晗在送给我平安锁后的一段时间，都在有意无意打量我是否戴了他精心准备的礼物。而后他一天天陷入失望。

随着光阴逝去，那把平安锁也沦为了他用来讨好我的众多礼物中被遗忘的一个。

他一定在最后一次失望过后觉得我不喜欢那个平安锁，其实我不是，我只是执拗地放不下在他面前那点自以为是的骄傲，认为接受他施舍的关心就成为彻底的输家，其实兄弟之间哪有“输赢”二字可言。

我眼角的余光里，周围经过的人流脚步不停，没有人关心天桥上这对相拥而泣的兄弟发生了什么。

最后一抹橙红隐退在天际线后面，我抓着我哥后背的衣服，在霓虹灯初上的禾川放声大哭。

最后我哥还是用一个冰激凌把我哄回了家。

那个时候是晚上九点，天桥上的个个路灯周围都围了一圈小蛾子，我从我哥的左肩哭到了右肩，直到脸上眼泪鼻涕在他衣服上擦得干干净净，才抬头揉着眼睛示意他可以回去了。

齐晗带着我往天桥下走，我垂头丧气地跟在他身后，走了没两步，就撞上我哥的后背，他停在了甜品站窗口。

天桥底下正热闹，我们周围人来人往，套着维尼熊人偶服饰的大叔在卖气球，街边刚开张的夜市有老师傅在摆地铺捏糖人，我哥站在那个定时变色的巨型塑料灯泡前低声问我想不想吃冰激凌。

我哭劲没过，鼻子堵得厉害，声音也带着鼻音。我看看我哥，又看看排队买甜筒的人，视线里还没完全撤离的泪水让一切都有些模糊，我嘴角耷拉着跟他说："想。"

我哥在成片闪烁的华灯里一下笑了："崽崽今年几岁啊？"

归属感真的是个很奇怪的东西，即使父母这么多年对你并没有给予太多的爱，从始至终关心你的只有一个齐晗，这么一个貌合神离的家早就称不上家了。

你知道它迟早有一天会土崩瓦解，可不管做了多少心理准备，那一刻真正到来的时候，你依旧会失落得像是被扔出象牙塔的人。好像撤掉了那一层名叫家的屏障，你就再也没有理由赖在属于孩子的位置上不去长大。

结果我哥拿一个冰激凌告诉我其实象牙塔一直以来都稳稳地把我罩在里面，那道被称作家的屏障不过是齐晗的另一个名字，里面那个名叫齐野的孩子依旧是他手心里永远不用长大的弟弟。

冰激凌是我最爱的巧克力味的，齐晗从售货员手里接过再转身递给我："走，哥带你回家。"

成鞠说吃甜能短暂地治愈难过，我想我哥今晚一直没开心起来大概是因为他忘了给自己也买一份。

晚上的时候我试图说点什么让他的呼吸听起来不那么沉重，可我似乎一开这种拿自己寻开心的玩笑就总会弄巧成拙，像上次安慰胡遥，像这次安慰我哥。

我意图将今晚唯一尝到的甜，通过开玩笑的方式传给我哥："哥，你看你多得优待，他们俩离婚都只等你毕业的时候离。"

我哥的呼吸声不再沉重了。

直接静止了。

这片刻的静止让我意识到自己似乎又说错了什么，我屏着气等我哥的审判。

他说着今天重复了无数次的台词："对不起。"

冰激凌的甜味儿彻底过去了，被咽到肚子里的酸劲被我哥的一句话勾引得又涌上来，涌到鼻子眼睛里，我撇嘴："你又没错，对不起什么？"

岂止他没错，谁都没错。

齐晗长长叹了口气："哥以为……至少能瞒你一年的。

"哥没做到，对不起。"

原来我一直都有不知道真相的特权，是自己不识好歹，要刺破我哥苦心孤诣布好的台面，不识好歹地举着灯笼去看。

齐晗填志愿那天我忙着换教室，换完教室回家倒头就睡，以至于根本没想起问他填的什么学校。大概是对他太过放心，总觉得齐晗这样滴水不漏的人在填志愿这种简单的事情上一定不会出错，所以早一天晚一天问都是一样。

结果他第二天就跟他所有兼职的地方请了假，刚开始我以为他终于愿意给自己找个放松的理由休息一下，后来我才知道他是在未雨绸缪地等待着一场责难。

我下晚自习回家的时候争吵已经接近尾声，但这没有妨碍我在最后五分钟到达战场边缘并获取到这场战争所有相关的重点。

1108 室周围的毕业生已经搬了出去，即将升入高三的又一拨租客还没来得及搬进来，这条悠长的黑走廊串起的一个个房间里，只有尽头那一间还有活人的气息。

房门没关，里面洒出的白光顺着过道变得越来越微弱，最后和走廊另一头小窗里透进的柔和月光融合在一起。

我妈尖锐的声音断断续续飘荡到我还没踏进的核心筒里，阻止了我走向走廊的脚步："你知道一本线多少吗？超了一百六十分的成绩你报哪里不好你报建大！你是不是疯了！医学系？医学系怎么了？它再好再是招牌它也是建大这个牌子底下的……你自己挣学费？你自己挣学费你就翅膀硬了是吧？好……我不管你！我管不了你了！"

门被"砰"的一声砸响，高跟鞋的声音越来越近，我一个闪身躲进了消防楼道，大气不敢出地咬牙听着电梯门打开又合上。

这时我才知道我哥原来报的是建大。

建大医学系确实在全国数一数二，可我妈对学校是个有些固执的人，深信"宁可读名牌大学的一般专业，也不要读一般大学的名牌专业"这样的理念，或许因为她本来就是从建大毕业的学生，所以觉得这么优秀的齐晗不应该屈尊跟她读一个水平的大学。

尽管如此，我其实也对齐晗的选择有些不理解。

按他这个成绩，其实国内大学可以随便选，换作是谁，也不愿意留在禾川的。

我轻手轻脚走近，听见我哥在房里捡起被我妈打碎的杯子，捡了几片，他忽然就蹲在地上叹了口气，喃喃自问："我走了，他怎么办？"

我呼吸一滞。

禾川的夏天再热，这条常年无人问津的走廊也是凉的。我额头上赶回家时冒出的细汗不知道什么时候已经干了，想把放在墙上的手抬起去擦汗，反而蹭了一脸的灰。

我站了很长一段时间，脚下灌铅一般难以踏入那个四十平方米的小房间。最后我扶着墙，原路往后退，退到原本藏身的消防楼道，丢了魂似的坐了下去。

楼道的声控灯不知道坏了多久，此刻只有印着“安全出口”四个大字的告示牌散发着绿油油的光和我对视，晃得我的眼睛也绿油油的。

我靠着墙抱膝坐下，把书包摆在第二层楼梯上，顺便梳理了一遍这段时间从未好好展开理顺的思绪。

冷气浇头，我仿佛被冻得连吞咽一口唾沫都很费工夫。

恍惚之间，我耳边又响起某个清晨我吃着齐晗早起给我做的早饭时，心里不满他一天到晚不着家的行为方式，总是半开玩笑半讽刺地说他小小年纪就钻钱眼子里，质问他钱重要还是弟弟重要的声音。

我哥那时候只是笑笑，转身又开始收拾起自己一整天上课要用的课本，头垂得很低。

原来齐晗满心想的从来都不是钱，而是他的没了他庇护之后就无依无靠的弟弟。

三伏盛夏未至，我已经在铺天盖地袭来的愧疚里被烧死了。

心思游离得太远，我忘了今晚不兼职的齐晗还在房里等着我回家。直到大门再次被打开，我哥急忙朝电梯的位置奔来，我才反应过来自己在这里坐了太久，又惹出一场不必要的担心。

可我似乎连起身的力气都没有了。

“哥。”我盯着自己埋没在黑暗里的脚尖，坐在原地轻声唤他，“我在这儿。”

刚要迈进电梯的步子停了下来，齐晗转了个头，试探地顺着墙线蔓延的方向朝楼梯道里靠近。

绿色的灯牌被一截细长的小腿挡住，我抬头看着那个看不清五官的高大身影，良久，突然开口，问了个明明自己就很清楚的问题："很浪费吗？"

我哥被我没头没脑的发问唬住："什么？"

"哥的成绩……读建大。"我顿了一下，猛然想起从二十三日到今天，还没对他说过一句祝贺。

大概是齐晗对一切荣誉都太过风轻云淡，致使我把他费心得来的所有成果全看成了理所当然。

我毫无征兆地转了话题："哥好厉害。"

"都听到了？"难为我哥竟然听懂了我前后驴唇不对马嘴的两句话，蹲下来把小臂靠在我肩上，声音低沉有力得让人心安，"妈她不懂，建大的医学系配哥的成绩，绰绰有余。其他的话你都别当真，那是妈的气话。"

我其实并没有听进去，顿悟过后的大脑里有块地方被一片空白霸占，里面是接不上头的断线，一如我今晚与我哥所有答非所问的对话。

我呆滞地点了点头，又问他："其实他们俩都不要我，对吧？"

我早就发现这些蛛丝马迹了，我妈从我的生活中撤离的速度就像一个月前她搬离 1108 室那样干净利落，毕竟人都不想在自己不喜欢的东西上浪费时间。

我的生活费的交接人变成了齐晗，他负责每周给我零用钱和饭钱。他开始清点我的衣柜查看我哪些衣服因为我长高了而需要快速换掉，他开始随时关注我的脚的尺码有没有在变化，他甚至开始喝令我做作业的时候眼睛不要离得太近免得近视。

奇怪，明明他做的大多数都是和以前一样的事，可我就是敏锐地察觉了里头变了味的性质。

大概是从我妈再也没有主动联系过我开始，成小容把我叫去办公室也是在告诉我这段时间成绩的上升多亏了齐晗的监督，全世界仿佛都在暗示我：我与我妈母子关系渐行渐远，而我也自觉且主动地不再过问她的一切。

这算不算母子间一种可笑的默契?

我哥的动作凝固了，仿佛让我意识到自己现在爸妈都不要的处境是他人生十八年以来最失败的事。

楼道很安静，安静得我能听得见他舔唇时心里极速组织语言的声音。

他说：“妈……妈每个月都在给你打生活费，她只是有点儿忙，没空随时看你。”

“崽崽，别怪爸。”我哥把头低下去，楼梯间空荡荡的，他的声音也空荡荡的，“他连养活自己都困难。”

“你多容易啊。”我把头扭回去，盯着眼前黑暗里相互摩擦的手指，提了提嘴角，笑得比哭还难看，“哥有多少天没睡过午觉了？”

楼道的混凝土地板可以显现一切，显现那些有关我哥却在以往被我忽略的细枝末节，使它们在今晚凝结成这团黑暗里唯一发光的晶体，让我循着记忆一点儿一点儿发现真相。

就算是在最忙的高三这一年，齐晗每天中午也要雷打不动地睡半个小时，哪怕是趴在教室的课桌上。

可如今一天跑三个地方跑的兼职似乎扯断了他的生活底线，在他来不及坐地铁和公交赶回家的午休时间里取代睡觉的是对下午补习内容的准备工作。

我从没看到过午休时间拼命工作的齐晗，却能想象在高成区的某个正午，穿着衬衫的少年坐在炎炎夏日里、为数不多的树荫下的长椅上，手里拿着下午的备课本和席卷全身的倦意做着斗争。他旁边放着上午和晚上上课准备的东西，在聒噪的蝉鸣里全神贯注得像一幅静止的油画。

我透过这幅油画看到了几十公里外一中教学楼里那个不学无术的齐野，他不识愁苦、无脑虚度的光阴就是这么一幅幅油画换来的。

油画怎么会说话呢？油画不会说话，所以他从来听不到齐晗心血流淌的声音，所以他从来都无法无天，没心没肺。

我记得以前听成鞠说，他们家那一片儿，家长都不愿意请大学生或者刚毕业的高中生去做家教。

尽管所有人心里都清楚，除开不能接私教的一线教师，其实刚毕业的高中生是最了解高中课本和考试重点的，但他们那样的家长不愿意，因为他们要面子，请个刚毕业的高中生做家教说出去不好听。

只有个别的、少数的家长会私下里请，一般那样的家长都是因为孩子太调皮、太不听管教，家里人实在没办法了，才会卸下面子去找实际一点儿的、成绩优异的高中生来教人。

之前齐晗从高成区回来，我问他一天打三份工累不累，他看了我一会儿，说："不累。哥回来看着你，就觉得浑身清爽。"

我只以为他在开玩笑，现在想想，大概是因为他去高成区，要面对的是比齐野还要难管教的孩子，而回到家看到我，就会觉得轻松许多。

如果说我最擅长用玩笑化的方式来开解自己的痛苦，那齐晗逃避直视他的痛苦的方式就是沉默。

尤其是当我也注视到他的痛苦的时候。

我哥每每在我的质问里失措就会拿沉默来掩盖一切。

这个在课上课下面对所有科目的任何问题都能对答如流的人，在齐野问他多久没睡午觉的时候，迟疑着答不出来。

只有齐野才能让这个无所不能的齐晗哑口无言。

我在今晚悟透了这个秘密。

夜深了，没心没肺的人醒了，油画里的男孩该休息了。

所以我在他绞尽脑汁想法子应对我的沉默时伸手扯了扯他的袖子，

给了他的沉默一个完美的台阶："哥，地板好凉，咱们回家吧。"

我其实很少因为藏着心事而在夜里难眠，如今短短两三个月，就因为齐晗失眠了好几次。

一墙之隔的齐晗呼吸平稳，我知道这是因为他实在太累，在连着上了大半个月、一天都不休息的家教课后，还要应付盛怒的母亲，应付完又在楼道找到他崩溃的弟弟。

齐晗总要应付那么多人。

如果他不是这么累，或许他还会在回来之后与我促膝长谈，像我妈那样对我解释他选择建大的理由。

他会找出建大无数个说不完的优点，但绝对只字不提他是为了眼前这个不让人省心的弟弟才做的选择。

他会听着我的呼吸声是否仍旧像心情沮丧时那样长短不一，会担心我在床上小心翼翼地辗转反侧，他会害怕我因为他而感到自责，然后慢慢从床上坐起，问一句："还睡不着？"

可今晚他没有。

兴许他是打算这样的，但齐晗太累了。

疲于应付周围一切人际关系的他恨自己没有多长几对手脚，没有多几个分身，这样他才好面面俱到地把所有人照顾周全。

世界上只有一个齐晗。

这个齐晗在惴惴不安的情绪之下还想再和他偶尔不太亢奋的弟弟多说两句，可惜他已累得一沾枕头就沉沉睡去。

我枕着自己交叠的双手仰躺在床，听着从那扇铝合窗的另一侧传过来的轻轻呼吸声。在洒进月光的房间里，透过那层薄薄的黑暗，我看见了花瓶里的那束花。

我送我哥的花彻底枯萎了。

花瓣由娇艳欲滴的嫣红变成了蒙着一层褐色的暗红，身上由于脱水爬满了标志着它们生命枯竭的皱纹。

齐晗呢？

无所不能的齐晗也会在这个夏天枯萎吗？

我其实一直没有我哥那么关注它们的枯萎与死亡，于我而言，它们不过是传达和解的信使，信使在成功抵达目的地以后，自身安危在我这里似乎就不那么重要了，但于我哥而言它们是信物本身。

这一点是我在今天六点半早起的时候才发现的。

睁眼的时候房间没有开灯，我哥伫立在混杂了轻絮、洒进屋内的一片晨光里凝望着枯花，从我的角度看他，他是那样的虔诚。

只是他的伫立得实在太久，久到让我怀疑似乎只要他就这么站着，与他的背影保持着相对静止的就不只是柜子上那个拥有鹅颈形态的花瓶，花瓶里的花仿佛也停止了枯萎，生命力没有继续流逝。

这么孤寂的背影，之前我哥给我看过两次。

一次是五月二十二日那晚，还有一次在更早以前。

初三毕业的暑假，我单方面和我哥冷战了将近一个月，原因无他，从我妈那里受的气总要有个地方发出去。

从小被我哥惯着出来的坏脾气让我在中学并没有交到什么朋友，自从开始和齐晗怄气，我的假期就过得更加无聊乏味。

这样闷闷不乐的苦日子持续到了七月底，直到楼下搬来了回禾川老家度假的沐宁。

这位远道而来的小少爷刚一脸不情愿地从豪车上出来的时候，我正在他对面玩那块我哥在我出成绩第二天偷偷放到我床脚的滑板——不当面送给我是怕它遭受和上一块一样被我一言不合扔出窗口的待遇。

关于我们搭讪的记忆已经随着时间一起流逝，真正让我们结成革命友谊的，是在某天下午的闲谈中，有人失口提到了自己的哥哥，然后我们发现了我们之间惊人的共同点：都有一个自己非常讨厌的亲哥哥。并且亲哥哥之间也有着惊人的相似之处：都一样学业优异、沉默寡言和不爱出门。

唯一不同的是他对他哥哥的厌恶并不和我一样是因为嫉妒，言语交谈之间我不难感受得到这个和我同龄的朋友，在与禾川遥遥相对的城市的某个中学也是天之骄子般的存在。

从他眼神向我传达的情绪里，他对他哥更多的是一种嫌弃，一种提到这个人都会让他觉得丢了一层脸皮的嫌弃。事实证明确实如此，他甚至跟他哥坐同一辆车都不愿意，他哥是在他到达这里半个月后的某个雨夜悄然而至的。

总之我们很有默契地连他们的名字都没介绍，以至于我到现在都不知道他那个被他视作奇耻大辱的哥哥是个什么样的妖魔鬼怪，他对齐晗的认知也仅限于知道了性别和年龄罢了。

和沐宁相处的那一个月哪怕现在回忆起来也是我为数不多的、拥有纯粹快乐的时光中的一段。两个坏脾气的小孩即使身份悬殊，境况迥异，但总能在很多时候找到与对方相同的爱好，孤独与孤独的碰撞也能生出一份热闹。

齐晗沾了沐宁的光，我生活的重心从发泄怒气变成了寻找快乐，那段时间对他的脸色也比以往缓和了不少，甚至很多时候会因为贪玩不想回家，而悄悄去找齐晗帮我在下班的父母面前打马虎眼。

长此以往我与他之间似乎达成了某种不成文的约定，这种约定是连接我跟他的一条细线。我朝他转动一下眼珠，他永远都能跟被这条线牵扯了一样，很敏锐地捕捉到讯息并且用眼神快速给我答复。

我在今天早晨看着我哥的背影回忆起他当年的眼神时，才慢慢体会出那眼神里酝酿的另一种情绪。

那是一种隐秘的情绪，是男孩为自己与在乎的人之间有了小秘密而窃喜的兴奋。

我突然有些后悔。

这棵名叫记忆的、枝繁叶茂的大树被我刚拨枝探寻，梢头就出现了一颗果实。十七年来，我哥在这棵树上偷偷藏了多少果子，要我在多少个清晨拿着他不经意间施舍给我的细节一点儿一点儿地摸索捕捉，去拾取，去回味，才能把他留在那上面的酸甜苦辣尽数尝出滋味。

我后悔死了。

沐宁走的前一天晚上，我跟他打了一通宵的游戏，导致他坐进那辆载他来的豪车时我正在房间里睡得酣畅淋漓，行走江湖的兄弟从来不需要在告别的时候挥洒离别情绪。

等我伸着懒腰走出房门的时候，才看到沐宁无意间留给我的最后一样礼物——我哥站在阳台上目送他的背影。

十六岁的齐晗比今天早晨看花发呆的他还要消瘦单薄，他身上的白色T恤在晚风的撩拨下像旗帜一样飘荡，头发被风吹成毛茸茸的一片。他微微低垂着头，还在延续那场早已结束的注目礼。

齐晗落寞的背影镶嵌在那年八月底的斜阳暮色里，在两年后七月初这个携带着破晓凉意的早晨与花瓶前的这个身影重合。那时的我不明白那具身体的主人莫名其妙的难过是怎么回事，天真地以为是景色所致，两年后的今天我才明白，他在难过。

我与他之间的秘密随着沐宁的离开而消失了，那个让我和他传递眼神的暗线被那辆豪车的车轮碾断了。

他无法再沾着沐宁的光和我拥有共同的革命友谊，无法因为我要和沐宁出去玩耍而帮我一起在我妈面前打马虎眼，他失去了一个可以让我做出回应的与我拉近距离的方式。

我想那时他并不是对沐宁不舍，毕竟他们之间没有任何的感情。

齐晗不舍的只是沐宁到来的那段日子里，愿意跟他用寻常兄弟之间最正常不过的方式相处的我。

沐宁的离开代表我与他亲近关系的结束。可怜如齐晗，连我的一点儿正眼相看他都需要从一个毫不相关的人身上去获得帮助。

我掀开被子，踮着脚在冰凉的地板上挪动，在墙上的挂钟走到六点五十分的时候，我走到他身后轻轻喊了声"齐晗"。

我哥在这场突袭中惊醒："哥把你吵醒了？"

我点头："那花跟我说你难过得好大声。"

我哥低声笑了一下，努力平缓的语气里还是流露出几分藏不住的惋惜："都凋谢了。"

"那又怎么样呢。"我仰头看着他，"我再送给你。"

说完后我在这一刻的齐晗的眼中看到初三那年因为我妈的不知情而熄灭的光再度亮起，多年前被我遗失的枯枝又再次由我带到了齐晗面前。

期末考的时间定在一周以后，随之而来的是一直延续到八月中旬的升学补课。早自习时，我咨询胡遥如何在一周内快速将成绩提到530分。她对着我这张一本正经的脸，上上下下打量了三个来回，最后撇着嘴角撂了一句："找你哥代考吧，还能把分数换成'6'打头的。"

我严肃地告诉她我是认真的。

她头也没转地翻开练习册："今年高考卷你得了多少分？"

我歪着头回忆了一下："483分。"

"报报各科分数。"

我继续偏着脑袋在头脑里回忆那串数据："语文95分，数学120分，英语88分，理综180分。"

"老师说了这次期末考难度和高考卷差不多。"胡遥挑眉，眼睛盯着试题动也不动地给我下判词，"一个星期提50分，换成你哥也做不到。"

“那可不一定。”我不乐意了，“我哥是天才，我们家基因好着呢。他轻而易举地能考670分，我也行。”

“天才？轻而易举？”胡遥嗤笑，像是好久没听见有人说这么幼稚的话，“那天才怎么没轻而易举地拿到市状元？”

我一下哑住，恼从心起，辩解道：“我哥失误了，英语没考好。”

“齐野，”胡遥听我扯够了，把笔停下，转过头来正色看着我，“你知道现在每天早上这栋教学楼里哪间教室最先亮灯吗？”

我被搞得有些摸不着头脑，但估摸着她想表达的意思，试探道：“这儿？”

她点头：“第一个开灯的人永远是我。”

怪不得她回回考第一。

她又问：“那你知道高考以前哪间教室最先亮灯吗？”

我突然懂了她想说什么，看着她不说话，但已经猜到答案了。

胡遥果然指了指我哥教室的方向：“连我都不知道你哥他以前每天到底几点到的教室。反正我到的时候，高301班的灯总是已经亮起来了。”

我沉默地等她的下文。

这阵沉默里还带着一份心虚。

胡遥不知道，我这个每天和齐晗朝夕相处的人也回忆不起来。

“这次高考卷你觉得哪个科目最难？”

“英语。”我顿了一下，又补充，“还有物理。”

“所以你哥英语只考了136分，理综没上280分。”她说，“你觉得这是偶然吗？”

我没有回应。

不敢回应。

“你跟你哥住一起那么久，你哪怕有一次关注过他每天回家最先复习哪门功课吗？你有计算过他在哪门课上花的时间最多吗？”胡遥咄咄逼人起来一向有理有据，“什么是天才？像你这样每天上课睡觉，数学依旧随随便便能考120分的人确实是天才。那你这个天才的英语如何呢？语文如何呢？我没见过轻而易举擅长所有科目的天才。”

教室里背单词的声音嗡嗡地响，我垂着眼睛不接话。

齐晗读书的时候每天早上都起很早，这我知道，但他到底起多早，与他一起生活的我，其实从未关心过具体的时间。

他醒来的时候往往天都没亮，而我大多数时候还在睡梦之中。

齐晗为了不打扰我睡觉一般不会开灯，只会第一时间关了闹钟到过道另一边的卫生间里，打开卫生间的灯，那样的光不至于闪到我的眼睛，接着他一个早晨的洗漱和帮我制作一顿简单早餐的行动都靠那点小小的光完成。

“为什么我能知道你哥的努力而你不知道？”胡遥没等我回答，自顾自替我解释道，“因为我和你哥一样努力。离得远的人只看得到星星发出的光，等你离得近了才能发现那是他们在燃烧自己。”

胡遥似乎总是这样，老早就存了一肚子要教育我的话隐忍不发，只等着一个我自己找她讨教的契机才愿意出那临门一脚：“你以为你哥这座灯塔发出的光把你这艘船照亮了，你就跟他并肩了？你抬眼看看，你离那灯塔远着呢。不拼命划桨，你永远只有迎光仰视的份。”

“这个世界上没有那么多天赋异禀的人，那是不愿意付出和你哥同等努力的人给他戴的漂亮面具，目的是遮住他比他们多流的汗水。”她转头继续研究起了刚才被迫中断思考的完形填空，“或许有朝一日你确实能做到和你哥一样，但那需要你付出的是多于现在十倍不止的代价。伸手摘月，靠的从来不是一步登天。”

我成功在胡遥的教育下放弃了对这次期末考的挣扎。

七月九日出成绩那天学校给准高三生放了两天假。

我中午回家的路上热得慌，拿着成绩单当扇子一路扇回了家。

打开门看到我哥穿着拖鞋站在柜子前面修剪花枝的时候我彻底慌了，在我哥转过来的那一刹那把成绩单藏到身后。

我哥瞟了一眼我放到屁股后面那只手，转过头继续对着手里那两根早已脱水发硬的枯枝折腾："洗手吃饭。"

我像只螃蟹一样朝厨房横向移动，尽管心里早就把掌心那张被手汗洇湿的 A4 纸揉成了包子褶，但实际上手不敢做任何动作。

这个感觉太奇怪了，你明知道眼前的齐晗在过往十几年把你从上到下了解得清清楚楚，你也曾毫不顾忌地在他面前暴露一切缺陷，甚至有意放大自己的那些狰狞面目，可多年僵持的敌意融化过后就会连带着以往在他面前从没有过的羞耻心一起顺着骨血野蛮滋生了。

这羞耻作祟的时候不会让你觉得恼，但也不会让你觉得快乐，它会迫使你在它出现的时候不由自主地做出一些掩耳盗铃的事，宛如两个坦诚相待的人之间被某一方强行隔了一层薄如蝉翼的轻纱，你知道其实什么也遮不住，偏偏就是矫情地想要掩盖自己那些早就被对方了如指掌的瑕疵。

这感觉不甜，但一定不苦。

是酸的。

在我满心被这感觉填充得酸不可耐，同离那个可以逃离我哥的窄小过道还有最后一步的时候，他漫不经心的声音从这个两面墙相距不足十米的房间那头传到这头："这次期末考得不错。"

我走了那么多的螃蟹步最终还是功亏一篑。

我颓然叹了口气，认命地把手里的成绩单揉成一团朝地上抛去，顺势侧跨一步倒在那张小床上，望着我哥的背影，不甘心地努嘴："你怎么在家？"

齐晗忙完手里的活，歪着头对柜子上的成果欣赏了两秒，才转身朝我走过来。

一直被他挡住的风景终于朝我露面了，透明的玻璃瓶身被擦得一尘不染，里面不同往常装着两指深的清水，此刻干燥雪亮的瓶子里孤零零地插着两根交错的黄褐色枯枝，看起来像某种被赋予了极简主义色彩的香薰。

“今天结工资。”我哥拉着我的右手把我拽起来，声音带着笑意从我头顶传来，“想着你会放两天假，就请了个假陪你。”

我嘟囔着问他怎么知道我今天出成绩的。

齐晗拽着我一步一步挪去厕所洗手：“我之前找成老师把你监护人的电话换成我的了。”

得，还没吃饭，我已经被我哥突如其来塞给我的消息给噎住了。

我实在不敢去细想这个世界上还有多少琐事是我不遇到就不知道，而我哥老早已经防患于未然的。

他大概是在某一个晚上把自己当成了我，在脑海中按部就班地预设了无数遍以齐野的身份生活将会遇到的所有状况，才能把关于我的一切准备得事无巨细到这种地步。

我想我永远都猜不透齐晗对我的事能准备得多周全，周全到足够让我自以为的每一个未知在他那里都是已知。

我对自己“猜不透”的无能生起气来，拧开水龙头默默洗手。

齐晗看着水龙头嘴下汩汩流出的水柱，愣了片刻，然后低头轻声问我：“生哥的气了？”

我摇头不说话。

“是不是怪哥没提前告诉你。”他关了水龙头，递纸给我擦手，眼睛盯着我两只手背不看我，“哥怕说了又引你伤心一回，觉得没必要。你要是不喜欢哥这样，哥以后都先跟你商量。”

这个世界上活得轻松惬意的大多是些什么都不知道的笨蛋，温柔的人的刀尖永远对着自己。

只要我哥陪着我，我大概会一辈子这么笨下去。

我哥摸摸我的头顶：“别气了。你今天想去哪儿玩哥都答应你。”

我闷闷地问：“哪儿都行吗？”

“哪儿都行。”我哥说。

七个小时后，音乐餐厅，二楼。

我抱着在电影院里没吃完的爆米花，眼睛里流淌着为电影哭出来的泪，泪眼蒙眬地看着我哥，扯了扯他的衣角：“哥，带我这种人来这种地方，你不如送我去打坐得了。”

我哪有这个闲情雅致啊，还音乐餐厅。

我哥偏头看了我一眼，面上在电影院里冒出来的朦胧睡意还没来得及消散就被一抹难得的狡黠覆盖：“崽崽陪哥一次，今晚哥喜欢的乐队在这儿驻唱。”

餐厅昏暗的灯光慢悠悠地绕着台下高低错落的酒桌柜台打转，地板和桌面随着它的切换从黄到红再到蓝，渐变的节奏沉着缓慢，一如坐在舞台中央拨弦奏出的吉他曲调。

一副醇厚低哑的嗓子徐徐吟唱着悠扬婉转的民谣，场地从电影院转到了音乐餐厅，昏昏欲睡的人从我哥变成了我。

不知道几曲终了，像是换了什么环节，台上的歌手说了几句什么，周围沸腾起来，我的睡意被这阵沸腾扰得烟消云散。

我在这场不明所以的喧哗里对着我哥窃窃私语：“原来你今天请假是为了他。”

我哥摇头笑笑，刚要回嘴，周遭安静了下来，这次我听清台上的男人说什么了。

根据话的内容和后台见风使舵设置的打光位置，我觉得那句话完全是冲着我哥来的："不如就那个穿白色T恤衫的帅哥吧。"

一秒的沉寂过后，周围的起哄声浪犹如休克病人突然苏醒的心电图波幅陡然加大，须臾达到今晚的峰值。

我哥摆手拒绝，台上的男人却一直不放弃邀请："刚刚看这个小帅哥在台下跟唱，我就知道你一定是个'骨灰级'粉丝了，不要害羞，来吧。"

我竟然有幸在和我哥和解过后再度看到了我哥脸红的场面，我来了兴致，故意在众人的注目下凑过去说："哥，我还没听过你唱歌呢。"

我哥摆手的动作停了。

周围安静下来。

我哥的喉结在金属桌面反射出的昏黄灯光里上下滚动，他起身对着台上的歌手微微鞠躬："献丑了。"

又是一阵欢呼，混合着不明意味的口哨声。

嘈杂声随着我哥迈向吉他手的步伐逐渐减弱，等他对着暗处的奏乐者说完一句什么以后，周遭彻底安静了，此刻比那些人造灯光更为炽热的是一道道凝聚在我哥身上的满含期待的眼神。

身着白T恤衫牛仔裤的俊朗少年手握话筒，坐在台上那架高脚椅上，一只脚弯曲着靠在椅子脚，一只脚脚尖随着悠长前奏的节拍晃动，光这样一言不发地静止着就已经赏心悦目得让人挪不开眼睛。

弦动音起，我哥在一众屏气凝神中缓缓开口，三月的乾江水撞击岩石，自奏一片叮咚声响的春水都跑到我哥嗓子里了：

云鸠卷苍夜茫茫，蔷薇爬满老锈窗。

碎璃洒天星朗朗，月光凝作枕上霜。

梦过往，意绵长，顾盼情人莫流浪。

叹沧桑，叹跌撞，恋他成狂，叹旧忆相傍。

回首不见少年郎。往事如刀，刻骨刻心脏。

我化沉火落寰网，爱意不眠渡蛮荒。

吉他收弦，掌声如雷。

台下有些动情的姑娘眼里开始泛泪光。

从音乐餐厅出来的时候天色已经黑了，我朝我哥拐了拐胳膊肘：“齐晗，我以前怎么没发现你这么能。”

“叫哥。”齐晗带着股还没来得及散去的酒气揉我的脑袋。

“哥无所不能。”

【第七章】往事陈迹

六月二十七日凌晨三点。

天空黑压压的一片，月亮旁边只有几颗孤零零的星星给这片黑天作点缀。黑色盖住了整个禾川，悄无声息地朝远处沉甸甸地蔓延过去，离那些鳞次栉比的建筑越来越近，有点灯的，没点灯的，最后全都和星光一起隐没在散开的黑色迷雾里。

我坐在17F，靠机窗的位置，广播里温和的女声提醒着机舱里的人飞机还有十五分钟起飞。

十八岁的旅客心猿意马，耳机里放着刚刚被我录下的、我哥唱的《沉火不眠》，怀里躺着一根枯枝和一个烫金边笔记本。

这是我目前全部的家当。

笔记本是去年七月份买的，高二结束那天，成小容跟我们说从今天起你们就是准高三生，高中最后这一年，如果你拼尽全力去过，回过头你就会发现，你对“高三”这两个字的记忆是一片空白。

那时候我不信，于是跑去问我哥，我哥说成小容说得对，不过也不全对，他过完高三以后再去回忆那一年确实好像是什么都想不起来，但那三百多天的空白里曾经出现过一抹极其绚烂的颜色，是在五月二十二日的那晚，我在1108室门口当着他的面从自己身后递出来的花。

后来我怕自己一毕业也像成小容说的那样什么都记不起来，于是在放假第二天就缠着我哥给我买了个笔记本，从此以后过上了坚持写日记的日子。

毕业那天晚上我哥手里捧着我的笔记本跟我一起复习我高三走过的那些日子，我才发现这本日记根本毫无存在的意义，因为关于我那一年，或者说关于我的一切，我写下的、没写下的每一个细节，我哥都替我记着。

我翻开面前烫金边的笔记本，第一页原本是一片空白，右下角是忘了我哥趁我睡着的某个夜晚偷偷拿钢笔写的一句话：

My little brother.

第二天我发现以后拿着本子对他开玩笑："全世界就你还把我当小孩儿。"

我哥笑着没说话。

我往后翻，那些页里的每一个字都是由横竖撇捺点组合而成，映在我眼里传达进大脑，我的脑袋却像年久失修的机器，有识字的力气，给不了相应的记忆。

我望着眼前密密麻麻的汉字，拼凑不出它们所对应的意思。

这些字又像横竖撇捺点一样组合起来，挤在一页又一页的白纸上，每一个字都是一个笔画，最后终于形成了我认得的两个汉字，一个熟悉得不能再熟悉的名字。

7月16日

齐晗早上给我买了个小灵通，通讯录里面只有他一个人的联系方式。但是拜托！苹果都要出新机型了！齐晗还打算让我用小灵通？不过他说要是我下学期期中考了550分就给我换个苹果手机。那我得要个最新款。

算了，老款也行。

哎，算了，只要是个智能机就行。

我家现在就他一个人挣钱了，我得懂事点。

7 月 21 日

我又被胡遥教育了。

也不能说教育吧，她打着冷嘲热讽的幌子把我骂了一顿。

我又迟到了，错过了今天早上的英语听写，搞得小组得了最后一名。

不过她说得对，我嘴上倒是说得好听一天到晚吼着要努力，实际上原来怎么样现在还是怎么样，我这样怎么考建大啊?

7 月 22 日

我今天早起了。

悄悄给我哥煮了面，还给卧了两个蛋。

他吃面的时候嘴角都要咧到耳根了。

我感觉早起也不是什么难事嘛，还能让我哥那么开心，不亏。

早上我到的时候教室里还不到十个人。

成小容看到我眉毛都快飞到头顶上，就差往脸上刻“表扬”两个字了。

7 月 30 日

好热啊……

小电扇有个什么用?

五楼都这么热了，齐晗去年是怎么坚持下来在六楼天天待那么久的?

他不怕中暑吗?

他要是哪怕有一个中午拉我去他教室感受一下，我都不会跟他赌气天天逼他去教室自习的。

我哥能在我的折磨下活到现在简直是个奇迹。

8月2日

周考成绩上500分了。

耶!

我虽然还是全班倒数，但是这不能阻止我开心。

8月10日

今天成鞠分给我一大把奶糖。

纯爷们儿谁吃那玩意儿啊?

甜不拉唧的一股奶味儿。

我晚上回家的时候把那堆糖放在桌上，洗澡的时候我哥回来了。

结果我洗完澡出来桌上的糖不见了。

垃圾桶里一堆糖纸壳。

齐晗在看书，最后一块奶糖把他腮帮子撑起一个小山包。

……

我以前怎么没发现，我哥那么大个人，喜欢吃奶糖!

还趁我不注意悄悄地吃完了!

我等我哥吃完跑过去问他是不是趁我洗澡把糖都给吃了。

我哥看了我一眼，转过头去抿嘴偷笑了。

他竟然在害羞!

齐晗当着我的面害羞!

他怎么可以笑得那么可爱，我终于知道我妈为什么那么偏爱他了!

我要是能生我也要生这么个儿子，把全天下的奶糖都买给他，只要他高兴。

8月17日

我哥吃奶糖的事被我笑了一整周。

从那天以后我把奶糖放桌上他都不吃了，第二天我回来奶糖又不见了。

口是心非。

我跟他说叫我一声哥哥我就不把他这个爱好告诉别人，他答应了。

他现在在洗澡，我今天把作业提前做完了，单词也背了，等着他一会儿叫我哥。

想想都刺激！

齐晗洗完了。

齐晗出来了。

被叫哥的感觉太爽！我要真有个弟弟，天天围着我叫哥，我也像齐晗这么围着人转。

我终于理解齐晗了。

8月23日

放假了。

假前周考我考了518分。

嘿嘿嘿。

英语终于上100分了，好难。

8月25日

我哥今天给我做饭了。

只不过把饭做成一锅粥了。

算了，齐晗以前只会做煎鸡蛋和煮鸡蛋，这是他除了做这两样以外第一次下厨，还是得鼓励一下。

8 月 26 日

我哥为了避免昨天的惨剧，决定今天给我煮皮蛋瘦肉粥。

他把粥端出来的时候我傻了。

碗里一片“夕阳红”，齐晗放了胡豆瓣。

不管了。

我哥做饭不常有，谁敢不吃谁小狗。

8 月 27 日

我哥说今天吃顿好的，给我炖鸡汤。

鸡汤闻着挺香的，吃着怪甜的。

他说他熬汤的时候给我放了一大勺冰糖。

他说的时候好像还有点儿骄傲。

虽然他没提出来，但我看他的眼神应该是挺想我表扬他的。

这是什么做饭的惊世鬼才。

8 月 29 日

我哥昨天给我做了番茄炒鸡蛋。

在他把鸡蛋煮熟、剥开、切成块，丢进锅里和生番茄一起炒的前一秒我都不知道原来他是要做番茄炒鸡蛋。

我发誓一定是因为饭菜的口感太过震撼人的神经中枢，所以才导致我在他问是不是不好吃的时候，没来得及让身体出卖自己的内心，一不小心点头说了句是。

我看到我哥眼里有火把在发问的时候燃起，又在我点头的瞬间熄灭了。

嘴快本身不是病，话不过脑最要命。

我哥这份不开心一直持续到了晚上。

我当时简直恨不得立马在床上种出一片花，再跪着吃十盘炒鸡蛋乞求原谅。

8月30日

今天齐晗做家教，给我点的外卖。

吃到外卖的那一瞬间我的味觉好像又活过来了。

外卖万岁!

8月31日

我哥去学校报到了，我妈陪着去的。

我也报到了。

食堂原来不叫食堂，叫天堂。

9月1日

我哥竟然在校门口等我下晚自习。

他说他军训完以后除了周末都不兼职了，还办了走读。

我也是每天放学有人等着接回家的人了。

9月7日

听说站军姿容易晕倒，我给我哥买了一大包糖，让他每天带两颗，站军姿以前偷偷放嘴里。

我哥那么聪明，应该不会被发现吧。

9月8日

那天是周六，不上晚自习，我因为对大学生活太过好奇，偷偷跑去建大了。

我摸黑找到医学院十三连的时候我哥他们正在原地休息。

操场黑魆魆的，我躲在角落的黑暗里，扒着单杠瞅着最后一排，齐晗果然坐在边上。

他把帽子摘了，逆着月光，蓬松的头顶乱糟糟的。

我哥两腿弯曲，在他身上本就不太长的军训裤子此刻直接让两个裤脚大张着嘴，堪堪露出小半截洁白皮肤。

他的手肘放在膝盖上，两手交叠，不知道低头望着他眼前的一小片人造绿地在想什么。

半晌，他极其缓慢地把手伸进左边衣服口袋，犹豫了好一会儿才又踌躇着拿出来。

或许是从口袋里掏出了什么东西，他两只手的手指忙活起来，不断翻弄把玩着他那个在一片黑暗中的小宝贝，两只眼睛在月光的映衬下细细端详着。

我眯起眼睛想看清楚那宝贝到底是什么，下一秒他却把它放进了嘴里。

是糖！

是我给他买的糖！

齐晗啊齐晗，你下辈子做我弟弟吧，我天天比你惯着我还惯你。

9月15日

这周周考考的都是些什么玩意儿……

9月17日

507分……

英语98分……

我怎么跟我哥说我这个成绩啊。

9月20日

英语怎么这么难啊!

我要死了!

齐晗的那些笔记是人做的吗?

正常人做得出那个样子的笔记吗?

墨水不要钱的吗?

9月28日

我上周英语成绩上100分了。

我哥奖励我，带我参加他们院的新生聚会。

其实是他推不掉，只能捎上我这块狗皮膏药。

他玩真心话大冒险游戏输了,要么喝一大杯白兰地,要么坦白一件事。

我哥绝对喝上头了,扯着我跟他们说我才是他哥,还一连声管我叫哥。

齐晗你醒醒啊!

这兄弟关系得解释到什么时候啊?

我该怎么告诉人家是因为齐晗喜欢吃奶糖，但是为了不让我告诉别人才管我叫哥的?

我感觉解释了能被齐晗打死，不解释第二天还要被他打死。

算了，不解释，他自己的锅自己背。

9月29日

放假了。

成小容太变态了，月考安排在国庆假期后。

齐晗说他哪儿也不去，陪我复习。

希望他明天别下厨做饭。

10月3日

我哥怎么做到凌晨六点起来，在八点之前一手给我煮面一手拿书背单词还不打瞌睡的?

我光是起床就已经没了半条命了好吗?

10月8日

我感觉月考考得不错。

10月13日

520分!

英语105分!

我离智能机不远了!

看到我嘚瑟的样子，我哥就差把“嫌弃”俩字吐我脸上了。

给他惯的。

换一年前看他敢不敢摆这个态度。

10月16日

我哥好像对我英语进步的速度挺不满意的。

开始逼着我每天背五十个英语单词了。

背不完不准上床睡觉。

哎!

10月22日

英语110分了!

我考进全班前三十名了！

11月1日

我哥今天带我买新衣服去了。

他说我又长高了。

还说什么“半大小子饿死老子”。

看我以后挣钱了把红票子甩他脸上。

不过说到这个，我还没准备生日礼物欸。

11月8日

这天是我哥生日。十九岁的齐晗，比我大上一年零六个月。

我妈说齐晗他出生在十一月八日早上六点，天将明未明的时候，所以取了这个名字。

至于我，我的名字也是我妈取的，虽然可能意味不太好，但还是挺顺口的，野就野吧。

后来我一直觉得我那年送我哥的生日礼物可以钉在我的青春耻辱柱上。

当年要是知道下一次送他生日礼物是多久以后，我一定不会那么草率花掉自己存了三个月的钱。

我送了他一块名牌表。

齐晗在看到它的那一刻足足愣了一分钟。

我当时被按捺不住的骄傲冲昏了头，蠢得以为是他太喜欢这个礼物开心傻了。

现在想想，我后来当面吃掉他的生日蛋糕时他眼里的喜悦都比他拿着那块表对我说谢谢的时候要浓烈。

毕竟那是我第一次吃他分享给我的生日蛋糕。

我反应过来他好像不是很喜欢这个礼物，还要感谢胡遥对我的质问和提点。

那是十一月九日上早自习之前，成鞠正把手里的薯片嚼得咔咔响。

“你送他表的时候你是怎么说的？”

“我说……半年前那天晚上，我就觉得他计时的那块表都用了五六年了，该换了。”

“哪天晚上？”

“就是——”我顿住，使劲回忆了一下那晚发生了什么标志性事件，然后把头凑过去，声音压得低了些，“我挡了成鞠送你回家那晚。”

咀嚼零食的声音突然停止。

我感觉后脑勺被一阵杀气吹得凉飕飕的。

“咳。”胡遥坐直和我拉开了一段距离，“所以你送他表是希望你哥一看到它就想起那晚……欸成鞠你听我解释……”

胡遥话没说完，后面就传来了椅子腿和地板摩擦的声音。

我被狠狠瞪了一眼，在目送胡遥追出去以后抱着她留给我的那半句话思忖了一个上午。

直到成鞠被好说歹说哄回来以后，这位大小姐才施舍我一个补救的办法。

可羊毛出在羊身上，我那个时候舍不得再叫我哥拿钱给我。

算了，下次吧。

下次存够钱就去。

11 月 12 日

我考到 550 分了！！！

11月20日

我哥给我每天的单词量加到100个了。

我背不完50个不准上床，背不完100个明早没有他做的早饭。

11月26日

我哥给我买了个新手机。

虽然他说暑假已经把学费和生活费挣够了，但是我还是有点儿心疼钱。

我问他心不心疼。

他说不。

我又问了一遍。

他笑了一下说有点儿。

12月3日

我考进全班前二十名了。

齐晗昨天在我日记本封面给我写悄悄话。

我拿去问，他还不好意思。

他有胆子写没胆子说。

脸皮怎么那么薄。

12月9日

我要死了。

本来以为我哥是因为奶糖吃多了才会变得奶里奶气的，原来是我哥生病了。

活得久了什么稀奇古怪的东西都能见到。

我哥竟然会生病。

他前一晚还在硬撑，脸都烧红了还说没有大事。第二天就在我准备去教室上早自习的前一秒，他睁眼咕咕哝哝求我：“今天在家陪哥好不好？”

简直不能仔细回忆他当时的样子。

感觉生病的齐晗是面团子做的。

不知道当初逼着我周日去教室上自习的是谁。

算了，我大人有大量，尊老爱幼，在家陪一天孤寡老人。

12月16日

成鞠拿着两根木棍和几坨毛线在教室捣鼓几天了。

今天问她才知道是要织围巾。

她说冬天给重要的人织围巾是最有仪式感的事之一。

我要不也给我哥仪式感一下？

12月18日

呸！

一堆毛线怎么可以那么麻烦！

还这种针那种针。

我背不完单词，这种针那种针能换我哥给我做顿早饭吗！

不织了。

背单词去了。

什么玩意儿。

12月21日

冬至。

我哥在给我煮汤圆。

胡遥说今天是什么世界末日。
马上都十二点了，怎么还没动静?
不行，地球爆炸也得等我吃完我哥给我煮的汤圆再爆炸。

12月22号
大家怎么都在讨论世界末日?
感觉跟真的劫后余生了一样。
成鞠还一脸遗憾地说要是真的末日了她肯定后悔没去一次爱尔兰。
她还问我世界末日之前最想干什么。
我能干什么?
我什么都不想干，末日来了我也只想待在我哥身边。
想是这么想，答不能这么答。
当时我脑子里转过了很多想法。

我们的身体会在宇宙长河里破碎分解成无数个微粒，或许止步于分子，或许止步于原子，或许止步于中子。但最终亿万年后它们又会重新组合。

我知道，我哥无论如何都会以他的方式跨越亿万光年找到我，他记得我的声音和模样，记得我从小到大每次成长时候细微的变化。

他的记忆的单位是比夸克还要细微的存在。
时间和距离都没有意义，直到宇宙毁灭，他永远是我哥。
这些我都没说出口，只能写在日记本上。
“对我哥说句话。”
“说什么?”
“谢谢他呗。”
“谢他……能做我哥?”

这好像应该谢谢老天爷。谢谢老天把我和他安排在一个家里，安排我们有一对同样的父母，这样我才能成为他的弟弟。

虽然出生在这样的家里不知道是我的幸运还是不幸。

不过“齐晗”两个字，本身就是我不幸人生中的万幸。

我转过头去立马对着我哥说了一次。

第二天我出了家门，没有去教室上自习。

手机里显示着成鞠一个多月以前发给我的地址，我按照地址乘早上七点半的十四路公交坐到了华荣街的永联巷。

我站在通往城中村的那条巷子口，放眼望去，瓦房平房参差不齐。

临街是一家小卖部，老板娘把外摊支了起来，小孩子在窗边揉着眼睛写作业。

我跨过面前一摊混杂的污水，再往里走是一家生肉铺，半只“二师兄”吊挂在门柱旁边，隔着内墙传来刀和菜板夹击排骨的声音。隔壁二楼有男人夸张的哈欠声透过百叶窗传到这条逼仄巷子的空气里。

水泥地上坑坑洼洼，烟头污水混作一团，走个两三步就能遇见一小片被风堆起来的小垃圾堆。

初冬的早晨亏得气温低，没给这些七零八落的臭味源头机会发酵传播。

我越往深处走，巷子反倒干净起来。

松木黛瓦的宅子在一片寒露轻霜里散发着一种沉重的悠扬古朴感，青砖矮墙头有几丛冒出头的早茶梅，倒是给这座瓦房添了点鲜活的颜色。

到了。

我正准备上前敲门，手还没叩上去，门里边的拉闩声就先响了起来。

我后退一步，以免吓到开门的人。

屋主裹了一件暗红缎袄，两鬓霜白，皮肤发黄，脸上布满沟壑，一双眼睛却透着清光。

是了，我大概是找对地方了。这间房屋的屋主是成鞠爷爷的旧时老友，世代做手工银为生，如今早已金盆洗手安度晚年的沐老先生。

没等来人说话，老先生率先发问："成娃娃的朋友？"

我忙不迭点头。

这个礼我可收大了。

我一路跟着进了门，老先生边领着我边跟我喋喋不休地说着那个被他当成亲孙女疼的成娃娃的历历往事。我跟着老先生穿过穿堂，绕过那面雕着双凤衔环的屏风后，才窥得一隅这座四进宅院的清朴威严。

"成娃娃哟，从小就不喜欢跟男孩子玩的。

"她自己就跟个男孩子一样。

"小时候她哥被她欺负得能哭上一整天……"

……

茶室进门处有个合抱大小的陶茶壶，老人用瓷盅给我倒了杯茶。我谢过，有些不好意思拿出自己鬼画符一样的设计图。

图上是一对袖扣和一个手镯。

我拿出设计图纸以后又赶忙把一个金色的平安锁从包里掏出来，告诉眼前的爷爷袖扣得用这个锁熔了以后的材料来做，就做一对袖扣。镯子则用银子制作。

"这儿……我……我都写着的。您看。"

害怕要求太麻烦，我说起话来都磕磕巴巴的，哪像在齐晗面前，再无理的要求我都能提得理直气壮。

袖扣上刻着我哥的名字拼音首字母 Q 和 H，手镯内侧则刻我和我哥的生日。手镯的周长是 16 厘米，细细的，不是那种五大三粗的款式，上头刻满了月季花纹。

手镯的设计灵感起源于我十岁左右干的一件坏事。

那年我妈要去大理出差，正逢暑假，就想着一家人一起去旅游，到了当地还报了个旅游团。

旅游团嘛，一车人坐在包团的车上，导游举个“小蜜蜂”站在最前头一路讲解，从大理民俗慢慢讲到人人都要戴的镯子，又讲那镯子的辟邪祈福意义，最后说得天花乱坠把游客放下车带到商业景点诱惑人大买特买。

当时我年纪小，被导游吹嘘镯子的好话唬得一愣一愣，心痒痒的，下了车到那些商场里头看着镯子口水都够流一盆。

可那些地方的银镯子，三百元能标成三千元，骗的就是我这种一时头脑发热的冤大头。

可惜我两手空空，我妈面对我满是渴望的眼神，只用一句“都是骗人的”就把我打发了。

我本来以为她是真的对这琳琅满目的柜子毫不动心，直到晚上我们回到旅馆，她莫名消失了一个小时，接着我在回家的路上无意间翻开齐晗的书包，里头端端正正放着一个精致的银镯子。

其实想想我懂事得也不算晚，至少在别家小屁孩躺在地上打滚要糖吃的年纪时，我就已经学会不动声色地把我哥包上的拉链拉好当作无事发生，继续维持着表面的平和回到家里。

齐晗或许对那个镯子没有太大兴趣，一次都没有戴出来过。

但偏偏渴望它的人连触碰它的机会都没有。

那句话是怎么说的来着：“钱都流向了不缺钱的人，爱都流向不缺爱的人。”

我和齐晗就是这句话最好的印证。

可我从来都不服输。

于是我在回家第一周的某个晚上，把他的镯子放进自己的书包里，第二天一踏进学校，就把它扔进垃圾桶里。

我的行径一贯如此恶劣，我想要却得不到的，如果齐晗拥有了，只要在我能力范围内，我一定会毁掉。

除了爱。因为我无法动摇一丝一毫从母亲那里流向齐晗的爱。

我的语言描述水平实在有限，加上紧张，明明几句话的解释被我东拉西扯了十几分钟，到最后搞得自己口干舌燥。

老先生听得全神贯注，但大概还是用自己的眼睛对我的设计进行了阅读理解，最后安抚似的点了点头告诉我翌日就能得到成品，到时直接让成丫头给我。

我千恩万谢出了门，包里准备好的一千块钱最终没派上用场。白捡了便宜过意不去，我跑到崇明街给成鞠买了支口红才回家。

今年冬天格外冷。

以往我任性，在大冬天里穿一条单裤、一件卫衣再在外面套个外套都没人管，今年随便想出个门，都得被我哥裹得严严实实、密不透风的。

果然啊，齐晗就是这么个深藏不露的人。

当我对他恶语相向的时候，他一定安安分分、老老实实收起所有獠牙向我展现最温和的一面，但是当我把管我的权利放到他手里，他就会把自己早在心中计划好了规训我的一百零八条守则全部拿出来。

比如我一天打篮球的时间不能超过一个半小时，比如我不能不吃晚饭就跑去操场，比如我吃完晚饭要休息一会儿才能去操场。

他看似给了我许多放松的余地，实则我人生的每一分每一秒都在他的掌握之中。

并且他是真的很懂怎么拿捏一个小小的齐野。

前两天我们班上有男生不知道从哪儿搞到个复古小游戏机带到教室来玩。那小游戏机像个小手机似的，屏幕里头一小半是轻飘飘的小泡泡，下边就两个按键，按一下，里头的泡泡就会漂起来。

大约是高三生活太过乏味无趣，我们班的人得了这么点乐子都能争先恐后地抢着玩半天。

而作为能每天帮人带早饭进校的走读生，我自然而然地得到了在一天晚上把这个游戏机拿回家消遣的特权。

其实这段时间的我，根本没完全从过往那种懒散随心的节奏中走出来，只是碍着我哥盯我盯得紧，不得不憋着口气拼命学罢了。

那天晚上我拿了这游戏机回家，一坐下，趁我哥不注意就把它掏了出来。

齐晗因为晚上怕打扰我，给我布置了当天的进度后就会绕到背后那间客厅里去坐着看书。一般情况下，他都是和我背对着。

加之这几天我表现得愈发良好，他对我放心了很多，很少会趁我做题的时候进来看我。

我手里拿着游戏机，瞅准了齐晗在准备明天家教的内容，拿着那个小游戏机，一边按按键一边估算着写完练习册要多少时间。

只要是在该办正事的时间段，真的是连泥巴都好玩。

玩着玩着，我感觉身边光线暗了一块。

等我反应过来抬头，就看到齐晗把教案拿在手上，背着手，不晓得冷眼看了我多久。

我从未在他对我的态度里感受过如此强烈的压迫感。

五月份我让他等了两个小时那晚除外。

我按键上的手还没松开，跟我哥对视着。

我动也不敢动，嗫嚅着："我……"

我哥摊手："拿来。"

我不给。

齐晗把手放下去："不是说好今晚要做完这三页吗？"

我起先还心虚："我就玩一会儿怎么了……"

"你至少玩了十分钟了。"齐晗语气温和，但态度还是很强硬，"早点儿做完，早点儿睡觉。”

他又把手伸了过来。

我真的很不喜欢吃软刀子，在这一瞬间怒从心起，游戏机也被“啪”的一声扔到桌上：“齐晗你烦不烦！”

屋里陷入寂静。

在这一瞬间我和齐晗仿佛又回到了五月之前的状态，当我变了脸色，他就开始退避三舍。

齐晗终于停止了争辩，我和他之间的温度在急速下降。

那一刻，我感觉他那不再刻意遮掩的不完美的一面又要被他不动声色地掩埋回去。

他兴许又打算做回那个看着弟弟衰败歪长而无能为力的哥哥。

我很害怕齐晗这样。

我宁愿他在心里不舒服的时候跟我大声辩驳，跟我你来我往地吵架，可我知道他不会，齐晗多年养出来的骨子里的那份谦卑使他永远做不出跟人争吵得脸红脖子粗的行为。

他这不是冷暴力，他只是在一次次受到攻击后不断变得愈发沉默，在沉默里重复地反思和规训自己，然后在下一次用更使人称心如意的模样出现。

如此十九年，他在外界的期望中把自己打碎重塑，从骨头里塑造出一个无可挑剔的齐晗。

而我功不可没。

如今我本该让他慢慢敞开心扉，放出那个骨子里有瑕疵，尖锐里藏着些固执和带着点强迫症的完美主义者齐晗，可我终究在关键时候缺了点耐心。

齐晗不太自在地把手揣进兜里，自言自语道：“其实……偶尔玩一天……也没事。哥小题大做了。”

我早就在吼过他后的第二秒开始后悔，可又做不到在短短几个呼吸里把姿态放下来告诉他我不是故意的。两相僵持下，我一声不吭地看着他走回客厅坐下，拿起他的教案动起笔，而他的背影实则带着点失魂落魄。

我想齐晗一生中最害怕的事就是与我争吵，因为我这个弟弟太来之不易，说不定他认为在童年的某一个阶段自己也曾拥有过我这个弟弟，但后来不知什么缘故使我二人之间越来越背道而驰。

他把所有的原因都归咎在自己身上，因为我从未在他面前低声下气过。我太高傲，即便错了也绝不向他低头，这让有那么一两个瞬间猜测其实我是不是也有问题的齐晗越来越不敢肯定自己。

齐晗一生所有的自卑大部分都是因我而起。

他越是卑微，便越要把自己武装得完美，到了我面前就成了一种沉默的色厉内荏。

而我何尝不是如此。

我们都是对方的逆鳞罢了。

我和齐晗就因为这样一件小事陷入了冷战。

说是冷战，其实也就是恢复以前的状态，动辄几周都不跟对方说一句话罢了。

再具体一点儿，是我单方面不跟齐晗说一句话罢了。

不过我这人就㞞在，虽然我不跟齐晗说一句话，但是我作业完成得比跟他没吵架的时候还快。

这又成了我和我哥之间的一点儿默契。

自打跟他一句话闹僵以后，我再也不像之前那样每天一做完他布置的任务，就恨不得拿个喇叭叫他过来检查，检查完就立马关灯上床睡觉，而是做完了课题二话不说直接钻进被子里窝着。

这时我哥就会借着进来给我关灯的名头顺便把桌上的作业给检查了，

检查完再帮我一本一本连着笔一起收进书包，再回自己床上睡觉。

大概有一天我突然觉得这样的冷战实在无趣，做题做到一半转过头说："饿了。"

我哥自然接过话头："想吃什么？"

"校门口的小馄饨。"

"哥去给你买，"他把手里的书放下，换了鞋往外头走，"不要随便给陌生人开门。"

我抿嘴在心里头憋笑，齐晗这话吩咐的，还把我当五六岁的小孩似的。

圣诞那天下了雪，起床的时候天还是漆黑的，玻璃上起了朦胧的水汽。透过窗子往外看一中操场，只看得见薄薄的一层白。

我哥不知道什么时候给我买了顶毛线帽非要我戴上，暗红色的围巾被他拿着在我脖子上绕了好几圈，只准我露出两个鼻孔和两只眼睛。

我临出门时他还给我挂了一副包指的挂脖手套。手套半绿半红，手背上绣了只麋鹿，一看就是商店特意推的圣诞款，特意挣年轻人的冤枉钱的。

下午放学时，我接到我哥的电话，他用手机传给我个地址，说妈让我们今晚去一桥那边吃饭，我毫不迟疑地拒绝了："妈只让你一个人去吧，她明知道我有晚自习的。"

我哥沉默了一会儿："哥可以给你请假。"

阳台瓷砖上堆了大概五厘米厚的雪，被我缓缓推着滚下楼去，顺着视线四散落开。有些贴着手心的雪被温度融化成水，浸湿了毛线手套又把寒意传到整个手掌。

我哆嗦了一下，赶紧摘了手套，对着手机摇头。

又想起我哥在那边看不到，于是开口："算了。"

挂电话的时候晚自习预备铃已经响了起来，教室门口逐渐有了断断续续的脚步声。

人多后，六十平方米的教室因为充满二氧化碳开始变得暖和起来，上下两层的玻璃上有水汽，我站在阳台柱子前面，右手食指漫无目的地在那一块空白瓷砖上面来回画着“一”字。

画到指尖被冻得彻底失去知觉，我转身出去，对着在讲台上晚自习值日的胡遥使了个眼色，溜了。

五个多月了，我想看看我妈。

钱放在书包里，但我不敢背书包，轻车熟路地找到了过去那堵被我翻过无数次的矮墙。

矮墙上盖着一层脏雪，我犹豫了一下，还是舍不得弄脏我哥给我买的手套，决定摘下手套揣到包里，光手攀上去。彻骨的凉意顺着指甲缝直往天灵盖钻，冻得我头皮发麻。

我三两步蹬上去，速战速决一个翻身，放手，然后屁股先着地。

雪积得深，明明裤子也弄脏了，我还是觉得比弄脏那副手套来得划算。

禾川有五座跨乾江的大桥，按修建的年份依次取名，最老的叫一桥，最新的叫五桥，以三桥为界，往左是老城区，往右是新规划区。

一中挨着三桥，我身无分文，起身拍拍屁股咬牙开始朝着一桥的方向狂奔。

赶到的时候是八点十五分，我在十二月底、下着皑皑大雪的禾川跑出了满头大汗。

沿江是半人高的栏杆，隔了十多米是绿化带，中间穿插着街椅。

隔一条柏油路就是连排的商业街，一眼望去全是玻璃橱窗，房子有翻修的、有老化的，通通不超过两层的高度。

茶馆、火锅店、烤肉店、卤煮店，什么店都有。

街上寥寥数人，都在柏油路上缩着脖子揣着手疾步而行，各家店里的欢声笑语却关不住似的，足够把路面深雪融掉一层。

新城区展示着新城区的繁华，老城区深藏着老城区的热闹。

帽子被我取下用来扇风，我边走边打量着这一排沿岸建筑的光景。

小六鸭脖，武野烤鱼，夜宴火锅……

禾川第一号……

找到了。

我驻足，首先看到的是橱窗里反射出的、模模糊糊的全身样貌。我来的时候跑得快，一身都是热气，身上没沾多少雪。沿街的这十几分钟路程，我走走停停，头上肩上反倒沾上不少雪。

我随便抖了抖脑袋，伸着脖子往里看。这是家实在称不上华丽的店面，甚至有些过于朴素，里面的陈列布置一览无余。

从门口开始铺了条红地毯，上面又覆盖了不知道多少层相同形式的鞋印子，而红色早已斑驳得不再是红色。两边各放了四张小方桌，每个桌子周围都坐着人，有的面对面，有的一人一边，有的人太多坐在一起肩挨肩，肘打肘。

桌面上全是统一的土火锅，应该是这家连菜单都没贴的老店的特色。地毯一路通到头，撞了墙拐个弯，往左应该是厨房，里面时不时传出或是厨子或是服务员的应和：“快了快了！马上就好！”

店里倒是温暖亮堂，烟火气和笑闹声被聚拢在这一间小小店铺里搅拌沸腾着。

八张桌子里，我一眼就看到了我哥。他脸上又挂着那种对外标志性的笑，温和礼貌，眉眼稍弯，开口不多，偶尔应答对面人的嘘寒问暖。

我妈留给我的是一个后脑勺，一头长发披在背上，似乎是去做了什么新款式，烫得弯弯曲曲的，波浪鬈发被店里的白炽灯照得隐约泛光。

她的声音混在一片嘈杂声里断断续续地传到外面，没有以往的尖锐刺耳，低沉却很精神。

她说到兴起时，肩膀会微微抖动，应该是在笑。

她过得似乎比离婚前要快乐。

她旁边还有一个男人，穿着黑色大衣，坐下比我妈高了大半个头，两寸长的头发，肩宽背瘦，坐得笔直，时不时往我妈碗里夹着菜。

两个男人话都不多，默默听着桌上唯一一个女人絮絮叨叨。

这三个人坐在一起比他们家以往十几年的任何时候都更像一个其乐融融的家。

我应当是暖厅外寒天里的过路人。

这样才刚刚好，画面不适合有第四者的加入。

沿江人行道原本可以照着我来的轨迹将我原封不动地送回去，如果我哥没有在我妈起身上厕所时抬眼看到我的话。

我当时的第一反应竟然是把帽子戴上，免得他平白担心我着凉。

对面的叔叔在吩咐服务员加汤添菜，我在我哥准备起身的那一瞬间拼命摇头，连五官都在用力拒绝他想把我接进去的企图。

他又坐回凳子上，只是一直盯着我。

我身后隔着一条柏油路，有一排街椅，我盯着我哥，头也不回地随便朝它们指了指，示意我在那里等他。

桥边的路灯和霓虹灯都亮起来了，江边的寒风刮得我脸疼，我把围巾往上拉，盖住了鼻子，又把帽子往下拉了拉，让刘海压过眉毛，整张脸只剩双眼睛露在外面。

我哥是最先出来的，路对面没什么人，他一眼就看到了我。

我冲他眨眨眼睛，看到了身后跟出来的我妈。

身体总是比大脑反应要迅速，等我开始后怕被我妈认出来的时候，我已经离开椅子转身背着他们，靠在栏杆边欣赏被霓虹照得七彩斑斓的江景了。

乾江河岸开了两排冬樱，雪下的粉白色现下被辉映成了塑料灯管独有的大红大绿。江水对望夜空，吞掉了一切光彩，呈现出无波无澜的黑。

我兀自偏头，偷偷打量着那个替我妈撑伞挡雪的男人。他身量很高，只比我哥矮了半个头，低头和我妈耳语着什么，大概是提醒她别跌倒，整个人都透露着温文尔雅。

我哥目送他们上了那辆宝马三系远去，然后转身朝我走来。

我迫不及待地挣开江景和栏杆的束缚，跑到我哥面前。

我招手，他朝我躬身。

我将帽子取下往齐晗头上戴，他把头垂得低低的，从我这个角度只看得到他跟着眼睛变弯、睫毛颤抖和缓缓扬起嘴角的侧脸。

我把我哥头上的雪掸干净，听见他一边温顺地配合着我抖脑袋一边低声笑着："哥不冷。"

不冷，不冷他那么乖巧地把头低得那么低?

"好了。"我把帽子给他戴好，咕哝道，"哥，我都冻饿了。"

我哥好像叹了口气："想吃什么？"

"老禾川。"

老禾川是家火锅店，开在五桥。

我哥转身准备打车。

我把他的手摁下去："走着去好不好？"

"好。"我怀疑他想也没想就接话了，"哥陪你走着去。"

柏油路两边是两种光景，我和我哥并肩走在寂静无人的那一边独自热闹。

我突然想到什么，捏了捏我哥放在我兜里的左手，歪头问他："那是咱妈的……"

我不愿意把"男朋友"三个说出口。

"嗯。"

我撇嘴："还开宝马呢。带咱妈来这种地方吃饭。"

“是妈要求的。”我哥笑着摇了摇头，“那是他们初遇的地方。”

“他们是彼此的初恋。”我哥又说，“那个叔叔姓童，这么多年一直都是单身。”

“哦。”我点头，明白了这大概又是一段令人唏嘘的青春。

哥说这一块是妈读大学时候的母校旧址——也就是建大的旧址。

临江的老店开到现在快开了四十年。那时候妈家里条件不好，冬天就到这店里打工。天气一冷，老板就让她无限制地喝店里的羊肉汤。

后来一个傍晚，缩在柜台后头边烤火边背书的她就碰见和同学来这儿聚餐的童叔叔。

优秀的人总是磁场相合,童叔叔见到我妈的第一眼心里就全是好感。

后面的故事令人心酸又乏善可陈，两个家庭差异巨大的恋人在相爱两年之后迫于现实无奈分开，童叔叔拿到国外顶级大学的录取通知书后远离故土进行深造，而我妈则顶不住家里的压力开始相亲，最后在长辈的撮合下嫁给了我爸。

等童叔叔意气风发地回来，昔日恋人已经组建了新的家庭，他们匆匆见过最后一面，跟对方狼狈地告别，从此他成了妈通讯录里最普通的朋友，几乎再不联系。

直到我妈离婚的消息传出。

始终单身的童叔叔终于再次主动出击。

我想上天终于派了个人来，把过去二十年来时光在我妈身上磋磨掉的美好和快乐还给她了。

刚才她坐在那家饭店里，即便我只看得到她那一头微鬈的发，可隔着那样缭绕的烟雾，我也从她的发丝里读到了这许多年来她从未有过的松弛感。

那是一种摆脱了鸡飞狗跳和柴米油盐的家庭才会生出的气质。

我生命中最重要的女人，她原来也有享受这种幸福的权利。

我感觉过去十七年的生活仍在继续，我和我哥还住在那个四十平方米的出租屋里，我还读着枯燥乏味的高中，可过去那样吵闹忧心、我每时每刻都在注意着我妈今天又为什么而生气的日子随着她和我爸的一纸离婚协议终于越来越远。

我也突然意识到究竟是什么让她把一个支离破碎的家支撑了那么多年还不垮掉，一直等到我哥高考结束彻底成人那天才放手。

“妈可真爱你。”我吸了吸鼻子，冷空气冻得我鼻腔发痛。

齐晗正要开口，我又嘿嘿一笑：“不过她给你的爱，我能从你身上吸一份过来。”

他低头笑了笑，摸了摸我的头发。

二桥桥头的霓虹灯很是绚烂，我趁我哥不注意，手忙脚乱地往他左手戴上了那个银镯子：“哥，我重新补你一个生日礼物，你笑一个吧。”

我哥最初没反应过来我给他手上套了个什么玩意儿，像是先被冰了一下似的一僵，接着伸手摸在那上面：“这是什么？”

“镯子啊，”我把手揣兜里，看着波光粼粼的江面解释，“赔你的。”

齐晗果真沉默了许久都没反应过来。

从小到大他被我毁掉的东西实在太多，我估计他也实在难在茫茫的记忆长河里准确筛查到这个镯子是何年何月、我与他之间哪一次争吵中的牺牲品。

我咳了一声：“就是当年……去大理那次。”

这回他沉默的时间显然缩短了许多，接着他笑道：“崽崽，其实不用这样。”

我暗暗腹诽他，明明收到礼物就很高兴，还非要让我宽心。

“那你还我。”

齐晗不吭声了。

寒假有三天。

二十九、除夕和初一。

我哥把这三天安排得满满当当。

第一天看电影。

我们去的是他们大学周围的私人影院，民宿改造的，一晚二百八十元。

我从小到大看电影的次数其实不多，因为陈女士零花钱给得少，我总想用在点子上，像电影这种迟早会线上上架的东西，我一般都等两个月后去网上看。后来那天我哥问我毕业之后最想做什么，我说我想拿着钱好好去看几场电影，还要买大桶的爆米花。

其实我只是随口一说，因为我毕业想做的事实在太多了，可没想到我哥记到了现在。

他还给我买了个海盐爆浆蛋糕。

这蛋糕也不便宜，四寸的就得一百六十元，我只在去年成鞠生日的时候吃过，回家当新鲜事儿跟我妈提了一嘴，结果齐晗记到了现在。

“哥现在自己有时间，能挣钱了，可以拿给你乱花。”他笑着说。

包间晚上十点开放，我和我哥进去后，第一场电影都没看完，他就已经坐在我身边睡着了。

我悄悄把声音调到最低，给他盖了毯子。

那天电影放的什么内容我已经不记得，只记得当时屏幕上的光闪烁在他睡着的脸上，连他眼下的青黑都照得很清楚。

一直到腊月二十八，他还在两所小区间来回跑着做家教。

他以为我在学校上课不知道，可不巧那天早上我们班换位置，我刚好坐在靠窗那列，早读时间一扭头就瞧见八点钟的时候他抱着书匆匆从居民楼里走出来上了公交。

这天下午吃蛋糕之前我坚持要点蜡烛许愿，说一年内好不容易吃次蛋糕，一定要珍惜机会许愿才行。

齐晗一边点蜡烛一边问我："崽崽想许什么愿？"

我指着上头信誓旦旦地说："我要我以后家财万贯，要我妈和你长命百岁。"

我是开玩笑的，我这辈子估计都没什么机会家财万贯，但至少不要我哥再为了我赶腊月二十八早上的公交了。

齐晗有点儿无语。

我嘿嘿一笑，把自己准备好的那对袖扣掏出来："算啦算啦，希望你平平安安吧。"

纯金袖扣闪闪发光，我把它递到齐晗眼下："喏，物归原主。"

他低头看了一会儿，挑眉道："我不记得见过它。"

我提醒他："这可是纯金的。"

齐晗把这小小的袖扣捏在手里，对着它沉思了很久，终于想通一般，蓦地笑了一下："你怎么知道的？"

我"哼"了一声："我可是你亲弟弟，就不准我跟你一样聪明？"

齐晗眼底闪过一道不明的情绪，忽问："那你不是我的亲弟弟，还会管我叫哥吗？"

"不是亲弟弟叫什么哥？"我故作夸张，"你该不会下辈子还想占我便宜吧？我可告诉你，下辈子换我做哥。"

他垂下脖子摇摇头："好好好，你做哥。"

齐晗把袖扣戴在左手，我给他取下来，戴在右手："听说戴这个位置才能消灾祈福。"

我哥努努嘴："崽崽还挺会担心我。"

"那可不，"我说，"我的长期饭票，不能受到一点儿伤。"

除夕那天，整个禾川都是白的。

妈和那位姓童的叔叔去了国外见家人，爸的电话打不通，最终我哥决定在 1108 室亲手给我做顿饺子来度过这个春节。

饺子包得不像饺子，像肉馅的汤圆，完好无损的那些饺子被盛到我碗里，煮破了的被我哥吃了。

我抱着脸大的碗屈腿坐在那张早已被拿来放闲置课本的小床上，隔着自碗里蒸腾上升的蒙蒙雾气看着二十寸液晶屏幕里正在合唱着某首歌曲的两位歌手。

鼻腔和眼睛被热气熏得湿漉漉的，我瞟到那个只插着两根枯枝却每天都被我哥擦拭得透亮无尘的花瓶，有些走神。

我又咬破一个饺子，咔嗒——牙齿和硬物发出碰撞的声音。我把扰乱视线的水汽吹开，躺在勺子里的肉馅吐出泛着银光的硬币边。

我转头望着我哥。

我哥端着手里那碗被煮得皮肉分散的饺子看着我笑："崽崽咬了硬币，来年吉祥又如意。"

喊，老套。

屏幕里的合唱进行到了尾声，我哥右边腮帮子被饺子撑得鼓鼓的，跟着他咀嚼的频率起起伏伏，我看着他垂着眼皮安静吞咽的模样，突然说："哥，咱们去乾江看冬樱吧。"

等我反应过来的时候，我已经和我哥一起站在乾江堤岸了。

江面没有结冰，呼吸放得轻些甚至能听到深处传来的暗涌的水声。月亮投映在水面上，清风吹过便起波澜，黑色在周围四散铺开。

禾川是不常下雪的，难得今年的冬樱能在这么冷的天气里活下来，我和我哥在岸上不疾不徐地走着，身后留下四行深深浅浅的脚印。

远处偶有一两声汽车飞驰的声音。今天是除夕，离家的忙着想家，在路上的忙着回家，家里的忙着团聚。

我不忙，我哥走到哪儿，我的家就在哪儿。

一抬头，月亮被树枝和雪遮得只剩个残影，躲在雪下的花瓣在清透月光的辉映下愈发粉嫩。

“哥。”我走在雪地里，突然小声喊他。

“嗯？”

“没什么，叫你一声。”

我低笑：“齐晗？”

“叫哥。”

我乐了：“你累吗？”

“不累。你累不累？哥把你喂瘦了。”

我接话：“我不瘦，就是太矮了，上学期体检才 175 厘米。”

提到这个我就有些不甘心。

我偏过脑袋去看我哥的侧脸，若有所思：“哥，你是吃什么长大的？怎么你就那么高？”

我哥没回答，低头笑了一下：“崽崽才十七岁，以后还会长的。”

我铆足劲“嗯”了一声：“那你可得好好看着我，看我到底能长多高。”

“哥看着你。”我哥重复着，声音很轻，“陪你看每一年的冬樱，守着你一岁一岁地长大。好不好？”

我正欲说“好”，后话被四面八方突然响起的烟花爆炸声淹没，天空盛开着大片的烟花，江面成了会反光的黑色镜子，反射到遮盖树枝的白雪上，冬樱也被照映得流光溢彩。

新的一年来临了。

我跑到我哥面前，两手扯着他的衣摆，仰头看着他，莫名欢欣得像个孩子：“哥，新年快乐。”

我哥就这么含笑地看着我，冲上天映到他眸子里的那些烟火接踵盛开，坠落，又消散。

这个世界上真的有这么一种人，既卑微又伟大。他们的一生像雪一样干净纯粹，把对整个世界的爱当成自己生来的义务。你要是对他冷眼相待，他便封口缝心，目送你远行。

那么差劲的齐野，用光了半辈子的运气，才能有这么一个哥哥。

2月17日

590分。

全班十七名。

还差一点儿。

还差一点儿就上建大调档线了。

2月26日

我哥说咱妈要在外国待两个月。

爸为了躲债不知道去哪儿亡命天涯了。

哥还说打算转点钱给他，结果他电话注销了，房子转租了，联系方式也不留。

3月5日

哥今晚没来接我。

打电话说老师让他送东西去医院。

送到现在也没回来。

手机也打不通。

日记本合上和门被打开是同一时间发生的。

亲兄弟之间那点血缘搭起来的心有灵犀在这时起了作用，我看着我哥明明与往常无异的换鞋和关门动作，却能清晰地从他身上感受到一股无言的灰败颓唐。

外面那间房没有开灯，他就着我台灯的光，径直走到我的小床上坐着，什么话也不说。我隔着窗户只能看到他面向天花板的后脑和微佝的脊背，随着他的呼吸极其轻缓地起伏。

“哥。”我起身走到他面前，看着他大半张脸隐在灯光照不到的黑暗里，“你怎么了？”

他没抬眼看我。

“崽崽。”他开口，每一个字都仿佛是随着胸口的闷气一起叹出来，“哥今天……今天亲眼看见了一场死亡……一场清晰的、鲜明的死亡。”

大概是又回忆起了他看到的场面，经受不住刺激似的，他把眼睛埋在了掌心里，声音含糊不清，有些颤抖：“原来死亡不是一瞬间的事，它好漫长。”

我听他絮絮讲述着自己是怎么在急诊室外撞见老师接手的那个突发心梗的老人，怎么感受着生命像流水一样悄然顺着急诊室的门缝无声流走，怎么努力做着一场在死神手里抢人的无用功，怎么看着心电图逐渐走向平缓。

难过和悲伤肆无忌惮地顺着呼吸蔓延到每个人的心里。

“他走得很痛苦。”我哥说。

那个逝去的人把他的挣扎全写在了自己扭曲的五官上，呈现给每一个目睹他离世的人。

那些人看着他的痛苦滞留在那张苍老的脸上，那份痛苦在凌晨十二点的急诊室里迅速孕育出无数份同等的痛苦，侵蚀着在场的每一个肉体完好无损的人的内心。

包括我哥。

他说他看见老人的亲眷在深夜空旷的走廊里悲伤痛哭，那样地无力，蔓延到地板上的每一丝砖缝里，而他的老师告诉他这是要陪伴他们这个职业一生的场景。

我哥把这股无力的哀伤传染给了我，那是对这个世界上某些与自己无关的悲剧的共情，像一把钝刀，凌迟每一个苟活的生命。

说到最后他的脊背抖得越来越厉害，他在害怕。

人类对死亡的一种致敬方式就是害怕。

而当我向死亡展示着我的致敬时，是一个星期以后。

成小容把我喊出教室的时候是晚自习第四节课，之后我便对踏出门槛后的所有对话和场景通通失去了记忆，包括我是如何跑去的第一医院的。

知觉恢复于我看到我哥躺在病床上的那一眼，骇人的恐惧在那时才后知后觉取代了大脑和身体的短暂空白，像蚁噬一般蛀空了我的每一寸骨骼。

我哥的老师坐在病床旁边，发梢带霜的教授脸上惧色未消，惊慌和歉意争先恐后地占据着那双黑框眼镜后面遮盖着智慧的眸。

教授不由自主颤抖的双唇张合着，对着我半失聪的双耳阐述这场人祸的由来。

逝者带给周遭的余痛并未跟随着他一起葬入坟墓，过于孝顺的儿子把内心的哀伤转化成了对医生抢救无效的怨愤。

而我哥用自己的身体替他的老师承受了这场人祸，行凶的人则当场被抓去了公安局。

捕捉信息于此时的我而言十分吃力，我哥脸色苍白、昏迷不醒的模样阻碍了我对外界消息的接收。

教授吐露的每一个字都是扎进我头皮的一根芒刺，故事收尾的那一刻我头皮发麻，禾川三月的凉意在上方倏然聚拢，如一盆倾泻的冷水冲我全身兜头浇下。

我被这份沁入肺腑的寒意冻得脊柱僵硬，呼吸滞缓。

我哥的血止住了，我的痛开始排山倒海地席卷而来。脑子里紧绷的那根弦在我哥昏迷过后睁眼的前一秒拉扯到了极限，在见到他墨黑的眸子找回神采的那一刻终于无声地断裂。

与此同时决堤的还有我因十几个小时没有合眼，而自以为早已干涸的泪腺。

我张嘴，喉咙由于肌肉的莫名痉挛哽得厉害，泪珠子先一颗一颗滚落下来，好像只有它发泄了，声音才能冲破那层阻隔从声带里溢出来。

我哥望着我的眼神传到我这里被视网膜前涌出的一层盐水模糊了，我举起手背去擦，手上的泪渍多了，眼里的水汽不断。

我抿着嘴，挡不住鼻腔里发出的一声声小兽般的嘤咛，奈何呼吸就跟挥之不去的委屈一样，堵得越来越厉害，最终我还是把头埋在了我哥腰侧的被子里呜呜地哭了起来。

病房里原本静得落针可闻，如今十七岁少年人的阵阵呜咽声填满了一室空寂。

“哥，哥。”我低号着，带着一嗓子近乎恳求的哭腔，“不学了好不好？我们不当医生了好不好？我不要你学了，我要你平平安安。好不好…好不好…”

我说到最后语无伦次，只会撒泼一样地重复着“好不好”，无理取闹似的，听不到我哥答应就不罢休。

“崽崽，崽崽。”我哥抬手像往常一样轻轻拍着我的背，“哥答应你，以后都平平安安的。”

“但是你要明白，我们不为这世间的恶意而存活，所以也不该因它们而消失。”

成小容准了我一周的假。

反正现在整天在教室里不外乎上自习和考试，我去办公室取了未来一周的试卷，回家收拾好我哥换洗的衣物直奔第一医院。

到达病房的时候我哥的床铺却空了。

我跑到咨询台去问才知道204号房的3号床病人刚刚被田主任调到了六楼的单人病房里。

背着一书包试卷和我哥的衣服踏进602房的时候，我正好与里面出来的人撞了个满怀。

我退了一步，抬眼对上那副黑框眼镜后面的眸子，突然想起我哥以前在我面前提起他教授的时候从来不叫大名，而是尊称“田老师”。

心里对田主任的感激和差点儿宣之于口的那句“谢谢”被我硬生生咽了下去，我错开眼神，冷着脸一言不发地朝我哥走去。

伫立在门口的长辈被我这场沉默的指责搞得有些无措，最后我哥以率先开口挥手告别的方式给了他下场的台阶。

走廊的脚步声渐行渐远。我哥开口，语气平淡得像评论一场刚刚闭幕的电影，一字一顿：“没，礼，貌。”

“就是没礼貌。”我看了我哥一眼，确定他眼神里没有责怪的意思，才又把眼睛挪开，“不是他你现在会躺在这儿？”

“那确实。”我哥点头，“不是他我现在会躺在二楼那间临时病房和那个被撞得大小便失禁的小伙子关在一起。”

我望着床脚赌气，他明知道我不是这个意思。

我哥笑了一下，点破我的想法：“你无非是觉得躺在病房里的人应该是他，我这是在代他受过。对不对？”

我眨了下眼，不说话。

“崽崽，人要明是非。”我哥的声音从床头传过来，笑里带着些无奈，“在毫无道理的攻击面前，没有谁是‘应该’受伤的。”

我转头直视他：“如果咱俩互换，我像你一样在这儿躺着，你能笑着和他说谢谢吗？”

我哥顿时哑口无言。

双重标准是个中性词，放在自私的人那里吃亏的是别人，放在齐晗这里吃亏的永远是他自己。

我起身，把椅子"哗啦"一声拖向窗边的书桌，打开书包扯出一堆试卷，背对着我哥，无声地对着他的双重标准发脾气。

我不要讲道理，亲人有危险时还能泰然自若、分析道理的人有些傻。

只要大脑还能分泌多巴胺，人性在理性面前永远都占据着上风。

日落西山，我抬头透气，三月微风依旧料峭，我哥均匀的呼吸声从耳后传来，我赶紧起身关了窗子。

我回头，看见他果然靠在床头睡着了。

怕把他吵醒，我轻手轻脚地走过去，盘腿坐在地上，靠着床沿端详我哥的睡相。

那张脸依旧没有太多血色。橙红色的夕阳余光被窗栏分割成规则的条形，顺着书桌、地板和手臂攀到他的左侧下颌骨处。

他的半边耳朵被初春的暖阳晒得微红，少年人皮肤上独有的细小白绒毛也被镀了层暮色。或许是梦到了什么，他的两颗眼珠子就算被眼皮盖住了也还是会不安分地挪动两下。

黄昏烂漫时，人心里涌的尽是旧事。

一切始于一场在我与齐晗之间早已司空见惯的恶作剧。

那是一个爸妈出差的周末，天空也像今天一样遍布火烧似的晚霞。天气实在太好，尽管齐晗知道正待在客厅看电视的我不太欢迎他的出现，他也还是忍不住拿着单词本试探性地走出了房间。

我们家没什么好，虽然不至于家徒四壁，但家里也没几样拿得出手的上好家具。

我们一家人的一生似乎都在凑合：住的房子凑合，我妈和我爸貌合神离但也凑合，我和我哥水火不容但也还是在凑合。

这个房子唯一一个不错的地方是有一个小院子。

院子里种着我妈心情不错时会浇浇水的花，也有两盆莴苣，还搭了个花架。

我对那个小院子没有太多的美好记忆和感情，因为我妈无事时喜欢待在那里，而我知道我妈对我的出现一如我对齐晗的那样不是很欢迎，所以我很少踏足那一片花架之下。

可齐晗在往后的多年间时常提起那个院子，提起我们一家三口在院子里吃火锅的那个午后，时光在他眼前蒙上一层厚厚的滤镜，以至于他在一次次回忆起那个午后时，连我妈做的那盆火锅都能赞不绝口。

当他拿着单词本小心翼翼关上房门走到客厅时，我已经躺在沙发上对着电视睡着了。

齐晗为此松了口气，甚至把一旁叠好的空调毯盖在了我身上，而后才屏气走去阳台，关上了客厅与阳台间的推拉门，一心一意地在晚霞下背起单词。

我想齐晗是很喜欢看晚霞的，日升日落他都喜欢。他热衷于在绯红或橙黄的霞光下投身到自己热爱的事情中，要么剪剪花，要么看看书，要么什么都不做，就站在院子里看夕阳。

我醒来的时候正抬眼看到他低头背书时的小半张侧脸。因为夕阳的照射，他的耳根呈现着薄薄的透光状态，还泛着一些红。天生的起床气叫我心烦意乱，一睁眼就看到讨厌的人更是使这种厌烦感上升到了几倍不止。

我盯着他的侧脸看了好一会儿，接着突然想起什么，爬到沙发末端，从书包里拿出一个饭团。

接着我打开推拉门，拍拍齐晗的肩。他抬头，目光里带着点疑惑。

我把饭团递给他。

他先是迟钝地把视线移到我掌心的饭团上，接着话里带点不太敢表露出来的难以置信："给我？"

我点头。

齐晗有一瞬的欢喜，欢喜过后他很快反应过来这事没那么简单。

我对他不会有无缘无故的善意，他早在一次次的教训里把这个道理铭记于心。

如果我有事要拜托他帮我，更不会通过送东西的方式，我会直接找到他，以不容分说的语气吩咐他。

这个饭团里，我隐藏起来的恶意昭然若揭。

他明白过后的神色里没有失望，只有习以为常。

齐晗淡然接过我手中的饭团，当着我的面吃了起来。

不到十秒，他的脸上出现了不出乎我二人意料的痛苦表情。他眉毛紧皱，眼睛也闭了起来。

他被呛坏了——我在紫菜包饭里放了满满一管芥末，用以报复我妈临行时只对齐晗一个人提出需不需要礼物的发问，尽管他的回答是我一直以来眼馋的一个纪念手办。

齐晗就这样在我幸灾乐祸的注视下强撑着咽下了第一口饭卷。他其实在接过饭团的前一秒就明白了我无端的善意不过是恶作剧的前戏，心甘情愿受我捉弄是他卖力与我和平相处的方式，日复一日满足着我内心畸形的快乐。

好戏并没有止步于我哥被芥末刺激出的泪水，他料到了我存放在饭团里的恶意，却没料到他在慌乱之中喝下的、我递给他的满满一杯生水。

等我下午打完篮球回家时，齐晗已经疼得陷入了半昏迷状态。他蜷缩成小小的一团，在沙发上痛苦地伸手扯我的衣角向我求救。那时我才明白我闯祸了。

原来每次安然无恙扛过我所有卑劣行径的齐晗不是金刚不坏之身。

齐晗的肠胃很脆弱，这是从小到大我们全家人的共识。

肠道感染引起的炎症使他出院之后仍旧发了一整晚的低烧，也是在那个夜晚，我像今天一样，坐在夕阳下，坐在他的床前打量他的睡颜。

那时我仍是趁着他听不见，在他耳边悄悄呢喃："你是怎么想的？"

齐晗到底是怎么想的呢？

这个问题在过去十几年中时常萦绕在我的脑海中。在我眼里，齐晗不是那种明知有火坑还是会往里跳的笨蛋，但是他总喜欢在我设下的陷阱前，一次又一次地栽倒进去。

书桌前双开扇的窗户被秋末的凉风吹得微微作响，我害怕吵醒齐晗，起身关了窗，看见他用脚把被子踢开了。

他的额头上略微冒汗，想来是在发热。我悄悄把他脚上的被子盖了回去，回来又发现他把手拿了出来。

齐晗孩子气的一面只有在他没有意识时才会显露出来。

我叹了口气，把他的胳膊放进被子里。

他就是在这时候醒的。

齐晗睁眼的那一刻，我们就在四年前那个仲秋的夜晚无声地对峙着。

我像是做了什么见不得光的事，"噌"地一下把放在被子里的手抽出来。

可齐晗还是紧紧盯着我。

其实那晚的我们都不知道彼此在对峙什么。

我一时口干舌燥，妄图拿出以前在他面前那副不可一世的姿态，可脑子里什么辩驳的话都想不出来。

他的眼睛就像是在问：你为什么给我盖被子？你害怕我着凉？你是在关心我？你还是在乎你这个哥哥的吧？

我呼吸急促，在他无声的压迫下只字难言。

走投无路的我最后头脑一热做出了一个至今想起来都令人不可思议

的举动——抬手一拳砸向了齐晗的肚子。

“啊”的一声惨叫从我哥喉咙里逸出，我得到了赦免，起身夺门而出，逃出生天。

当最后一束夕阳余光从我脚边溜走时，齐晗醒了过来。

这场景一如几年前那样，不过这次我与他都变得坦然。

我看着眼前这张较之四年前更加凌厉的脸，耳边响起他的声音：“这回不砸你哥肚子了？”

“舍不得了。”我说。

齐晗闷笑了一声，不说话。

“哥，”我想了想，决定把迟来的道歉还给他，“其实……那次我不是故意的。”

“哪次？”齐晗似乎是在明知故问。

“砸你肚子那次啊。”

我脱口而出后又愣了愣，突然明白了齐晗的话，他是在问我哪一次伤害不是故意的：究竟是喂他吃了放满芥末的饭团和生水，还是砸他的肚子。

“我那时候挺过分的。”我低下头，语无伦次地说，“那么大一坨芥末，谁能一口吃下去啊……还有那水，那水哪是随随便便就给人喝的……好在你没感染寄生虫，你要出点什么大事，那我……”

“崽崽，”齐晗察觉到了我的不安，把手伸出被子，拍了拍床栏，“没事的。我什么事也没有。别去想了，都过去了。”

“这哪能过去啊？”我沉默一瞬，说，“你那时候就该打我、骂我，告诉我妈真相，叫她好好教训我的。”

可是齐晗从来不肯。

因为他的不肯，才教出了一个对他且只对他如此得寸进尺、肆无忌惮的齐野。

“后来那天晚上我梦到你了。你别怪我。我在梦里没逃，也没砸你。我悄悄跟你说我错了。”

我哥“嗯”了一声：“然后呢？”

“然后？”我想起了那时的然后，突然把头朝下转，闷在枕头里，“醒来时我发现我的枕头都湿了。”

齐晗沉默半晌：“哥只是问你……然后我什么反应。”

我哥彻底憋不住笑了，整个胸腔都颤抖起来，只两下，便又发出了“嗞”的一声。大概是扯到了伤口。

我把手朝他的肋骨探过去：“疼吗？”

我哥先是摇头，顿了两秒，突然对我说：“疼，好疼。”

我赶紧检查了一下他的伤口，没流血，我转头看向他，明白自己被耍了。

恼羞成怒是一瞬间的事，我想凶狠起来，开口却有些哽咽：“你别这样。不好玩儿。”

我哥听出我生气了，又拿沉默作挡箭牌。

“哥，你知道什么是相依为命吗？”没等他回答，我伸出手指指着他左胸，“你要是没了，我上哪儿还债去啊？”

两兄弟之间，最是彼此亏欠纠缠不清。

他垂眼听我说着。

“你昏迷的时候，我巴不得躺在上边的人是我。”我低了低头，“你一说疼，我就想起自己以前对你做的那些事。

“所以你知道什么叫相依为命吗？”

齐晗就是我所剩无几的家底。

3月15日

我亲手给我哥熬了粥。

我哥吃得干干净净。

3月16日

再厉害的男人，受了伤还是得有人扶着去上厕所。

3月17日

我给我哥熬了粥。

3月18日

我给我哥熬了粥。

3月19日

我给我哥熬了粥。

3月20日

我哥今天没把粥吃完。

他说他只是受了伤，不是要出家做和尚。

我看他当时的表情应该是想告诉我要是我再熬粥，他就会让我出家做和尚。

3月24日

我哥出院了。

他今天穿衣服感觉又空了一点儿。

果然生一场病掉一层皮。

一模结束于我哥出院的一周后。

出成绩那天是四月十二日。

我发誓那是我人生中哭得最窝囊的一次。

分数一下子倒退回到550分，使我精神恍惚地在五楼的晚自习教室干坐了整整三节课。

以前无论遇到什么事，都能给自己找个台阶下的齐野似乎第一次开解不了自己了。

我看着胡遥替我打印的名次表，跌回倒数排名的“齐野”两个字，在教室九根白晃晃的四十瓦的日光灯的照射下显得格外刺眼。

跟在名字后面的各科分数成了大大小小的石头，齐齐压在我的左胸上，让我呼吸都有些不太顺畅。

换作一年前的我，绝对想不到如今的自己会因为获得五百多分的成绩而堵得慌。

原本只有一步之遥的建大似乎又重新高耸巍峨地立在了我无法触及的渺茫云间。

尽管脑海里有一个声音不停重复着所有优等生在考得不理想时都能听到的一句安慰——“失误是正常的”，可这对于长期处于泥沼的齐野而言并没有多大的效果。另一个声音更加喧嚣，仿佛要盖住那些无用的安慰——

“这才是你真实的水平。

“你以为你荒废两年多的学业几个月内就能补起来了？

“前面那些考试都是你运气好罢了。

“你高考成绩顶天也就这样了。

“还建大，你看看哪所二本学校离你哥近点，早做打算吧。”

诸如此类的话一句又一句地从我的四面八方冒出来，咕噜咕噜地在我大脑里响，乱成了一锅粥。

但我还是心存侥幸，盼望出现这些画面：成小容突然走进教室说分数统计错了，胡遥接到通知理综大题有出题错误，数学老师宣布最后的压轴题还有别的解法……

总之为了能让自己的分数看起来不那么丢人，我把一切无耻的想法都想了个遍。

可最终什么也没发生。

考差了就是考差了，白纸黑字的分数放在那里比铁板上的钉子还不可动摇。

宣泄负面情绪的最好方式就是揪出那个造成难堪局面的罪魁祸首。

一年前的齐野可以在面对自己成绩单的时候无所谓地自嘲“怪自己懒呗”，可现在呢，我实在不忍心去怪那个每天一点睡五点起，在凌晨逼着自己背完一百个单词再刷一套理综卷和数学题才能上床睡觉的齐野。看着那样一个齐野，我怎么也说不出“罪魁祸首”四个字。

那该怪谁?

该怪齐晗吗?

他要是能藏住自己的那些辛苦，不露出一点儿马脚让我发现，我还能再心安理得地混日子，不用使一个原本没心没肺的齐野如今面对自己的败绩时满心都是对齐晗的愧疚。

这个罪魁祸首现在还站在一中铁门外带着大病初愈的身体等着接我回家。

我从来没像今晚一样觉得放学后的教室那么让人留恋。

我可以继续坐在这里发呆，可以在这里做题、背单词，我甚至愿意在这里做关灯关门的人或者干脆留在这里过夜。

我做什么都行，就不要让我拿着这份成绩单出去见齐晗。 我不明白自己在怕什么，明知道他绝不会怪我的。

可我还是怕。

我已到穷途末路，沉默成了我抵抗我哥关心的兵器。回家的路上，任我哥的眼神再如何关切，我都不搭理。

从学校到家的路程不过十分钟，每一秒我找不到发泄口的委屈都在心里变本加厉地积攒着。我知道我快忍到极限了，我哥只需要随便说点什么就能打破那个装满我脆弱情绪的隐形容器。

终于在 1108 室门口他还没问完嘴里那句“怎么了”的时候，我一瘪嘴，转头“哇”的一声哭了起来。

我哥猝不及防吓了一跳，动也不敢动，费力辨别着我嘴里含糊不清的控诉。

我早已不记得那晚我涕泗横流、叽里呱啦诉说的内容。

后来据我哥回忆，我当时倾吐的不是拼命努力没得到回报的冤屈，也不是声泪俱下地像个犯错的学生一样给他道歉，而是用小孩子一样的腔调吐露着十分恶毒的咒骂，骂的全是高三以前那个虚度光阴的自己。

这场丢人的哭泣在我哥朝隔壁不堪其扰开门出来一看究竟的家长的道歉声里结束，取而代之的是我哥对我难得的一场特赦——他那一晚没让我做作业，而是哄了我一晚上，我依稀记得在闭眼入睡的前一秒听见他轻声说了一句：“还是别长大了。”

第二天我一起床，齐晗就告诉我他发消息给成小容帮我请了病假。

我不解：“我没生病。”

“哥知道你没生病。”齐晗说，“今天什么都不做，在家睡觉。睡醒了哥带你去吃火锅。”

我用非常谨慎的眼神审视他。

齐晗扛得住，并且持续用他标志性的官方笑容回应我的猜忌。

好吧。

反正现在才五点四十分，从我哥的神色中确定他不是跟我开玩笑以后，我倒头睡了下去。

一睡就睡到了大天亮，我都快忘了上一次睡得这么足是几月几日。

等我迷迷糊糊睁眼时，就看了齐晗放在我床头的、今天要穿的衣服，电视柜上他下楼买的美年达和坐在我床脚，在阳光里看书的齐晗。

“哥。”我叫了一声。

“醒了？”他闻声望向我，“起来洗漱，出门吃饭。”

齐晗永远都这么处变不惊，他的心态是出了名的稳。

我坐在火锅店里，隔着层层白雾望着对面的齐晗，咽下嘴里的丸子，问：“哥，你考试真的一次都没有失误过吗？”

齐晗正帮我下菜，听我这话，拿着公筷的手顿了顿，说：“还是有……一次的。”

齐晗读高中时总共参加过两次知识竞赛，一次是全国中学生英语知识竞赛，因为是他不太擅长的学科，所以只拿了第三名，还有一次是物理竞赛。

齐晗打小不怎么喜欢参加竞赛，据说在大型竞赛中获奖有助于以后申请大学或者保送，但他从来都不感兴趣。

他似乎在很久以前就认定了自己以后要走的路：要读什么大学、用什么方式和走哪条路子。

他在心里精准计算着自己要达成的目标所需要的成绩，除此以外的东西，他从不放在眼里。

就好像他从知道“大学”这两个字的具体概念开始，齐晗就在极短的时间内做好了计划：他只读建大。而以他一贯保持的成绩水准，就足够上建大最好的专业了。

所以那两场竞赛，都是在成小容的软磨硬泡之下，齐晗勉强答应参加的。

而他说的那次失误，就是那场物理竞赛。

我努力回忆那段时间我又捅了什么篓子，可我再怎么想，都想不起来。

我哥笑着否认说：“那不关你的事。”

那回是真的不关我的事。

我正立着耳朵听他把缘由给我讲清楚，就见齐晗突然收敛了笑，跟我说：“崽崽，对不起。”

我愣了愣：“什么对不起？”

齐晗说，其实爸妈的离婚，他也曾参与。

齐晗参加物理竞赛那天是他读高三的一个周六，我有印象，但不深，依稀记得那天我要跟他一起回家，回我妈在的那个家——我和齐晗每个月都要回那个家吃一次饭，我们一般是周末回去。

而在那个周六之前的一天，我哥为了复习，提前请假到家附近的大型书店买物理真题。

去书店买完书，他想着反正都到自家楼下了，就回去看看爸妈在干吗。

齐晗到家那会儿，家里门是虚掩着的，争吵声从里头传出来，不一会儿，就听见有摔杯子的声音。

他正要冲进去看看到底发生了什么，就听见爸在里面哀求。

爸低三下四地说再给他一段时间，等孩子考完试，过了年，就能把钱还上。

齐晗说他怎么都没想到追债的人会追到家里来。他不敢想象如果妈在里面会是什么样的反应，又或者说，如果她亲眼看到爸这样懦弱无能，是愤怒还是伤心？

总之那晚齐晗没有进家门，后续如何他也不得而知。

直到周六的早晨，齐晗在考试之前接到了我爸的电话。

说来很可笑，爸打电话过来不为别的事情，竟然是问齐晗能不能去家里收拾一套他的干净衣服送到某个酒店。爸说他工作有事，出来得急，在外头弄脏了衣服，一时间找不到换洗衣物。

齐晗没有在电话里拆穿爸是被追债的人追得不敢回家的事实，其实他在心中对我们爸也时常怒其不争。他只是冷冷地回复说自己现在不方便，送不了衣服，随后就挂断了电话。

然而就是这通突如其来的电话扰乱了齐晗的心绪，他在完成三分之二的试卷内容后就扔下笔离开了考场，回家给我们爸找了套干净衣服送去了爸说的酒店。

他甚至不想回忆当时滑稽可笑的场景。

爸躲在酒店最高层最小的一个房间，听见他的敲门声第一时间都不敢开门，而是压低了声音朝门外的人问："谁啊？"

齐晗很无奈地回答他："我。"

之后他就见爸躲在门后，给他把门打开一条仅够人侧身进去的缝，而门后的爸爸，下半身只穿了一条里裤。

爸笑得窘迫："要不要坐坐？"

"不了。"

齐晗甚至懒得去问面前的人是怎么做到把如此潦倒的。他走进那个逼仄的房间，把衣服放到床上后就走了。

按道理，齐晗离开酒店以后应该是到我的教室外接我，跟我一起回家吃饭。

可他并没有急着回学校，而是先去银行里取钱。

齐晗有自己的小金库这件事，我知道。

他初三毕业时考了市状元，妈那边的一些亲戚给他发了不少的红包，还有学校为了招揽他让他安安分分就读一中给他发的各种奖学金。

他把钱一分不剩地全取了出来，回到酒店，敲响了爸的门。

门里传来的还是声音又低又弱的问话："谁啊？"

齐晗说："我。"

他在爸躲在门后震惊的目光中把那一沓钱全放在桌上："我的钱，妈不知道。"

妈是知道的，知道齐晗有小几万的存款，但家里再困难，她也从不动齐晗的钱，只是齐晗很多时候趁妈和我都不注意时会悄悄拿出来贴补家用。

他看着爸把那些钱放进文件包里，开口说："你跟妈趁早离婚吧。"

爸放钱的手僵在半空。

"我知道你一直不离婚是在害怕什么，齐野有我照顾，你也不要企图让妈帮你还钱，她没钱了。"齐晗把话说得很明白，"尽早离婚，对谁都好。"

他说完，没再管爸的反应，头也不回地去学校接我回家了。

我想起来了，那天的齐晗赶到我班门口时还气喘吁吁的，我怪他怎么来得这么晚，班里大扫除都搞完了还没见他的人影，他那时只是笑着不说话。

"哥知道你会难过，"他放下公筷，透过锅里升起的腾腾白雾望向我，"哥跟他约好，你毕业之前都不告诉你，可还是没把你瞒过去。"

他叹气道："崽崽，妈因为爸……吃了很多苦。"

我该庆幸今晚吃的是火锅才让齐晗看不见我低头时落进碗里的那滴眼泪，我吸吸鼻子，咕哝道："我也没说怪你嘛。"

齐晗垂眼，装作没发现。

他从来不会夸我懂事，"懂事"这个词在他眼中不是一个好词，这代表了不能任性、不能发脾气、不能难过、没有自己的喜怒哀乐，这代表收敛起自己的一切。

齐晗就是一个从小到大被人夸"懂事"的小孩，他深知这个词的背后是一种被束缚的痛苦，他从不希望我变得懂事，更不会拿这两个字作为褒奖用在我身上。

可今天在桌上，他陪着我沉默了很久，慢慢说："崽崽……懂事了。"

4月13日

成小容竟然会找我谈心，告诉我高三压力大，失误是正常的。

太阳打西边出来了。

4月17日

周考上600分了。

看来我还是有水平的。

5月3日

二模615分。

全班第十二名。

5月9日

昨天是和我哥和好后过的第一个生日。

我哥买了枇杷。

这个生日平平无奇，普普通通，但我哥很高兴，我把分好后的第一块蛋糕亲手端到了他手上。

接踵而来的三模在一片铺天盖地的红里进行，四处挂满红色的横幅和红色的标语。

五月二十二日那天下了场雨，气温骤然下降十度。我穿着夏季的校服短裤，上身却套着我哥在出门前非逼着我加上的牛仔外套，走在清凉的林荫小道上——那条去年圣诞我狂奔的林荫小道。

我又逃课了。

晚自习的天空让白日里那些红艳艳的“不拼不搏等于白活”“不苦不累高三无味”都灰暗下去，一中混杂着数千份逼近六月的紧张感变成了一种死气沉沉的红。

而我此时嘴里抿着那张把“齐野”这个名字排在全班第八名的成绩单，上手搭上那堵矮墙顶，又是三两步蹬上去，一个翻身，落在禾川五月的蝉鸣里。

这时的花是最热烈的，开得肆意张扬，在四下无人的荒野里盛放，冷冽的月光打在它们身上，衬得它们十分妖娆。

成绩单被我拿去包花了，花枝带着刺，隔着一层纸也还是有些扎手。

我被一路扎回公寓的十一楼，走廊尽头传来关门的声音，是我哥正准备出门接我。

我一个箭步闪进去，花被我藏在身后的光里，衣服里的糖被挤得沙沙作响。

我哥面对着我，许是想起了一年前的这晚。

对面的黑影渐渐止住脚步，我按捺不住雀跃，在我哥准备开口的瞬间先发制人，倾身问他：“哥，你猜我三模多少分？”

尽头的黑暗里没有声音，我知道我哥在笑。

“635分，全班第八名。”我把花朝尽头的方向伸过去，“哥，在建大等我。”

第二天上学路上我才知道，自己昨晚错过了一场什么样的大风大浪。

离高考还有两周时间，靳阳厚积薄发的恨意终于化为一场实际行动，在那晚的一中铁门外实施了。

那大概是足够被一群青春期的旁观者，无数只被家长老老实实“圈养”在笼子里十几年的鸟儿刻入自己寥寥无几的八卦史中的一幕。

一堆戴着黑色口罩的小混混拿着喇叭，在与一中隔了一条斑马线的人行道上朝着保安室摇旗呐喊：“胡老三的女儿有个瘸子爹！老婆跟人跑了十几年！当保安还乱打人！没脸没皮不害臊！”

学校的保安人数远远不够驱散这一群乌合之众，这堆制造了一场盛大热闹的枭鸟最终在由远及近的警报声里一哄而散。

警报能驱散人群，却驱散不了流言蜚语。

被题海刷得生活一片痛苦空白的高中生犹如饥荒年代饥不择食的难民，偶尔一点儿事不关己的消息于他们而言都能像卡在牙缝里的半片炒菜叶一样稀奇。

大庭广众之下他们紧闭双唇，三两扎堆的时候便肆无忌惮地搅动着舌头把那些事从齿缝里挑出来嚼一嚼，为自己枯燥的青春榨出点聊以解乏的味道，末了又吞到肚子里，时不时想起来还能反刍一下。

十几岁的孩子张合着那副名为“不懂事”的牙关，津津有味地咀嚼着一片片拿别人酸甜苦辣浇灌出的菜叶。

他们哪里肯承认，自己嚼的从来不是菜叶，而是他们口中那些或许从未谋面过的当事人的脊梁骨。

出乎意料的是，对这场流言反应最为愤怒的人不是当事人中的任何一个，而是成鞠。

“这流言一看就知道是靳阳传的！胡遥她爸倒是还好，万一她因为这件事影响状态，她唯一出路上的那颗绊脚石可不能是我放的。”成鞠出了办公室回来跟我交流心得，“她是被成小容盯着冲状元的活宝贝，我得罪了靳阳，总不能害遥遥受累。”

“你就咽得下这口气？”

“咽得下才怪。”成鞠瞥了我一眼，一脚踹得桌子角吱嘎作响，“看姑奶奶怎么搞靳阳那个坏心眼的东西。”

只是我没想到被姑奶奶拉去并肩作战的人不是她哥而是我。

本着从我哥这里传承下来不议人是非的优良美德，过往那么多次回家路上碰到一身校服的靳阳我也忍着没去打听过半句，直到今天成鞠为她的复仇计划给我做预习时才让我对他的家庭有了大概的了解。

我和成鞠在办公大楼门口蹲点了三天，五月二十六日的中午，教务处主任照例进行饭后肠道运动的那十五分钟里，我们成功翻窗爬进了此时空无一人的办公室。

从调出靳阳档案到打印出来只需要不到十分钟，在我们把那张薄薄的信息表放进书包准备夺窗而逃的那一刻，拿着一沓厚厚体检表的成小容踩着高跟鞋进来了。

我哥把我从成小容办公室领出来的时候正下着雨，像极了去年生日那天我被请家长的天气。

我走路时眼睛脚尖走路，把手背在背后，十根指头绞来绞去，以始终和我哥的背影保持半米的距离。

出了教学楼，他把外套脱下罩在我头顶，嘴里那句“不用”堪堪吐出一个音节，齐晗已经撒手转身往前走了。

我心里猛然一沉，我哥这次真的生气了。

齐晗被淋了个通透，回家的第一件事是进卫生间洗澡，我手里抓着他的衣服，站在客厅那张小床前一动不动。

浴室的水声和窗外的雨声混合起来，跟着附和的还有我胸腔里七上八下的心跳声。

我希望那水声快点儿结束，又希望它别那么快结束，我不知道它结束的下一秒我会受到什么样的审判。

对未知的不安使我觉得每一滴落到地板上的水声都沉重又漫长，这份不安里还带着一份可恶的好奇——我哥这次会骂我吗？他被气到什么地步才会忍无可忍？他对我的容忍底线到底在哪里？

自觉罚站比被迫罚站的滋味难受多了。

浴室门被打开又关上，我哥擦着头发走出来，带出一股沐浴露的青果味道坐在床头，随意拿了本书放在怀里，手指徐徐敲着封面："哥不信你们只是为了查看自己的档案。"

我迟疑了一下，估摸着这个时间成鞠已经把靳阳的资料和他早就被退学的事实告诉给成辕的奶奶，我决定把这桩一年前开始的风云说出，从胡遥和我提出一起回家这件事开始讲起。

等我讲到昨天被成鞠告知靳阳双亲已故，从小学开始只有一个奶奶照顾却因为和家大业大的成辕打架而被单方面退学，至今还每天晚上换上校服在校门口假装放学瞒着老人的时候，我哥用眼神告诉我接下来我和成鞠的阴谋他已经猜了个大概。

他朝我招手，我走过去。

我哥的声音离我很近，所以他放得很轻："老人家已经知道了？"

我点头："应该差不多了。"

我哥不说话。

我从我哥的沉默里意识到自己和成鞠这一系列合情合理的举动里似乎有哪里出现了错误，但是我还没参透到底是什么错误。

我有些嗫嚅："哥，我错了。"

我哥："哪里错了？"

"我们不该去偷东西。"

不知道哪里做错了，就说一个肯定已经做错的。

"没了？"

我张了张嘴，不敢说"还有"，因为不知道哪里还有，但是我知道要是答应"嗯"就是错上加错。

"哥不觉得以牙还牙是错的，可力得使对地方。"我哥低着头，"靳阳犯的错，为什么要报复到他奶奶身上？被狗咬了一口应该打回去，而不是反咬一口惹得一嘴毛。因为他的泄愤对象有胡遥爸爸，你们就跟着把复仇对象变成了他奶奶？这样和他有什么区别？”

我有些似懂非懂，但听出我哥的语气缓和了。

“我下次不会了。”

“不要有下次了。崽崽。”我哥叹了口气，“哥有时候希望你不要长大，有时候又希望你快点儿长大。”

可我后来明白一个道理：不是人人都有哥哥。

高考前一周我得了重感冒，成小容说是压力过大导致的免疫力下降。我哥给我请了假在家复习，但病情没有好转。

六月四日全市放假那天我因为发烧在赶往市医院的路上，在禾川又热又黏的空气里，我的呼吸干燥而滚烫。

我许久没见过我哥着急得团团转的样子，给我出去买饭的空当，他在人工湖边一根一根地抽着烟。

夜里我睡得极不安稳，迷迷糊糊间分不清现实和梦境，只感觉一整夜都有只手时不时探我的额头。

我醒来出了一身的汗，我哥端着一碗小米粥站在床前，哄着我喝了粥赶快吃药。我从没被碗沿遮挡住的视线缝隙里看他，发现他红血丝遍布的眼下有些青黑。

关于靳阳的后续，胡遥一直到了高考结束才对我全盘告知。

那是我人生中第一次深刻了解到“蝴蝶效应”这个名词。

它对我们一行人的影响并没有在这一年的六月结束，往后的那些年我们都与自己如今所走过的每一步相互照应。

胡遥的爸爸死于六月七日凌晨两点的市医院急诊室。

六月六日晚，他在回家给女儿买夜宵的路上被人蒙头一顿殴打。那顿殴打让他留下了后遗症，并在短短三个小时以后以内脏出血的方式使他轰然倒在了家里的燃气灶前。

靳阳的报复来得迅速而狠毒，他奈何不了有司机接送的成家兄妹，奈何不了与他们一路的胡遥，奈何不了被我哥严防死守的我，于是报复在了胡遥爸爸的身上。

小逃犯在六月八日的凌晨三点被把自己一手养大的奶奶抓到了胡遥家楼下，离那棵黄果树二十米的空地上，回荡着一阵又一阵拐杖狠狠撞击年轻脊背的响声，敲打声一直持续到交叉闪烁着红蓝灯光的警车出现，渐渐被刺耳的鸣笛声淹没。

楼上所有人家的阳台都亮了起来，看着这一出七旬老妪亲手将自己唯一的孙子缉拿归案的戏码。

只有一户藏在黑暗里，那户总是在深夜亮起的房子似乎跟着它主人心跳的骤停陷入了永久的黑暗。

那里再没有一个活人，死者身死，生者心亡。

天亮胡遥恍惚地出门高考时，发现白发苍苍的长者晕倒在她家门口，从倒地的姿势来看，大概是因为长时间下跪造成的供血不足。

胡遥将老人扶回家里，将老人安置在床上。

而老人醒来后的第一件事是掀开被子下床，一言不发却泪眼婆娑望着眼前的孩子，她们都送走了彼此唯一的亲人。

所有做错事的人都安然无恙，最无辜的三个人受了最深的伤。

六月八日的下午，我站在病房门口，突然反应过来自己也是亲手造成这一场生离死别的帮凶。

这场战事在我的整个高中生涯拉锯时间太长，前前后后有一年的时间，涉事的人也太多，从我们这一辈往上数，把胡遥的爸爸和靳阳的奶奶都拉下了水，前前后后三代人，葬送了两个本就不完整的家庭，毁掉了两个小孩的高中生活。

这早已说不清是谁错得更多，谁又更加无辜。

我活了十八年第一次明白那句话："枪响之后，没有赢家。"

我算是比较幸运的那一个，虽然见证了全程，也曾对靳阳下过手，作为存在感不那么强的参与者，因为我哥的约束和保护而幸免于难，唯一受到的伤害是亲眼看着身边最好的朋友们一个接一个地为此付出代价。

胡遥选择了复读，成鞠选择陪她。

毕业那天我没有心情去参加任何聚会，我哥在1108室陪我一页一页翻阅我的日记，里面的内容乏善可陈，看到最后我连什么时候睡着的都不知道。

长时间备战高考的压力在一切结束以后犹如一条突然撤开的缰绳，让积累了数月的疲惫像无数匹脱缰的烈马在我全身肆意奔腾。沉重的睡意此刻是一个看不见的巨大旋涡，将我的身体拖进去，把我其余所有的感知彻底与世隔绝。

一觉醒来是在第二天下午三点，我哥在出门上课以前给我开了空调盖上被子好让我睡个畅快，冷风一阵一阵拂在脸上，我看着桌上我哥压在饭盒底下的新家钥匙，有种眼前一切都不太真实的恍惚感。

我又想起了五月二十二日那晚。

我把成绩单从背后掏出来，眼前的黑暗中除了我哥瘦削的身影，在片刻之后，更深处有人逆光缓缓走出来。

等我看清来人是谁之后，几乎是浑身一僵，双腿已经控制不住想要转身逃去。

“崽崽。”我哥叫住了我。

我背对着他们，不敢转回去。

我是我妈不愿意向她即将组成的另一个家庭所承认的存在，尽管我从来不理解我妈对我如此强烈的抵触究竟从何而来，可我始终发自内心地不愿做出反抗使她伤心。

譬如她不打算告知童叔叔自己还有个尚未毕业的十七岁的小儿子，那我就本本分分隐姓埋名，藏在我哥的羽翼下，做一个没有来路的齐野，必要的时候变成一个没有家庭的隐形人。总之现在“家”这个字对我而言不过是齐晗的另一个称呼。

齐晗倾尽所有挡在痛苦和孤独向我突袭而来的道路前端，我又何苦顾影自怜。

兴许是齐晗没有料到今晚我会偷偷提前回家，他掐准时机送童叔叔离开，刚好在这个走廊遇到了误打误撞而来的我。

他素来是一个谨慎周全的人，他曾经尝试努力过，说服我妈带我去见童叔叔，可他没有取得胜利，今晚我们三个人的相遇只能说是巧合又或者是天意。

“过来。”齐晗极少用这样命令的语气跟我说话，我知道他这是在强行要求我。

听起来很可笑，他在强行要求我去做一件我一直很渴望但不敢行动的事，在强行要求我去承认自己的存在。

我极缓慢地掉头，磨磨蹭蹭地走过去，重新面对黑暗里的两个人影。

一个我哥，一个童叔叔。

当听见齐晗不疾不徐地把“这是我弟弟，齐野”这句话说出口时，我一颗狂跳的心竟然在那一瞬间安定下来。

似乎因为开口的人是齐晗，似乎因为他所说的不过是这个世界上最平常的一件事。齐晗就是有这样大的本事，波澜不惊的一个举动就能抚平我心里所有的暴风雨。

“这是我弟弟，齐野。”

我在他说完这件话以后吐了口气，慢慢走过去，欠了欠身：“童叔叔好。”

“小野高三了，忙，所以基本上没怎么出门。”

我哥轻描淡写地解释了我被我妈刻意制造出的一次次缺席。

不知道童叔叔内心对此的真实想法是什么，但他确实很会给人留面子，顺着我哥的台阶就走了下去，问了我几句学习上的事以后便挥手告别。

我哥把人送到楼下再回来，那时我已经坐在家里的小床上，看到了桌上那把崭新的钥匙。

童叔叔在我妈那儿听说了我哥读大学的“叛逆”事迹，这对母子虽然还是在赌气，但我妈终究放不下齐晗。

童叔叔大概是看出来了，专门挑了个时间过来瞧瞧我哥，顺便给他做了做思想工作。

童叔叔觉得如今齐晗住的这地方离建大略远了些，干脆把自己空置着的一套房子装修出来给我哥住，家具水电一应齐全，还恰好就在建大周边。

我们选了个日子，在高考完后某个凉风习习的早上搬离了1108室，从此去了新家。

新家很好，在十八楼，坐北朝南，我哥在阳台移栽了大丛月季，花旺盛得从窗台爬出去，像一枚佩戴在这栋楼上的白色胸针。

齐晗沐浴着下午六点的夕阳，穿着一身灰色的纯棉家居服在阳台忙得不亦乐乎，从这头走到那头，不是浇水就是修枝。

我盘腿坐在客厅的地板上拿着螺丝刀捣鼓着很久以前就想给他做的拼接书架，玻璃双开门外的窗帘挡到我的视线时我会很不满意地叫他一声，他就从那一片橙红色的灿烂黄昏里回过头对我浅浅地笑一下，然后抱着手里的花把自己挪到我得见的地方继续修剪花枝。

主卧室的书桌上依旧放着那个插着枯枝的花瓶。

这就是我们的家了。

晚上我闹着不想吃饭，我哥从冰箱里取出半个西瓜让我挖着吃解馋。

我吃完撑得厉害，缠着他陪我去乾江散步消食。

冬樱早就凋谢了，江边的矮灌木一片绿意。江岸熙熙攘攘，都是来吹风纳凉的人，我和我哥扎进人潮，晚风吹得他的衣服像船帆晃荡。

往日总觉得刺目的霓虹灯今晚被夏风一吹，仿佛变得有些顺眼。

不知不觉走到一中门口，教学楼依旧像个布满光眼的巨人，俯瞰着此时空旷安静的校园，蛐蛐和蝉的叫声一如既往地聒噪，我看着保安室里新来的工作人员，仿佛内心此刻才开始接受胡遥父亲去世的事实。

我哥大概和我想起了同一件事，声音有些低沉："一切都会好起来的。"

【第八章】

天各一方

出成绩那天的下午，我和我哥守在电脑前大气都不敢出。

网页一直刷不出来，我在房里闷得跑出去把家里的大门打开通风，通了半天又回房里关上门和我哥一起等成绩。

不知道等了多久，等到太阳都下山了，网页才突然刷新出来。

我看到总分数字“6”打头的那一刻已经在房里欢呼起来。

接着我到床上打了两圈滚，一下子起身跪在被褥上头：“哥！我就说我不会浪费你给我的机会的！我不会让你白留在建大的！你等我！两个月后咱俩就是校友！”

“哥知道，你只要用心，就是最厉害的。”齐晗坐在椅子上转过来望着我，眼里全是笑意，“崽崽终于可以和哥接着读一所学校了。”

我并不知道我妈提着保温盒和备用钥匙在我们房间门口站着听了多久，我哥准备替我去客厅冰箱拿饮料的时候，房门后突然停滞的脚步声使我好奇起身去看被他高大身影挡住的人。名存实亡的母子这时候有了心灵感应，我妈视线越过我哥的肩头朝我看了过来。

四目相对的那一秒，我第一次体会到一种冰冷的敌意，尽管那时候我还沉浸在分数的喜悦中，但大脑因为我妈的眼神而迅速被一片茫然的空白席卷。她像是不确定自己站在门外听到的一样，坚持着把我哥拉到了走廊进行责问。

我先保持着跪在床上的姿势愣了半晌，然后才魂不守舍地光脚下床，悄悄贴着房门听外头模糊不清的争吵声。

“没人管他？他野成那个样子需要人管吗！你爸不是要养吗？轮得到你来操心他……那就不读了呀！他那个成绩读不读有什么区别吗？！还不都是废物一个……我是老糊涂了才信你自己挣学费的话！

“养到他毕业？不放心？好啊，你养他一辈子！你给他养老算了！你自己的日子，自己的人生，你不管，你不过！他烂你要跟着他烂！我也不管了！你为了一个外人……”

“妈！”齐晗在沉默很久之后突然低喝着打断了她，以至于我并没有听清我妈之前那句话。

几秒过后，我听见“砰”的一声，似有什么金属重物落地。接着便是叮当哐当的声响，应该是保温盒盖子弹了出去。

我妈变得异常激动：“怎么了！我说不得了？我养他十几年！他叫我省心过吗？我凭什么啊？我儿子为了他把自己一半的人生毁了，我还要忍气吞声！我还要把他当祖宗供着吗？我是什么？！我是菩萨？我上辈子欠了他的是不是？！”

我妈说到后面已是撕心裂肺，她被自己儿子想打断的低喝声伤了心，说着说着便泄气一般小声下去，断断续续有了哽咽的声音。

“你从小到大……从来不跟妈这么大呼小叫……就为了他……”我妈哽咽道，“十八年……十八年前你爸一声不吭地从外面把他抱回来，告诉我这是他儿子……不是我生的儿子！不是我生的，要我养。十八年了……那个女人难产死了，留下一条人命，我养他十八年还不够，我儿子还要继续替我养吗！”

我几乎听不到自己的呼吸声，整个楼层就像只剩我妈的嘶吼声在回荡，荡得我耳膜震颤，几近窒息。

原来如坠冰窟是这样的感觉。

原来从小到大，被命运不公对待的人不是我，是我妈。

原来我从来就没有在齐晗身上分走我妈一丝一毫目光的权利和资格。那么多年的漠视和偏爱都有了一个合理的解释，那些日子里对齐晗的嫉妒使我觉得自己可悲又可笑。我忽然感觉过去的岁月里，那个不择手段渴望能博得母亲一点儿关注的齐野滑稽得像个跳梁小丑。

原来齐晗把钱送去酒店跟爸说的那句“我知道你一直不离婚是在害怕什么”有着如此的含义。

艺术来源于生活又高于生活，水果台八点档的狗血电视剧都没我的十八岁这么跌宕起伏，可剧里的故事往往会有一个美好的结局，而我清楚地知道，这道裂缝一旦在我的人生中被撕开，我和这个家就再也无法重归于好。

我慢慢走到客厅大门，正看到我妈指着里面对我哥控诉，她的脚下，是一盒被打翻在地的排骨汤。

当我出现在我妈指尖所指的位置，她所有的动作慢慢停了下来，我们三个人陷入一片寂静。

总需要一根针头来扎破一个灌满水的气球。

“妈——”我颤巍巍地试着叫了一声。

“啪——”

指甲刮过侧脸，凉意过后是瞬起的灼痛。

这是我妈用尽浑身力气打出的一巴掌。

我有些耳鸣，白茫茫的大脑里出现了一些光怪陆离的线条。

“汤是给我小儿子的，没了。”我妈哭得两眼发红，脸上泪痕未干，语调却平淡得骇人，“别叫我妈。”

都没了。

汤和小儿子，一个不剩。

我低头看着地上的汤，汤少肉多，还有一颗颗剥下来的玉米粒滚落四周，直冒热气。

那热气冲眼睛，把我熏得视线模糊。

“别叫我妈。”字从牙齿缝里被一个一个狠狠地挤出来，“你这个野种。”

陈年旧疤被血淋淋地撕开，我再也不是她的孩子了。

她几乎是在一瞬间暴起，手脚并用，拳头、耳光铺天盖地朝我漫无目的地打来：“你这个野种！野种！”

人在极度崩溃的时候语言就会变得相当匮乏。

后来我哥一手死死箍着她，一手把我推出门叫我走，我逃得那么远，逃到了电梯门前，都还能听见她嘴里反反复复的咒骂。

“野种。

“畜生。

“你妈偷我半辈子，你又拖累我儿子。

“你们一家都是讨债鬼。”

……

后来我浑浑噩噩，手脚冰凉，不知所终。

我走在大街上，大脑停止了运转，陷入宕机，成了本能支使身体行走的一个工具。

我哥最后在 1108 室面前的走廊里找到了我。

明明早就停止了奔跑，我还是在不停地大口喘气，有什么东西死死掐着我的气管和喉咙，我不拼命挣扎，下一秒就会窒息。

是真相。

是我妈毫不留情抛掷给我的真相和我今天呈现在她眼前的真相。

这些真相杀死了我们这么多年苟延残喘的亲情。

或许在我妈眼里那不是亲情。

养条狗也会有感情的，何况是花十八年养一个活生生的人。

但狗至少不会反咬她一口。

狗不会拖累她最引以为傲的齐晗远走高飞，而我拉着齐晗留在了禾川，留在了我妈最不屑一顾的建大。

13级的毕业生全都搬走了，走廊里又黑又静，我如同一个奄奄一息的盲人，摸不清探不明自己身死何方。

原来那堆糖，从始至终就是我哥一个人的。

直到我哥走到我面前，我才抬头看见他。

被泪水模糊了的视线里出现了一个熟悉的轮廓，我哥站在消防楼道门口踌躇不前，听我呼吸不均地问他："你早就知道对不对？"

他不说话。

禾川的夏天热得怄人，我像一条找不到鳃的鱼，拼了命地大口呼吸才能汲取一点儿稀薄的氧气，脑子里一片混沌，我只会一遍一遍麻木地重复："你早就知道我不是妈亲生的对不对？"

等口中再也不能吐出一句连贯的话时，我哭到不停抽噎，崩溃而乏力，明白自己那么多年在我妈面前如同跳梁小丑一般的行径都是徒劳无功的，第一次体会到哭得失声代表着多么撕心裂肺的难过。

我一遍又一遍重复："你早就知道了……对不对？"

我哥低头凝视着我，明明那么温和的一双眼睛，此刻盛满了悲伤。

我的胃突然不自主地痉挛。

我对着我哥干呕起来。

"哥——哥——"我站不稳，踉踉跄跄，贫乏的语言从我妈那里转移了过来，我在漆黑的走廊里闻到了自己身上的味道，"排骨汤……哥……排骨汤……妈给我做了排骨汤，哥！"

我一遍一遍叫着我哥，看着眼前那扇小小的窗户，像一个末路的囚徒，声音再撕心裂肺也挣不破眼前的绝望。

那晚我哥坐在我身边，低声叙述着他知道的关于真相的所有始末。

至此我才知道，原来七八岁时齐晗对我态度的转变并非我记忆出了差错，而是他在刻意回避。

那是齐晗八岁那年的冬天。

“八岁那年，哥还什么都不知道，总爱和你抢车厘子吃。”

我点头。

那时候我和我哥还时常处于剑拔弩张的状态，我们是公平竞争母爱的小孩。由于我妈的偏爱，我总得不到几颗车厘子，要么是捡我哥吃剩的，多数情况一颗也吃不到。

我恨我哥总能得到如此多的特权，恼我妈对我的委屈视而不见，我内心滋生出的、对两个人的埋怨通常只会对一个人发泄，那人就是齐晗。

而八岁的齐晗不似现在，不会对我所有的报复包容退让，我惹他一分，他一定要双倍地报复回来。

孩童心性，谁也不让着谁。

不仅如此，齐晗还很会对我耀武扬威，像这些年的齐野，得了点好处就巴不得炫耀出去，让全世界都知道都嫉妒，尤其是在自己看不惯的人面前——或许他当年没有那么恶劣，但是八岁的齐晗只存在于齐野六岁的记忆里，而六岁的我对这个世界的人心的理解很不一样，对齐晗尤甚。他的一分我能拆解成三分来理解，从而报以三分的恨意。

那个清晨，他端着满满一碗车厘子走到房间，明明是可以在客厅就能解决的食物，他非要捧着来我房里吃，而他知道那个时间点我一定在房间里睡懒觉。

即便不睡懒觉，我也会习惯性地赖在床上不出去。我不喜欢看见他们母子其乐融融的场景，这使我感觉自己像个外人。

齐晗就这样大摇大摆地端着一碗深红的车厘子直直走向书桌。他趾高气扬的模样让我万分不适，我把他昂首阔步的动作看作耀武扬威之举。

他“砰”的一声把碗放在书桌上，因为他夸张的动作使得一两颗本就摇摇欲坠的车厘子顺利地从碗中滚落下来，滚到了我的鞋边。

我看到他的眼底划过一丝尴尬，随后他装作不在意地对着书桌自言自语：“妈今早出去买的，亲自洗干净的。”

我翻个身转过去背对着他，发出“嘁”的一声，他本就因为尴尬而僵硬的脸瞬间涨得绯红。

我没有理解齐晗的意思——他本来是想进来跟我分享的。

他见我对他爱答不理，独自在原地站了一会儿，踟蹰不定，最后跑到洗手间上了个厕所。

我就趁齐晗上厕所的间隙，飞快起床，把他书桌上那一碗被我妈洗得干干净净的车厘子拿到阳台往楼下倒得干干净净的，而后潇洒地扬长而去。

大概是那之后的第二天，我哥就开始变得有点儿奇怪，不吸取教训似的依旧把车厘子留在桌上。而他去上厕所的时间由以往只够让我拿碗去倒掉车厘子的短暂，变成了足够让我坐在房里安安静静吃完再销毁证据的漫长——我想那个早晨他应该不是真的去上厕所，或许只是在厕所里故意发出一些声响叫我误会。随后轻声跑到门外，偷偷看我怎么处理那一碗车厘子。

我的记忆终止于此。

我哥接着回忆。他说就是在第一个清晨，他上完厕所出来目睹了我犯下的恶劣行径，等我走后他坐在位置上看着桌上空空如也的玻璃碗，生了足足一个小时的闷气，最后思来想去一气之下跑到爸妈房间门口决定敲门告状。

手还没抬起，他就听到爸妈正在房里因为鸡毛蒜皮的小事吵得天翻地覆。

我妈喋喋不休的控诉由柴米油盐转战到了爸的花天酒地，再往后，我哥听到了这个家里藏得最深的秘密。

齐晗听见妈如何对着爸控诉他整日不着家的离谱，听见她如何一条一条细数他不顾家的罪过，听见她说他日复一日地喝酒打牌，夜不归宿，终于在他们的孩子才会说话的时候抱了一个嗷嗷待哺的婴儿回家。

“齐晗出生后你见过他几次？啊？

“你就抱个野种回家！

“难产？她难产是我的错吗？要我帮她养孩子！

“你抱回来！你管过他几年？！他先开口说话叫的第一声还是管我叫妈！”

……

齐晗在那扇老旧的房间门外断断续续地听完了我的由来，他说他永远忘不了那时候妈夺门而出时发现他的样子，愤怒和悲伤还没来得及从她脸上消失，又加了惊慌和难以言表的愧疚。

那或许是她少有的、对我的愧疚。

愧疚自己没有瞒住这个秘密，让家里的第三个人知晓了。

我妈总是很擅长于从一种难过迅速转移到另一种难过，她在一瞬间的复杂情绪过后飞快抹了两把自己脸上的眼泪，蹲下身疾言厉色地要我哥保守这个秘密，让那时八岁的齐晗当着她的面对她发誓永远不告诉我他所听到的一切。

“就是这样。”我哥说到最后把自己搞得有些低落，又转过头停下来看着我，“崽崽，你要记住，妈对你再怎么拒之千里，她也是把你当成孩子来护着。”

“至于那些她无法强迫自己给你的，哥给你。”

我哥说完这个故事不知用了多久，我的呼吸已然平复，或许是大痛之后万事麻木，从他口中说出来的每一个字都不再让我心中有一丝波澜。

我点点头，在他的带领下像来时那样回了家。

往后的那几天我哥很少回家，即便回来了，也是把自己关在房里或者在走廊上一个又一个地拨电话。

母亲彻底将我们和她隔绝了，最后我哥没有办法，打电话到童叔叔那里。所幸童叔叔有着足够的包容和耐心，一直在尽力安抚我妈焦躁的情绪。二十五日填志愿那天我哥满课，凌晨他回来的时候我已经把一切信息填好提交了上去。第二天我缠着让他陪我去红晔寺的庙会上香，给自己的志愿求个好彩头。

我哥有些无语，拿着刚刚和童叔叔通完电话的手机对着我苦笑："红晔寺连文殊菩萨都没有，你去给你的志愿图什么彩头？"

"不管，你陪我去。"

"好。"

那天天气特别好，前一天下了一整天的雨，一路上凉风习习，连阳光都变得软绵温和。

红晔寺庙会一年也就一次，我们排了很久的队才跪到第一排的两个蒲团上，上了香拜了佛，我拿着签筒要我哥摇。

我哥闭着眼睛把它举过头顶，一摇，三十八签，是上上签。

我捡了签就跑，不管我哥还没起身，把他丢在原地去求签词。

没多久求到了，我看了一眼，揉成一团扔进了手边的垃圾桶里。

我回来的时候有些沮丧，我哥看着两手空空的我，问："签解得怎么样？"

我摇头："被我挤丢了。"

他不以为意，准备往外走："637分的成绩，还怕考不上建大吗？"

我一愣，突然反应过来我哥还以为刚才自己摇的那一签是问学业。

红晔寺哪里会帮你解学业，原来齐晗也有自欺欺人的时候。

我把他往回拽："哥，咱们去北宴村看夕阳吧。"

他也没问我今天怎么做事想一头是一头，只是习惯性地回答我说："好。"

禾川的最西边有个北宴村，说是村，其实早就被改造得差不多了，经过这么多年的规划，保留下来的只有那一个落日码头。

码头挨着乌池，那里是每天太阳最后拥抱禾川的地方。

一路步行下山，我和我哥相对无言。

码头上还是那么多人，夕阳落了一半，像个巨大的红色帽子一样盖在乌池边际线上方，湖面水光潋滟，泛着晶莹的橙色。

落日余晖洒得很广，橙红色的余晖漫无边际地在乌池铺开，又朝人群和码头蔓延过来，让六月二十六日的禾川看起来格外醉人。

天开始黑下来，直到不再有人流连，我和我哥往回走，去下一个目的地。

风很温柔，把脚步声吹得很轻，空气里有草木泥土的味道。

耳畔的蝉鸣窸窸窣窣，我闻到了风里的花草香。

我把手机打开了录音，对着他说："哥，你给我唱歌吧。"

"唱什么？"

"《沉火不眠》。"

他说："好。"

齐晗十九岁的嗓音在这个夏夜，伴着风声和蝉鸣，被我捉在掌心。

从码头走回家已经到凌晨十二点了，我哥洗完澡出来喝了杯我冲的热牛奶，半个小时后，他呼吸均匀地睡在床上。

我低头坐在自己睡了半年的小床上，努力回想自己和齐晗这些年所有的恩怨与和解，想到最后脑中一切烟消云散。

头顶的挂灯发出嗞嗞的电流声，好像在提醒我该走了，离开这个我恨了许多年的人。

我走到他的房间，蹲在床头，柜子上还放着那个空空的牛奶瓶，里面的牛奶被齐晗喝得很干净。

其实趁他睡不着、听不见的时候，我有很多话想说，想把从四五岁有记忆开始，我与他之间发生的每一次纠葛、每一场恶作剧都列出来，一件一件地道歉，一直说到去年五月二十二日那个夜晚。

我这一生最大的失败就是让自己放任了那么多年，每每看着齐晗在前面，虽然憎恶，却从不努力去追赶。

最终酿成了现在的局面。

如果真的能重来有多好，即便我们不能两清，至少可以比肩。

“哥。”我开口叫他。

他不答应。

“哥。”我又大声了一点儿。

他还是不答应。

“哥。”

我视线模糊了。

房间安静得只剩下呼吸声，只有十八岁的齐野一意孤行地呼唤着齐晗，却没有人像在除夕那晚乐此不疲地回他一声“嗯”了。

“哥，你知道什么是相依为命吗？”

高中老师说“死”是一个瞬时性动词，不是延续性动词，我哥却说死亡不是一瞬间的事，它很漫长。

我想我哥是对的。

出门的时候我脑子里想的是今天求到的签词。

“客非长安者，还离长安去。

“客归应有时，天涯也寂寂。”

行李箱的滚轮在凌晨一点滚过那座连接花店和甜品站的过街天桥，当年我站的位置，如今旁边没有了可以依靠的肩膀。眼前的禾川依旧霓虹璀璨，我驻足看着远近川流不息的车辆，听到有谁轻声在问："哥，我是不是没有家了？"

后来我常常在想，有些人的精力怎么可以这么旺盛，怎么能在同一个城市里记得这么多人。把那些地方和角落里共存过的证据从自己记忆里擦掉再覆盖上另一份标记，这件事对他们而言似乎不费吹灰之力，而我光是逼自己离开我哥，已经用光所有力气了。

6月27日

我带走了枯枝，把我哥留在了禾川的夏天。

日记被我翻到了最后一页，飞机起飞了。

我闭上眼，耳边嗡嗡作响，眼前走马灯一般闪过无数画面。

首先是填志愿那天中午，在锦宴楼的包间里我妈的模样。

桌上全是我爱吃的菜，旁边放了一张银行卡。

四十出头的漂亮女人一言不发地往她小儿子碗里夹菜，鱼挑了刺，肉去了骨，汤撇了油，再慢条斯理地盛到碗里。

所有菜里都没有姜蒜，原来我的饮食习惯我妈都记得。

想想真是替她难过，我这个罪魁祸首，像一根刺一样在她心里扎了十八年，她再痛也口不能言，为了所谓的一个孩子的自尊心，把自己逼到绝路也不愿意说出真相，做到这样，还要被我责怪没有给到足够的爱。

眼前的人突然拿出机票的那一刻，我的心里除了五味杂陈竟然还生出一种不合时宜的羡慕，羡慕齐晗在这个世界上有一个这么爱他的亲人。

母爱真是伟大又自私。

忍辱负重养了十八年私生子的母亲，顶着天大的屈辱求我放过她儿子。她那个如天之骄子一般的孩子最大的污点，就是他的弟弟齐野。齐晗从小就有看不见尽头的灿烂未来，条条大路通罗马，而齐晗一伸手，罗马就会去找他。

我喊了十八年母亲的人，要亲手把这个污点抹去，要我不要再耽误齐晗，要我发誓，只要她在一天，我就永远不能和齐晗相见。

我张了张嘴，说不出一个不字。

十八年的养育之恩，终归是要拿什么去还的。

除了齐晗一无所有的我，只能把他归还给她。

乾江蜿蜒两千三百千米，飞机顺着它的走向，降落在它下游的豫城。

离禾川一千六百公里的豫城，没有齐晗，也没有了夏天。

我没有家了。

6 月 28 日

哥，我去看了成大，就是我报的那个大学，条件还不错，不出意料一个月以后应该能收到通知书。

6 月 30 日

哥，我找了份兼职，也是家教，一个小时150元，上午下午各两个小时。

那家的小孩也太难管了，真不知道你去年一个人教三家是怎么熬过来的。

你该不会是从小拿我练手，刷经验的吧?

7 月 4 日

哥，我晚上去酒吧当酒保了，包吃包住，这样就不用拿妈的钱来用了。

我暂时找不到花瓶装枯枝，所以它只能被我放在枕头底下，你知道了不要生气。

7月15日

当酒保好累，有时候上班上了上半夜还要去接着上下半夜，但是时薪会涨100块钱。

哥，崽崽也会努力挣钱了。

7月30日

哥，我今天去医院了。

晚上下雨赶去酒吧的时候没有出租车了，我拦了辆摩托，结果过弯道时他把我甩地上去了。我的膝盖和手臂被地上的钉子划了两条伤口，处理伤口和打破伤风花了我几千块钱。

司机跑了没抓到，我一个人去缴费的时候心疼得要活不下去。

你是怎么做到拿着那么辛苦挣的钱给我买限量球鞋都不眨一下眼的?

8月7日

哥，我收到成大的录取通知书了，我之后就读数学系。

对了，学费凑齐了，我现在只需要赚生活费就够了。钱我还给咱妈了，我记得你之前说过她的钱有自己的用处。

我不太想住宿舍，要是到时候钱够，我就出去租房子住。

我今天打烂了一瓶伏特加，被骂到现在还没吃饭。

8月15日

哥，我辞职了。

他们昨晚欺负我，我差点儿没打赢，不过还好逃出来了。

只是可惜这一周的工资泡汤了。

哥，你说我怎么做什么都做不好?

哥，要是你在就好了。

齐晗视角。

我醒来的时候是二十七日早上十一点。

我对昨晚入睡的过程没有一点儿印象，浅梦之中总听到小野在叫我，但我醒不过来。

家里空荡荡的，我心中隐隐有些不安，不管是对自己昨晚反常的睡眠还是今早小野诡异的离开。我试着叫了两声他的名字，果然没有回应。

电话关机，钥匙放在枕边没被带出门，他以往从不会这样。

一份不安开始在我心口慢慢扩散，但我还没来得及去细想它具体是什么，就已经被驱使着去检查这个房子的每一个角落。

衣服少了两套，鞋子没被带走，其余的一切几乎没有变化。

我站在客厅中央陷入了一阵极其漫长的迷茫。

从一开始雾里看花般的迷惑到细细深挖自己内心深处那份不敢直视的恐惧，我似乎经历了一个世纪的跨度。

直到我发现书房里消失的日记本和花瓶里消失的那根孤零零的枯枝，惊慌才在一瞬间让我浑身冰凉。

我在六月的正午被彻骨的寒意冻僵了四肢，残存的意识使我仍旧不愿相信自己内心荒诞的猜测。

怎么可能呢?

他怎么可能会离开?

这些疑问最终在我妈家门前，从她等候已久的眼神里得到了答案。

我开始去找我的弟弟。

从他的朋友到他的老师，没有一个人愿意告诉我他去了哪里，填志愿网站的密码被他改了，他和母亲提前给所有人都打了招呼，无论我怎么乞求，都没人愿意干预这桩家事。

原来禾川这个小城市其实那么大，它有 46 个桥洞，有 638 个公共厕所、有立着路牌的 47 条街和籍籍无名的 197 条小巷，走遍这些地方的每一个角落花费了我整整四天时间。

七月一日凌晨一点，我浑身发臭地坐在禾川最南边的一条死巷里，终于接受了自己把他弄丢的事实。

我没有数过自己后来抱着花瓶在玄关开着门等了多少个通宵，邻居们从一开始的侧目打量变成了习以为常。

不知何时，我开始整日整夜地失眠。

最初我不敢闭眼，怕自己在睡着的某个时候错过了偷偷回来看一眼的小野。再往后是服用安眠药都无法入睡，我一闭眼脑海里全是小野蓬头垢面地哭着告诉我他过得不好的模样。

他怎么会过得好呢？

齐野从小到大没有离开过我，没有离开过这个家。他一个人跑去远方，谁看着他吃饭，看着他睡觉，陪他去读书报到？

我没有试过让他一个人生活，我以为不用的。

他怎么还是跑了？

每晚梦里他都在一遍又一遍地问我为什么不去找他，我拼命去追，不断地道歉，可最终他还是消失不见，而我只能眼睁睁看着他在梦里遍体鳞伤地越走越远。

每次从这种噩梦里惊醒，我都有种无力感，我都在痛恨自己，痛恨自己以往把他保护得太好，从没试着放手让他学会独立。我没给自己试验的机会，所以惩罚一来，就让我盲人摸象般地去感知他脱离我的可控范围内的苦难。

我每天担惊受怕。我怕他因为无法无天的性子被人责骂殴打，我怕他入不敷出食不果腹，怕他流浪街头无家可归。这些设想我一个也不敢去深入地想，每每起了念头我都逼着自己把它们掐灭。

我和自己深不见底的恐惧做着无休止的拉扯。

原来看不见尽头的绝望是这个味道。

熬不到头的折磨使我后来浑浑噩噩地分不清白天黑夜，楼道里没有窗户，一整天都被感应灯照得通亮。

我学会了在深夜的禾川街头游荡来分散自己的注意力，同时大脑里不停地围绕着世界地图运转计算。整整一个暑假我看遍了禾川二十四小时里不同的模样。

办完休学手续那天，我妈出现在了我的门前，那时候我正准备提着行李开始自己规划了许久的“周游计划”。

禾川之外有中国，中国之外有世界，我还有五六十年，总有一天能在这个星球的某个角落找到我弄丢的人。

我原本以为自己会死在找不到小野的路上，可没想到这条路的终点就在自己家门口,那个我妈拿着她的脑瘤化验单递给我时她所站的位置。

她看见我后愣了许久，似乎有点儿不敢相信短短两个月之内，自己一手养大的儿子能被折磨成这么个半人不鬼的样子。可即使抱着我哭得再撕心裂肺，她也没忘记丢下一句“敢离开半步，我绝不治疗”的威胁。

这威胁庸俗又有效。

小野你看，我也不是无所不能的。

8 月 25 日

哥，我找到可以租住的房子了，有人在学校论坛匿名找合租室友，我打了电话过去，次卧一个月只要 800 元租金。

房子我去看了，挺好的，室友人也不错，斯斯文文的，叫原历，和你一样是医学系的。

9月18日

哥，我今天站军姿的时候晕倒了。

医生说我营养不良，有些贫血。原历给我买了糖，叫我以后站军姿之前悄悄含一颗在嘴里，还说以后早饭都给我做一份。你们医学系的学生是不是都这么会照顾人?

我在军训最后一天的晚上见到了最后一个姗姗来迟的同班同学，听说他叫梁川，因为身体不好，被家属申请了免训，所以直到九月开学才来上课。

我对他的第一印象非常简单——高，且瘦。

他很瘦，像长时间营养不良的小孩，能长那么高纯属天赋异禀。

梁川身上不经意间露出的一些皮肤上总有随处可见的伤疤。

他的性格非常随和，不知是不是不善言辞的缘故，他说话很慢，也很少跟人交谈，但见到谁都是一副腼腆模样。不到一个月，我们专业的人都知道他记性很差。

他很喜欢买许多东西送给班上的人，有些东西并不贵重，但是难买。

比方有天做实验的时候，有个女生随口说了句校门口一家私房店的黑松露鱼子法棍好吃，就是难买，每次都抢不到。第二天梁川就会提着一大包那家店的法棍，给班上每人都送一根，理由是他也觉得好吃想让每个人都试试。

然而实际情况是他因为记不住自己打电话去那个店预定过，所以每隔两个小时就打电话去预定一次，最后预定了四份的量，他就理所当然地抱来教室分给我们。

这让我们班大多数人都惊讶于他出手的阔绰，而我由于高中时候跟成鞠那样家境的人做过两年朋友，能很轻易地认出梁川身上穿戴的那些标价五位数的衣物。只是他似乎刻意低调，从不穿 logo 明显的服装出现在学校。

后来我才知道他确实曾有一点儿精神疾病，可能已经治愈但留下了后遗症。

他曾在一年前做过非常复杂的脑部手术，导致醒来后失忆了很长一段时间，尽管努力康复也无法恢复正常的记忆力。这也是他虽然跟我同班，但比我大上两三岁的原因——他曾因为疾病和一些其他缘故有几年不曾上学。

我曾见过跟梁川朝夕相处住在同一个屋檐下的他的朋友夏泽，这个人看向梁川的眼神使我一度难以控制地想起齐晗。

夏泽对梁川那种面面俱到的守护与当年的齐晗如出一辙。我记得开学后一个月左右，梁川有一天在上课前慢慢踱步到我身后，拍了拍我的肩，用他那种不太擅长的、生涩的笑容问我有没有时间，他和他的朋友想请我吃个饭。

我去了以后才知道，是他的朋友想让梁川选一些比较有好感的大学朋友出来吃个便饭，顺便拜托让这些朋友在学校里照顾照顾梁川，毕竟梁川的身体和精神都算不上很好。

那个朋友就是夏泽，每天都出现在梁川口中但从未让我见到真人的人。

我可以明显地看出梁川对夏泽的依赖，一如以前的我对齐晗。

而之所以在开学长达一个月以后才做了这趟东，是因为夏泽工作太忙，今天才出差回来，回来的第一件事就是看看梁川的大学生活过得如何。

夏泽清俊，浑身有种在世故里打磨过的稳重感。梁川说他工作很忙，从夏泽在饭局上接电话的频率不难看出。但当他把视线投向梁川时，他眼神里那种敏锐的洞察力似乎能在顷刻消失，像单纯地在看一个自己捡回家的小孩。

梁川的话并不多，但在场的人都能看出夏泽有意让他多跟人交流。我看着梁川在饭席上不是很流畅地介绍他的家，说他有一个姐姐叫南杉，而夏泽是他从小认识的旧友，如今两个人的家庭都遭遇了变故，只能像亲人一样陪伴在彼此左右。

后面他们谈到他们家庭的概况。夏泽说自己有一个嗜赌成性的父亲时，我颇为惊讶，并且表示自己有一个跟他父亲一样的父亲。

“是吗？”他笑道，“可我爸已经失联很多年了，在我高三的时候就找不到人。”

我说：“我也是。”

随即我谈到我还有个哥哥，夏泽听到这儿脸色变了变，很快地瞥了梁川一眼，这被我捕捉到了。然而梁川的脸色并没有什么异样，只是话题就此被夏泽不动声色地岔开，我意识到其中可能有些不为人知的缘由，就顺着台阶下了。

一顿饭吃得很尽兴，我来到豫城后就很少和人交流，这是我话说得最多的一天。

过了几天梁川悄悄告诉我，夏泽对我的感觉也不错。

只是那时我已没有精力去为这句夸奖而感到开心，因为军训结束以后我就迎来了自己从未料到过的难题——失眠。

大概是假期没日没夜的兼职和军训时从早到晚的训练使它一直没有机会光顾我的生活，一旦进入不再折磨形体的学习状态，它就开始每天跟随夜幕入侵我的大脑。

入睡对我而言并不困难，把我逼疯的是那些无限循环到天明的噩梦。

有时是我妈撕扯着我衣服头发骂我是野种的画面，有时是她给我机票求我放过她儿子的场景，但更多的是除夕那晚我哥在雪地里一步一字的问话。

“哥看着你，好好看着你。陪你看每一年的冬樱，守着你一岁一岁地长大。好不好？”

我总是来不及说出那一个“好”字，我哥像是知道我不会回答一样，不给我留一点儿时间，只自己一个人不停地重复着“好不好”，重复很多遍，听不到我的回答所以一遍比一遍急促。漫天烟花在他的催促声中突然炸开，这时他在一棵冬樱树下止步，转头看着我，固执地问我：“你为什么不答应哥？”

我总在看到他眼睛的那一刻醒来。

几经周折，我终于在豫城找到了和家里那个一模一样的花瓶，把枯枝插在里面，我想把它擦得一尘不染，企图安抚那些挥之不去的阴霾和噩梦。

第二天我在教室上课，原历给我发了条信息说他准备大扫除，问要不要顺便把我房间收拾一下。对这句问候早已习以为常的我迅速给他发送了“谢谢”这两个字，而后继续投身进入题海战斗。

我的这份感激从与他合租开始，一直持续到那天回家看到花瓶空空如也的那一秒。

我知道我完全没有理由去怪罪他的善意，任谁看了那个奇怪的花瓶都会顺手把里面的东西放进塑料袋和垃圾一起扔掉，可那堆以惊慌和害怕为燃料的怒火还是不受控制地蔓延到了原历身上。

他面对我咆哮般的责问时，满脸歉意的无措使我稍微找回了一丝理智，我放低声音，抱着一点儿“或许他只是把它放进某个抽屉而不是丢进垃圾桶”的侥幸问他把花瓶里的东西收到了哪里。

最后我还是逃不过站在楼下那七个齐腰的绿色垃圾桶面前。

我连电梯都等不及了，直接从消防楼道一层一层往下跑，生怕晚了一秒我的宝贝就会被扔上运输车送到一个我不知道的垃圾场。

楼道阴森黑暗，我想起了多年前我送给齐晗的花被我妈误扔的那晚，他是否也是如此心急如焚，恨不得长了翅膀飞到楼下拿回属于自己的东西?

那天下午的居民楼下有一个二十岁左右的年轻人，他把半截身子埋进垃圾桶里，像个捡破烂的流浪汉一样挨个拆开里面的垃圾袋翻找。因为垃圾袋数量过多，他不得不把其中已经被他检查过的大半部分垃圾袋拿出来放到地上。

因为下雨，当时以他为中心的方圆几米，只要靠近，就能闻到一股浓烈的酸馊臭味，所有要通过那里回家的人都翻着白眼绕道而行。而他终于在祸害了第三个垃圾桶以后终止了自己的恶行。

如果你愿意走近一点儿，会发现他佝偻地站在那堆垃圾里，怀里抱着一根短短的枯枝。虽然分不清他脸上成股流下的是泪水还是雨水，但总能听见他失心疯一样喋喋不休的道歉，看到他抱着那根茶褐色花枝麻木地喃喃自语。

他对着一根枯枝叫哥，有时也会叫两声齐晗。

他在不停地说对不起。

而那个年轻人叫齐野。

我从未设想过有一天自己的人生轨迹与齐晗重合是以这样的方式。十八岁的我站在远离禾川两千多公里的一栋小区公寓楼下，和数年前那个站在垃圾桶前疯狂翻找的齐晗一样，为了一朵早已枯萎的花枝做着强行的挽留，好像花枝还在，往事就不曾故去。

可往事终究是往事，人只活在当下，离开禾川的那张单向机票没有归途。

齐晗和齐野终究天各一方。

于是大雨空蒙间，我也变成了齐晗。

10 月 26 日

哥，我昨天差点儿把花枝弄丢了。

我还为此向原历发了一大通脾气，其实明明不是人家的错。

后来我请他去酒吧喝酒道歉，结果他说我喝醉了发酒疯，大半夜在乾江大桥唱《我住长江头》。

这段日记是我在高烧中写下的，在垃圾桶里翻出我要找的东西后，我就昏昏沉沉地上楼，不曾注意到自己的手背被其他垃圾袋里的碎玻璃划破，可能在此过程中感染了一些细菌。

进门后没多久我的意识就不再那么清醒，这时原历察觉到些许不对劲进房来看我。

他说当时我把额头死死抵着床脚，浑身湿透，昏迷不醒。想背我去医院但是我不肯松手，只抱着那根花枝喃喃自语。

离开了哥哥的齐野当真像只野生野长的小猫，当一天和尚撞一天钟，一天能糊弄过去就糊弄过去，过不去就算病在床上也毫无自救的意识。

再也没有哥哥随时在我身边注意着天气变化，叮嘱我注意吃饭穿衣，一天多喝几杯水。

原历说他当时拿我没办法，只能先帮我脱了衣服，扶着我让我到另一张床上躺下，然后拿冰毛巾擦拭我的额头帮我物理降温。

好在我这副身体在过去十几年被齐晗养得很好，免疫力不算低，自愈能力也强，被原历灌了两次药以后就在当晚出汗退了烧。

只是苦了原历，一晚没有睡好。

早上我迷迷糊糊睁眼时发现他睡在床边一个临时搭建的地铺上，我动了动，他就醒了。

我很不好意思地叫他上床去睡，自己则洗了个热水澡。至于手上的伤口，昨晚在我睡着以后被原历消了毒，这我依稀有点儿印象，因为我中途疼醒过几次。

等我洗完澡出来看见原历已经收拾好自己并且在厨房里给我做吃的

时，我的愧疚又多了几分。

“出去吃饭吧。”我说，“我请你。”

火锅店的鸳鸯锅，我吃清汤，他吃红汤。

原历隔着氤氲的雾气打量我：“昨晚你说的那个……齐……齐晗？是谁啊？你哥？”

我愣了愣，第一反应是否认。

“我没有哥。”我说，“就是我一个同学而已。”

说完这句话我立马低下了头，像那时得知齐晗劝我爸离婚时的反应一样，有一滴眼泪滚落到了碗里。

我是有哥哥的，但被我弄丢了。

11 月 8 日

哥，20 岁了。

生日快乐，记得吃蛋糕，别给我留了。

1 月 30 日

哥，新年快乐。

5 月 8 日

没有齐晗的第一个生日。

生日快……

算了，不快乐。

我没有想到高考过后胡遥会联系上我。

那是六月九日的凌晨。

原来过去的这一年上天没有眷顾我们四个中的任何一个人。

她们和靳阳的纷争终究还是被老师发现并且告知了家长——当然，只有成鞠的家长了。

于是，在距离高考来临还有两个月的时候，成鞠的家长因为担心她被胡遥这样的“狐朋狗友”带坏而让成鞠休学出国，而她的归来之时遥遥无期。

她告诉胡遥自己会回来。

到后半夜我实在分辨不清胡遥在说什么，从电话里传出的声音来听，她那时应该已经烂醉如泥。

我一直没有挂电话，我感知到一贯冷静理智的胡遥在逐渐崩溃：“她走的时候说……她会回来的……可是齐野……我现在一个人了……没有亲人和朋友……彻底一个人了……”

我知道她第二天醒来后就会恢复成往常那个淡漠自如的胡遥，仿佛昨晚的一切都没发生过。

后来我问她怎么找到我联系方式的，她说她干了当年我干的事——翻办公室偷看档案。

我与她一直保持着断断续续的联络，只是我们都很默契地从不在对方面前提起另外两个人的名字。

胡遥不是话多的人，但我知道她很多时候太孤独，如今她只身一人住在黄果树前那个小小的屋子里，只会比以往我和成鞠在她身边的时候更加孤僻。很多时候我都会跟她没话找话发点消息，她的回复虽然总是很简短，但是她总是很快速地回复——只要是在她空闲的情况下，而高四生空闲的时间屈指可数。

11 月 8 日

哥，生日快乐。

大二的寒假夏泽和梁川邀请我去他们家里过年，大概是由于去年过完年那两天他们在逛街的时候偶然碰见了我。当时原历回了老家，而我因为想拿过年期间每天发的三倍的薪资福利，正在卖力上班。

在工作的地方，我碰见了来吃饭的梁川和夏泽，他们旁边还有一位非常明艳的女士，我想那就是梁川的姐姐，南杉。

他们在纷乱人群里一眼就看到了我，坐在了我的招待席上并问我怎么过年不回家。

我含蓄地表示自己没什么亲人之后就收到了他们的邀请，然而因为正在工作我还是拒绝了。

今年我还没来得及去找过年时候挣钱的工作，梁川就已经提前预约了我的时间。

可能是怕我拒绝，他先低了低头，再僵硬地挤出一句："家里只有我和夏泽，没有别人。"

我哭笑不得："这话是夏泽教你的？"

他眼睛一亮，随即点了点头。

出乎我意料的是他们的家并不很大，虽然再怎么样也有一百多平方米，但那并不太符合梁川每天穿着新的高奢品牌衣服出行的身家。

他们两个都不是话多的人，过了避免饭桌上太过冷清，我开始没话找话："这是……梁川的房子？"

"不是，"夏泽笑道，"他有自己的……嗯，别墅。"

梁川抿嘴冲我笑笑。

他笑得很质朴，不像是一个能拥有一栋别墅的人的质朴。

夏泽又补充："我就是个穷建筑师而已，没什么钱。"

他指指梁川："他有几家公司。"又说，"海内和海外。"

……

我一口饭放在嘴里咽不下去，过了一会儿，艰难地问："然后他……

放着公司，来上大学？”

夏泽说那么多似乎就是为了看到我这样的反应，等他如愿以偿之后，才笑着解释道：“梁川哪里会打理公司，这会儿都是南杉在帮他处理。”

这时我才想起梁川还有个姐姐叫南杉。

“南杉只是他名义上的姐姐，其实是他的助理，因为平时我出差都是她在照顾他，干脆对外宣称她是姐姐。”夏泽说。

饭后我和梁川坐在客厅拿着手柄玩游戏，夏泽闲得无事说给我们烤些甜点，结果他打开冰箱后就愣在了冰箱前，接着朝坐在地毯上的梁川投来相当幽怨的眼神。

我感受到一丝不妙，但梁川还沉迷于面前的游戏毫无感知，我悄悄用手肘碰了碰他，示意他往夏泽那边看。

哪晓得梁川一对上夏泽的视线就放下手柄站了起来，头微微低着，抬眼对视过去，像个做错事的小孩，小声问：“……又买多了？”

夏泽叹口气，无奈笑道：“不是说了，以后买东西先看一眼冰箱吗？”

我出于好奇，探头去望了一眼冰箱里面：冰箱被塞得满满当当的，有五个一模一样的四寸蛋糕，都是当天即食的。

我猜是因为梁川记性不好，东西总是买过就忘，导致他重复地在不同的店里订了很多份。

果不其然。

我知道他的记性不好，但没料到原来这么不好。

那晚夏泽开车送我回家才向我说明，其实梁川也有一个亲哥哥，但他哥哥于梁川而言是一个永远的创伤，梁川过去有很多年活在他哥哥制造的阴影之下，以至于精神方面出了很大的问题。

后来那场脑部手术也是因此而做，做完之后梁川便对他那个哥哥没有了什么特别的记忆，他们为了不让他再度想起往事而受伤，平时相当避讳这方面的话题。这也是为什么第一次吃饭时我提到自己的哥哥后夏泽会那么紧张。

“现在好多啦，”夏泽看着前方川流不息的路口，在等红绿灯时轻轻笑道，“当年他做完手术，可是连我都不记得的。”

3 月 15 日，凌晨两点。

哥，崽崽拿到奖学金了。

我买了很多东西。

有小时候被丢下窗户的滑板，有你被我弄坏的手办，有你喜欢的乐队的 CD。

我还买了很多月季花。

我把它们放在你喜欢放的位置，等有一天你来找我，就能第一眼发现它们。

【第九章】

二十郎当

Er Shi Lang Dang

5月8日

哥，我二十一岁了。

5月9日

你怎么还不来?

二十二岁生日那天我碰到了一个提着花篮的卖花人，并且买下了她手中的花。

我不知道是什么驱使我在公园的长椅上和她一起度过了那个傍晚，或许是她手里那一篮月季花。

我们从对她花白发髻上插的美丽鲜花与我俊朗外表的相互客套，聊到了今天中午那个被我垂涎了十五分钟，最后还是放弃掉的橱窗里的生日蛋糕；聊到两天前到她家别墅小花园里拿栀子花和她换月季的邻居小男孩；又聊到了四年前的夏天，我和我哥的故事和她逝去的爱人与儿子。

我们一同看着远处被夕阳镀得金灿灿的乾江江面，和对方诉说着那些往日里被自己偷偷掩藏起来的、总在生活中不经意间流露出的对过往亲人的思念。

我似乎很久没有和人这么东拉西扯、漫无目的地聊过天了，离开齐晗以后，这个世界再也找不出一个能随时听我胡言乱语的人了。

看来人都得离开了依赖才能学会长大。

有些人幸运，离开了其中一个依靠，还能依赖着别的东西慢慢成长；有些人不幸，他们从一开始得到的就很少很少，被剥夺了一份依靠，就什么都不剩了。

我总是做后者。

成长的代价对我而言实在太大、太痛，所以我不想长大。

于是这天刚满二十二岁的齐野身体里那份久违的任性复苏了，掏出了一个关机已久的手机，让他身边这位迟暮的伙伴替他拨通了里面唯一一个号码。

我看着通话界面亮起，倒映出头顶上已经变得一片紫红的天。

命运用四年时间考验我的成长速度，我只用了一个下午告诉它给我安排的这一切都在一声通音之后直接归零。

只短暂的一声。

而后是更为漫长的沉默。

对方极其小心轻缓地呼了口气，像是屏息了许久之后才有勇气发出动静，声音轻得像怕惊到打电话的人："喂？"

而我终究还是很不道义地起身跑了。

身后跟着传来带着地道豫城口音的呼唤："欸欸！你的花呀——"

我在二十一岁的最后一天，拿了一个傍晚的夕阳，一篮子鲜花加上储存了一千四百多天的思念换了一秒齐晗的声音。

但我知道我赚了。

那晚我彻夜未眠，希望时间能慢点儿走到十二点，因为这一次仿佛才是我过了十八岁以后拥有的第一个真正的生日。

只是我没想到我哥那么快就找到了我。

那是三天后一个下雨的午后，雨从头一天晚上下到现在。

我起床以后依旧睡意绵绵，从床上转移到沙发上躺到下午。

电视频道来回切换，播报的都是这几天沸沸扬扬的第三医院医闹事件，我始终耷拉着眼皮昏昏欲睡。

原历临走前给我煮了碗面，又把家里最后一个新鲜苹果帮我洗干净放在桌上，嘱咐我多补充维生素。

按照日常习惯，我漫不经心地过问了一句："又有讲座啊？"

他当时已经站在玄关处开始穿鞋，低着头道："建大医学系保研的学长来交流。"

我在脑子里将这句话缓缓过了一遍之后，几乎在一瞬间清醒过来。

我"噌"地一下坐起来："建大？禾川那个建大？"

他点头，兴许是听出我突然精神起来，便多说了两句："但是海报上没写名字。只说这个学长从大二起就年年在临床医学竞赛中拿奖，大四就被预留保送名额了。但是人家哪儿也不去，非要留在建大。哪像我们这些普通人，能去建大读医都烧高香了……"

"哪里？"我打断他。

"什么？"

"讲座，在哪里？"

他回过神："哦，医学楼201。"

我从沙发上站起来，原地来回踱了两步，双手不自觉地在大腿两侧揩来揩去："你……你等一下……"

原历停下动作望着我。

而我还在原地手足无措地慌乱着。

原历出于一贯的教养很有耐心地没有催我，即便知道情绪激动的人对于时间是完全没有概念的，但我原地打转了许久，再怎么也该明白讲座快开始了。

后来我冲进房间去拿了那根枯枝，对着原历提出了在任何人看来都无比怪诞的请求：我让他拿着去听讲座。

他一贯坐在最前排。

我不知道自己这样的行为是出于什么目的，又在暗自奢望什么。

原历出门以后我泄气地坐在地上发了许久的呆，内心是从未有过的悲凉，为自己这样的行为感到无耻又可悲。

可我终究还是低估了人的贪念。

我穿上外套，拿起桌上那个苹果揣在兜里，飞快地冲出门往学校医学楼跑去。

一个小时后，我站在医学楼201室的会堂外。

我其实不确定今天来的人会不会是齐晗，一路上我的手机振动了许多次，但我不小心把它忘在了家里，否则我会看到原历不断地给我发来讯息。

“齐野齐野！

“你猜这次来做讲座的是谁？

“他叫齐晗！

“是不是之前你发烧时说的那个同学啊？

“你要不要过来啊？我给你占个位。

“你可别又睡了吧？”

此时我已站在齐晗所站的讲台的后方。

讲台上那个与我一墙之隔的人正在交流自己的学习经验，我侧身靠壁缓缓坐到地上。

我终于又一次真真切切听到了那个上千个夜晚只能在梦里凭着记忆回想的声音。

那声音与我记忆中的似乎有些不一样了，比以前更低沉了些，是二十三岁的齐晗与十九岁齐晗的低沉的区别。

我这才意识到时间的分量，四年光阴犹如白驹过隙，可放大来看，似乎每一天于我而言都无比漫长。

讲座接近尾声时，他用自己一贯谦和温润的语调问听众们还有没有需要解答的疑惑，有个女生大概是不想他离席，就着最近发生的第三医院伤医事件，起身问了他这个无关学术的社会问题。

室内安静了片刻，我听见他低低笑了一声，在全场最沉默的时候开口道：“其实我弟弟也曾有过同样的疑惑，有幸那时我能当面亲口告诉他我的想法，像今天告诉你们一样。”

我突然有些喘不过气，索性抬头望着天花板，那一瞬间眼前的一切模糊得不成样子，霎时崩溃的泪水顺着眼角流向耳后的发际。

我听见那年他为我拂去眼泪时所说的话：“我们不为这世间的恶意而存活，所以也不该因它们而消失。”

可我却因为十八年来交织在自己身上的所有恶意与善意消失在了他的世界。

原历回来是三个小时以后，我躺在沙发上，半睡半醒之间听到离门不远的电梯口仿佛有人在低声谈话，可那过后由远及近的脚步声却只有一个人的。

开门的声音将我惊醒，我抬头看了他一眼，做出从始至终都没踏出房门的姿态问道：“怎么回来这么晚？”

他收了伞，低头换鞋，声音听起来有些兴奋：“齐学长请我们吃晚饭，还特意点名要我去。”

我“唔”了一声，随口问道：“那他私下人怎么样？”

“很好，特别温和。”

他像是还有话没说完，我点头继续听着。

“就是……”原历的表情带着些难以理解的神色，“烟瘾有点儿大……”

我愣了一瞬，转过头去，脑海中开始不由自主地拼凑出那个在餐桌上能将所有人照顾周全的齐晗，在与人侃侃而谈的同时又为自己高频率抽烟而不断道歉的样子。

这是因为他无故失踪的弟弟而染上的恶习。

我没接话，突然的哽咽让我一时无法开口接话。

好在原历对这一切浑然不觉，依旧自顾自地说着：“本来他说要来家里坐坐，都到门口了，又被老师叫回去了……”

他声音越来越小，我却在一霎之间捕捉到了这条讯息。

“你说什么？”我猛然回头。

大概是被我突然提高的音量吓到，原历突然有些不明所以地指了指楼道的方向：“我说他……他……”

我起身朝窗户跑去。

房间在五楼，临街有一个公交站。不出所料，这时候我能看到等车的齐晗。

他那天穿了件米色风衣，十六骨的黑顶雨伞把他的背影遮了大半，从伞顶的位置来看他似乎比当年更高了一些。

公交的鸣笛声在远处响起，我紧盯着那个小小的黑点不敢移动。

无数雨滴落在伞面上，水迹即刻铺开，蔓延，又与别处来的融合在一起，给伞面上了层流动的水膜。

成串的水珠顺着伞骨轮廓往下流，密密麻麻的，在他背后形成水帘。

水帘突然旋转起来。

那一刻我心跳跟着漏拍。

我转念一想，于他而言，看到这栋建筑里隐匿在五楼窗口后的我的可能性可以说是海底捞针，我便鼓起勇气又把目光一寸一寸挪了回去。

可他一眼就瞄准了我的位置，和我对视着。

二十三岁的齐晗撑着黑色的雨伞，脸色苍白眉目温润，他双唇张合，声音散落在方寸之内的空气里，但丝毫不影响我明白他说了什么。

他叫我——

“崽崽。”

窗外大雨滂沱。

我仍穿着那件外套，外套兜里是原历给我洗好的最后一个苹果。我奔到楼下的时候公交车站早已空无一人，仿佛刚才那个我盼望了四年的声音只是一个幻影，这个地方所有的痕迹都被大雨冲洗得一干二净，空气里是灰尘的味道，混着一丝若有若无的烟味。

我浑身湿透，站在五分钟前他站的位置，痴傻地望着目光中隔着密密水珠的步行街道尽头，轻唤了一声：“哥。”

话音刚落，朝我头顶不断砸下来的雨滴被生生截断，我抬头，眼前是黑色的伞檐。

雨水顺着边沿又形成水帘，我倒抽一口冷气，转身看到的却是眼神复杂的原历。

他斟酌了片刻，解释道：“老师有急事找他。”

语毕他又张了张嘴，似乎还想说些什么，却止住了。

我颓然点头，和他站在伞下相顾无言。

雨声哗啦啦响，良久，我开口低声道：“齐晗，他是我哥。”

眼前的人呼吸一滞，然后笑了一下：“我知道。”

我说：“我那时候年纪小，尽欺负他。为了点小事离家出走，以为这辈子跟他都不会再见了。”

原历沉默半晌，叹了口气道：“鸿钧。”

“什么？”

“学校安排的酒店。”他说，“只是我不知道房间号。你可能得等等他。”

暴雨过后的晚风总是带着点刺骨的凉意，在身上的T恤被我的体温焐干后不知道多久，齐晗终于出现在了鸿钧的门口，和他一起下车的还有两位建大的教授。

他当时并未注意到躲在花坛旁边无比狼狈的我，下车之后和他们一起谈笑风生地跨进大门直奔电梯。

我两手严严实实地揣在兜里，紧握着那个苹果，左右环顾，状若无事地跟着他们进去。

我心里原本是有些庆幸的，毕竟以这样的姿态来面对这场久别重逢对我而言实在有些不太体面。

我搭乘送他们上楼后的第二趟电梯到二十一楼。

楼道里不甚明亮，地上铺的是酒店特有的深红地毯，顶上落下的是昏黄的光。

踏出电梯门的前一刻我决定从离电梯最近的右边房门开始敲起，这样或许在保安拉我离开之前找到我哥房间的概率会稍微大一点儿。

其实深究下来概率都是一样的，我当时大概是已经紧张到开始胡思乱想了。

那时的我只觉得时间紧迫刻不容缓，出了电梯只管低头右转开始寻找目标，还没跨出两步，一抬头，就看见前方不远处那个瘦削颀长的身影。

齐晗就倚着他房间门外的墙柱，正直直地看着我。

他的左手小臂上挂着他今天穿的那件风衣，右手夹着快要抽完的烟头。

似乎他早就等着我来找他。

相顾无言。

我像个犯错的孩子一样立在原地，脊背僵硬，不敢有别的举动。

他也不说话，我知道他这是在生气，生一场迟来许多年的气。

我逐渐感觉喉咙慢慢收紧，想悄悄深吸一口气都很困难，等到鼻尖和眼眶都在发酸，我开口时听见了自己的哽咽声。

我从兜里掏出那个苹果，缓缓抬手递过去，像许多年前被抛弃在商场门口的齐野那样，在被齐晗找到之后问了一个和当年一样的问题：

“齐晗，吃不吃苹果？”

他在原地静静地看着我，吊顶上的灯在他的身后，导致光照在他的背上，叫我看不清他此刻藏在暗处的神色。

我吸了口气，说：“我只有这个了。”

我真正是个笨蛋，过了这么多年，在要被捡回家时对他说的话都没有新花样。

他看了我许久，狠狠抽完最后一口烟之后对我招了招手：“过来。”

我依旧僵在原地。

他见我没有反应，低头把烟丢进脚边的垃圾桶，大步流星地朝我走了过来。

齐晗到我面前停住，我听见了他拿走我手中的苹果后极力压制到平缓的呼吸和语调：“别哭了，哥在这儿。”

我在他的影子下泪流满面。

鼻息之间是一股浓浓的烟草味，我想这味道是我烫在他身上的疤，一辈子也好不了了。

我从最开始的小声呜咽，到后来逼得他不得不把我带回房间后号啕大哭，他安置在自己沉默里的耐心给我一种仿佛四年前那个不告而别的人是他，从始至终受尽委屈的只有我一个人一样的错觉。

最后我哭到大脑缺氧头脑发昏，他把我推进浴室洗澡，等我带着一身热气洗完出来后，他叫我坐在床上，和几年前在1108室那个逼仄的房间里一样，站在我身侧给我吹干一头湿发。

吹风机的声音停了，我们再次不约而同陷入沉默。

“长高了。”他摸着我的发顶，我感觉他的目光从上方投射下来，“快跟哥一样高了。”

我的鼻子又开始发酸。

他又叹气：“可惜哥没陪着你。”

我缓缓抬头，看着他的眼睛，宛若回到几年前的那个夜晚。

他开口说：“阳台的花开了，哥来接你回家。”

后半夜，我无缘无故发了一场低烧，脑子里很混沌，总觉得有什么东西等我去找，每每有点儿头绪，下一秒又像被吞进另一个深空，怎么也够不着。

第二天跟着我哥踏进安检口那一瞬我才清醒过来，短暂的近乡情怯战胜了十几个小时以来一直处于峰值的兴奋情绪，我有些无措地对我哥吞吞吐吐道：“妈那边……”

他没回头，只把手朝身后的我伸了过来，快速走着，眼睛在四处观望登机口，话里带着些兴奋和急切：“哥慢慢给你说。”

我陪他在候机厅里兜兜转转，他说完这句话后，我又开始放任自己的大脑随处漫游继续混沌。

后来我发现了那个我一直够不着的东西，其实我心里担忧的所有未知，我都并不太在乎答案，因为只要齐晗在我身边，世间再多波涛向我汹涌而来，他都会用自己所做好的一切准备无声地告诉我：“别怕。

“哥无所不能。”

而我永远相信他。

母亲选择了保守治疗，在一年前和童叔叔搬去了国外，再也不会回到这个让她伤心了半生的地方。

或许她想明白了鸟儿早就飞离了母亲的笼子，也总不想让自己拿命去爱的儿子恨着自己。

在临去异国之前，她像给他立任务一样，附在他耳畔给我发了一道特赦："如果你能找到他，就带他回家。"

早上八点，我踏进家门的时候，眼前的一切都让我有种经年种种恍如昨日的不真实感。

我惯用的水杯还一尘不染地放在沙发前的矮几上，临走之前看的那本书依旧躺在当年被自己随手搁置的餐桌角落里，最喜欢的滑板安安静静地靠在客厅的空调旁边。

这个家在四年前我离开的那天是什么样，如今回来的时候依旧是什么样。

仿佛我哥找回我只花了短短一个早晨的时间，我幼稚地假装出走，被他轻轻松松找到又带回了家，此刻他站在玄关处，声音里终于透露出了一点儿疲惫："我们回家了。"

我突然想起自己在豫城布置的那个房间，我放在花瓶里的月季还没来得及让我哥看见，几年前偷偷拿走的枯枝也还没随我一起回家。可惜了。

原来那个十几岁被我哥惯得不讲道理的齐野从来不曾长大或者消失，他一直留在禾川的这个家，没在四年前的夏天被我带走过。

我回到我哥身边，他就跟着回来了。

我得到成鞠回来的消息是两年后初秋的一个清晨。

那时我哥正满房子踱步，假装欣赏风景实则是到处找烟。我在给胡遥开门的同时飞速把外套内袋里藏着的半包烟拿出来扔给她。她接过，轻车熟路地揣进兜里之后才从门口若无其事地换鞋进来。

其实我哥对这一套早已了如指掌，之所以能让我在逼他戒烟的路上如此屡试不爽，纯粹是因为他拉不下脸向一个女孩子讨要自己的烟。

于是当左顾右盼的齐晗从卧室里出来看到与他微笑招手的胡遥的那一刻，他也朝我投来了一道“又来这套”的目光。

吃惯哑巴亏的齐晗在给胡遥泡了一杯咖啡以后就乖乖回到阳台浇花，只是背影看起来颇带着些不甘心的意味。

人的“青春”从来不是拿时间做界限划分的，定义这两个字期限的不过是那段时光里和你一起的人陪伴了你多久。我想当我老了以后再回忆起自己那段可以称为青春的日子，口中说的绝不会是“高中那几年”。

胡遥告诉我成鞠回国的时候，我十分感慨地想，或许我断尾的青春又可以续上了。

下一秒她却拿出包里带来的微型卷尺告诉我和成鞠一起回来的还有她早在国外订了婚的未婚夫。

“自己量量，还有你哥。”她把卷尺递给我，“给你们俩定制了西装，到时候收拾得体面点。”

我想起当初我刚刚回来的时候，胡遥来找我，那时的她与现在没什么不同，独居、忙碌、优秀，一切可以夸赞新时代女性的形容词都能用到她身上。

她告诉我她过得很好，一个人工作，一个人生活，一个人等着成鞠回来，所以她并不孤独。

我猜测她在一个人给我们挑选西装的时候应该终于感到了前所未有的孤独。

成鞠举行婚礼那天胡遥打扮得很好看，身着长及脚踝的白色长裙，头发也规规矩矩地盘在后脑勺。她把自己打扮得很精致，仿佛当天结婚的人是她一样。

那天也是我第一次看见我哥穿除了白大褂以外的正装。他从房间里走出来的那一刻我佩服那个能创造“芝兰玉树”这样准确形容齐晗的词语的人。

我哥在我的注视下信步走到我面前低头问道：“不换？”

“不换。”我瘫在沙发上摇了摇头，“西装是你们大人穿的东西。我八岁，我不换。”

然后我就被胡遥骂骂咧咧地踹进了房间。

婚礼很盛大，流程很烦琐，所幸的是一切都进行得十分顺利。

成鞠挽着新郎走到我们面前敬酒的时候笑得很灿烂，胡遥也笑得很灿烂。

她们面对彼此时脸上再没多年前因为青春友情而激荡的笑容，如今的笑是如此千篇一律。

而我对此竟有了种兔死狐悲、物伤其类的痛苦。

青春之所以叫青春，大概是因为它属于十七岁的齐晗、十七岁的胡遥和十七岁的成鞠，如今二十郎当的我们脸上再无半分往日的痕迹。

她们二人举着酒杯在露天的泳池边叙旧调侃，新郎耐心地伫立在一旁，体贴绅士。

直到无话可聊，成鞠携着新郎转身离去，刚迈开两步，忽然转头对胡遥说：“遥遥，我很想你。”

胡遥嘴角凝固了一瞬，随即又恢复了笑容。

我在一旁低头闷声自语：“物是人非。”

下一秒左腹受到了来自胡遥手肘的暴击。

齐晗这时候刚好把剔完骨的羊排放进我的餐盘：“多吃菜，少说话。”

……

我的失眠自回家以后并没有完全治好，齐晗更甚。第二天深夜接到胡遥电话的前半个小时，我刚刚喝下我哥给我冲的半杯牛奶，半梦半醒间，我碰到枕头底下不断振动的手机。

成鞠自杀未遂，目前正在抢救。

从出门到我哥开车送我赶到医院的过程中，我的思绪都有些不太清明，甚至手指一直在不自觉地微微发抖。

明明前一天还好端端站在殿堂中央的、万众瞩目的新娘怎么朝夕之间就要香消玉殒？我站在监护室外看着躺在床上洗完胃的成鞠，心里五味杂陈。

我从没见过那样的成鞠，苍白的、没有活力的，像油尽灯枯的红烛，如今只剩不成形的烛泪。

成辕将那封遗书交到胡遥手里的时候，她似乎许久都没有反应过来，最后是我替她接了过去。

那么厚的一沓，那哪里是遗书，那是账簿，记的都是这些年来这个世界欠她的债。

她在遗书里控诉她被父母操控左右的一生，控诉在他们的膝下的自己活得像个精致的木偶娃娃。

我一张一张打开呈给胡遥看，成鞠这些年的回忆仿佛碎片一般林林总总铺列在了我们眼前。

“遥遥，这是我到新加坡的第一个圣诞。昨天有男生给我表白，我告诉他我有对象了。是不是很熟悉？像我们第一次不愉快的见面一样。那时候我高一，在图书馆三楼的角落，那个男生叫什么名字我已经忘了。当时他以为那里没人，我也这么以为。于是我在他支支吾吾说完喜欢我以后告诉他我有对象了，他那时的表情我现在回忆起来依旧想笑，所以他走以后我站在原地笑得前俯后仰，没想到一转头就看到了从书架后面走出来的你。我尴尬极了，想为自己的恶作剧解释点什么，结果你目不斜视地走了，就跟我这么大个人不存在一样。你这个人太讨厌了。

……

“那天妈妈说让我陪她吃完一顿饭就送我去机场，我很高兴，我想那么久的努力没有白费。结果没想到那顿饭吃完以后，我就躺在了别人的床上。

……

“你记不记得你后来告诉我，自己第一次来我家看到花园里那些花的时候，感觉我像个公主。

……

“我现在开始有些胡言乱语了，我拿笔的手很累，像高中上语文课打瞌睡时那样，不知道是不是药效开始发挥作用了。

“遥遥，小公主在这个世界上是限量的。

“遥遥，晚安。”

这些信里除了诉尽对胡遥的想念，还有绝大部分是她对她傀儡般人生的回顾。

她从她有记忆时讲起。

讲她起初看到邻居花园里的小孩玩滑板，看得心花怒放，自己也买了许多喜欢的滑板在花园里练，然而母亲发现以后却扔掉了她所有的滑板，反手将她送到舞蹈机构去学她并不热爱的中国舞，一学就是十几年。

讲到她小学最喜欢吃校门口小吃街里，那些藏起来的苍蝇馆子卖的炸串。

三年级被她出差顺便经过那里的爸爸发现之后，他把她从店里揪回到车上，先是给了她一个巴掌，再叫司机买了一百块钱的炸串回来，逼着她吃，吃不完不准下车。

成鞠吃完后回家，在那个晚上把所有东西都吐了出来，从此之后看见炸串都绕道而行。

她还讲她初中看见高中部的大姐姐染发，自己也突发奇想偷偷去染。回家的母亲看到后直接买了把剃刀把她剃成了光头，第二天在她哭着喊着的万般请求下逼她去学校上学，从此她初中三年都是别人口中的笑谈。

最后她讲到她与我们的高中。

骄纵跋扈的成鞠说那是她这一生中最快乐的三年，她有可以谈心的朋友，有可以互相打闹的伙伴，有做了坏事一起承担的同伙，有太多太多。

她像一只暂时脱困于笼中的鸟，扑腾出去见过形形色色的花就不愿再回到冰冷的容器之中。

可父母要她出国的消息让她不得不直面现实，原来高中短暂而美好的一切都是迟早会破灭的泡影。

父母认为她高中表现得如此狂妄都是他们常年待在国外对她疏于管教的缘故，而当他们意识到这一点时就要立马采取措施叫自己的女儿永远牢牢待在自己的掌控之中。

最后成鞠说，如果可以重来一次，她宁愿父母不要把她带到这个世界。

高中三年不足以让她对这个世界有所留恋。

她觉得余生黑暗窒息，尽是绝望，而她最亲近的胡遥并不愿意把她带离深渊。

如果她要一个人孤身奋战，那就是现在。

那些信纸在我手上被一页一页地翻阅，我觉得愈发沉重。

胡遥终于在清醒的时候直面了自己的崩溃，于大庭广众之下抱着那一沓遗书号啕大哭。

成鞠醒来以后谁都不见，她只见胡遥。

我曾经在下课后顺路想去看一看成鞠，还没来得及敲门，就听见胡遥正柔声劝她吃饭，用的是我从未见识过的语气："……好啊，反正我现在有钱。我们买一栋自己的房子。

"……你想做什么就做什么，什么都不做也行。反正我养得起。

"……那种山茶花好不好?

"……住，你想设计成什么样都行，再丑我都住，前提是先把这块西红柿吃了。”

从来都沉默寡言的胡遥此时守在成鞠跟前喋喋不休，天南地北地扯个没完，只为了让她吃下自己手里那块西红柿。

我转身下楼找我哥去了。

得知她们突然消失的消息时，我并不感到十分意外，这么多年被父母蒙在鼓里的成辕为了妹妹终于做了一次最漂亮的反击。

对于有些人而言，流浪才是归宿。

半年后一个仲夏的中午我因为实在贪凉，缠着我哥在阳台上给我搭了个遮阳的木架，中间挂着一张吊床。

那时我哥正让我坐上去试试高度，手机里有一个陌生的号码给我传来了一张照片。

照片上什么人也没有，只是一片茵茵草地，唯一清晰的是阳光下的两个影子，窄窄的肩膀，小小的脑袋，长发披肩。

“怎么样？合适吗？”我哥的声音从头顶传下来。

“刚刚好。”我关了手机，木架遮住了刺眼的阳光，这样我正好可以抬头望他，“一切都刚好。”

Chen Huo Bu Mian
SUISUINIANNIAN
QiHan
&
QiYe
CHEN
HUO
BU
MIAN
SUISUINIANNIAN
Chen Huo Bu Mian

岁岁年年

【番外】

初雪

【番外一】

齐晗视角。

我二十八岁生日那天，禾川下了第一场雪。

小野在外地出差，他前一天下午给我打视频电话，说他看了天气预报，明天初雪，他今晚连夜赶回来看雪。

我告诉他打视频电话也能看到禾川的雪，好好休息要紧，他翻了个白眼，把视频挂了。

我再打过去，对面始终处于无人接听状态。

我等了一个小时，又打过去，小野直接关机了。

算了，今晚之前，他总会回信息的吧。

恰好急诊室又来了病人，我没多想，摘了袖扣去换衣服。

一场手术下来我忘了时间，忙完出来时天已经黑了不知道多久，走廊上穿堂风一吹，倒是把人吹清醒不少。

等我回更衣室收拾好准备回家的时候，已经凌晨一点多了。

我慌慌张张地开机，上面一个未接来电也没有，消息列表里除了几个高中和大学同学发了祝贺以外，都很安静，小野没有给我发消息。

他真生气了？

我没有打电话过去，怕他在休息。

开车回家的路上行人寥寥无几，偶有几个外卖员风驰电掣地在我窗边经过。

细雪就是从这时候下下来的。

下初雪了。

不怪小野这么看重，初雪的城市很美，应该回来看看。

我要是能和他一起看雪就好了。

这话要是让他听到，指不定会怎么奚落我。

他会怎么说？

他会说："哥，你这人就是这么别扭。"

我都能想象他那副瞧不起人的模样，可爱又可气。

回到家正好凌晨两点，隔壁家二楼的灯还亮着，估摸着是胡遥和成鞠在看电视剧。

我把车停在前院，开锁进门的一霎感觉到了不对劲，房里竟然开着暖气，但是灯怎么没亮？

在我还没反应过来时，窝在沙发下面的一个黑影突然蹿出来趴在桌子上，是小野。

他声音低低的，应该是刚才不小心在地毯上睡着了，这会儿靠在茶几边嘟囔："哥，你再不回来，我就成没人要的……"

我没察觉到自己脸上已经带了笑意，任由他在地上嘀嘀咕咕。

我把走廊上的灯打开，那儿离小野的位置比较远，光也柔和，不至于刺激到他的眼睛。

等我一步一步走到沙发旁，到他面前蹲下，才问他："成了没人要的什么？"

他顿了顿，小声道："没人要的帅哥。"

我没忍住笑出了声，小野不说话了。

过了一会儿，我以为他睡着了。

我刚想把他带去卧室，就听见他慢慢地絮叨："成鞠说，下初雪的时候，和家人团聚，这一年都会平平安安、无风无浪地继续生活。我就想，每一年下初雪的时候我都要和你都见面，这样我们就能一辈子安安稳稳地做兄弟，不会再——"

说到这儿，他戛然而止。

那几年的离别是他心里的一根刺，他难以释怀，我便也缄口不提。

场面一下安静下来。

过了一会儿，他才接着开口。

"齐晗，年年岁岁，岁岁年年，怎么念都是个很好的词。"

他抬起头看着我，眼睛亮亮的。

"哥，下初雪了，生日快乐。"

齐野视角。

这是我跟着齐晗回家的第九年。

其实关于下初雪时要和家人见面的说法，最初我是嗤之以鼻的，我觉得这个说法是骗人的。

后来有天齐晗值夜班，胡瑶出差，我一个人无聊，成鞠非要拉着我一起看某个电视剧，我一开始是拒绝的。

我恨。

我如果硬气一点儿，真的拒绝了，就不会有后面那几个偷偷通宵追剧的夜晚。

成鞠害人不浅，齐晗也不懂祝愿的重要性。

初雪当天多重要的日子，他竟然叫我不用回来！

年纪大的人都是这样，不懂得小孩子的心愿，齐晗也不例外。

我会听他的?

总之等我风尘仆仆赶回家，打算给他一个惊喜结果发现屋里没人的时候我是很生气的。

我脑中闪过一万种可能，最后排除了九千多种，觉得能让齐晗大晚上不回家的手术最有可能是车祸急诊这一个类型。果不其然，他后来给我解释，真是遇到这么件事。

好嘛好嘛，我这个人一向公私分明的，他迟到了两个小时，就让他把他的生日延长到明天凌晨两点好了。

不过这个时候的我确实没料到明天凌晨两点的我，在床上很后悔这个决定。

我头痛得要命。

但生日还是过得挺快乐的，就是有点儿费解酒药。

这天凌晨我喝得烂醉如泥，嘴里来来回回就重复着他刚回家时我说的那四个字。

第二天中午我醒来时什么都不记得了，就记得齐晗吹蜡烛前许的那个愿望。

我那时候意识尚未完全模糊,醉醺醺地拉着齐晗问他许了什么愿望。

齐晗连蜡烛都没来得及吹，细碎的烛火就这么在他脸上摇曳，摇得他眼底的光都是暖融融的一片。

我记得当时自己已经躺在地毯上，齐晗垂下眼睛看着我，笑了笑。

然后说他：“我许愿，年年岁岁，岁岁年年，齐野永远健康、长寿、平安喜乐。”

这个人，老天爷都拿他没办法。

你说他不贪心吧，一个愿望里边许那么多条件，既要岁岁年年，又要年年岁岁，不但要健康长寿，还要平安喜乐。

你说他贪心吧，那么多条件他一个也不许给自己，他要许给那个叫齐野的人。

也不知道谁是齐野，运气好成这样，让齐晗把这样的愿望从十八岁许到二十八岁，以后还要许，许上岁岁年年，年年岁岁。

成鞠说得对，下初雪了，久别重逢的人要永远待在一起。

煮面

【番外二】

关于齐晗煮的面到底有多难吃。

众所周知齐晗做饭非常难吃，齐野在刚刚被领回家的那段时间深受其害，之后再也没让齐晗进过厨房。这也导致齐野曾经无数次向成鞠说起这件事情时，换来的都是对方不屑的眼神。

“得了吧。你就诬蔑你哥吧。皮又痒了是吧？你哥读书时考六七百分的人，还能学不会这个？”

齐野有苦无处诉。

终于有一回，齐野打篮球伤到右手，半个月没法下厨，有天外卖吃腻了，他又饿得不行，勉强同意齐晗给他下了碗蛋汤面。

齐晗做好端出来：蛋是蛋，汤是汤，面是面。

齐野：……

齐野沉默了一瞬，灵机一动，拍了张照，打开微信和成鞠的聊天窗口。

齐野：“我哥的做饭水平。”

齐野接着发了一张蛋汤面的图片过去。

齐野：“这你不得瘦死。”

成鞠没回消息。

十分钟后，另一聊天界面。

成鞠："遥遥我给你看个东西。"

成鞠："足以让你把齐晗从此踩在脚下。"

工作中的胡遥打了一个问号。

成鞠把齐野发给自己的、齐晗做的蛋汤面图片发给胡遥，然后附了一句："齐晗做饭，狗都不吃。"

胡遥：……

拾遗

【番外三】

那年齐野七岁，齐晗八岁。

他们和天底下大多数在正常环境下成长的小孩都一样，带着满满的热情和好奇来到人间，没想到后来会在一年一年的成长和岁月的打磨中把对这个世界的热爱消磨。

七八岁的孩子是把对一切的好奇表现得最热烈的群体，比嗷嗷待哺的幼童多了些行动力，比疲倦挣扎的成年人多了些生命力。

最具体的表现在喜欢出门。

尤其喜欢逛超市。

那天我妈也不知道哪里来了兴致，破天荒地要带我和我哥连着我爸一家四口去逛超市。那阵正逢春运，从早到晚，禾川这个小城市的公共场合都挤满了从外地回家过年的人，超市里也热闹得过分。

那年的经济很不景气，我们家也多次面临财政赤字。我一向是没什么机会在我妈面前要求太多的，更何况在那样挣不到钱的光景下。可那次我妈用她出奇罕见的耐心把我看中的三样零食和玩具都放进了购物车里。我被这样突如其来的宠爱冲昏了头脑，以至于在我妈结账时特地要求柜员用两个袋子把我和全家人的物品分开装时也没察觉到不对。

接着我妈把只装着属于我的物品的塑料袋放到我手上要我提好，我正满心欢喜地一个劲地埋头清点自己为数不多的收获，再一抬头眼前只剩来往如潮的人流。

我站在拥挤的人群里愣了半晌的神，才后知后觉自己这是跟丢家里人了。

那次我们去的是离家很远的一个大型商场，鱼龙混杂，我妈特地打了出租车，来一个对我而言完全陌生的地方。

那年身高还没到成年人腰部的齐野，提着一个大大的塑料口袋在商场门口等了足足三个小时，以为一时将他遗落的家人肯定会在不久以后一拍脑门想起家里还有个小儿子没有跟上，可从始至终我都没有见到他们的身影。

我在日落西山人潮散去后渐渐反应过来，这或许不是意外，而是一场我妈准备充足的预谋，甚至这样的预谋是在我爸的默许之下进行的。

如今回想起来，那个望穿秋水的下午更像是我心智早熟的开始，是我对别人的好恶拥有准确而敏感的判断力的催化剂。

我不是不被偏爱的那一个，我根本没被爱过。

不幸中的万幸是，在那样熙熙攘攘的人堆里我并没有被人贩子拐走——或许有，但我对所有前来表达关怀和诱惑的声音置若罔闻，并且坚如磐石地站在商场门口，那个监控底下最显眼的位置上，一动不动。

终于，在长夜下起大雪的时候，八岁的齐晗搭着不知道在哪儿遇见的顺风车来了，拉住我早已冻得没有知觉的手打车回家。

零食已经在等待的过程中被我吃得所剩无几，只是我仍旧提着那一袋玩具，塑料袋的提手把我的指弯勒得泛紫。

我和齐晗坐在车上，相顾无言。

那时年岁尚小的他还没有如今这般从容善谈，只挺直了背坐在车上，一言不发，半天过去，才吐出一个蹩脚的理由："妈……忘了接你了……"

我知道不是。

我并没有问他是否得到妈的允许跑出来找我，也没有问他家中两个大人眼下是什么情况，更没问他如果我现在回去会不会被再一次赶出来。

那时候我就已经有一种强烈的感觉，只要有齐晗在，我就永远不用担心无处可去。

我把塑料袋打开，递过去，问他："吃不吃苹果？我只剩这个了，你要不要吃？"

齐晗把双手揣在外套里，怔怔地盯了我很久，才慢慢伸手拿了一个苹果。

再往后的那些日子里，我很快就遗忘了这个苹果，把它遗忘在了那些与齐晗鸡飞狗跳的打架拌嘴中。可我没想到他其实把这个苹果偷偷放了很久，直到它在冰箱里开始发蔫的时候才颇为舍不得地拿出来吃掉了。

齐晗总是极度珍视从我手上给予他的一切，因为实在难得，而那个苹果则是我与他十几年前相互亏欠时最被他珍视的礼物之一。

许多年后，我和他回忆起那个苹果，他说它区别于我给过他的其他东西，区别于为他特地挑选的胸针，区别于有意或无意为他采摘的月季，区别于那个早已难分物主的金袖扣，它们拿出来既能代表齐野，也能代表齐晗，就像礼物这东西本就是双向的，承载的是赠送者和接受者共同的情感。

吃药

【番外四】

其实刚被齐晗接回家的那两天，我身上的烧还没退，齐晗回去休息了几分钟，第一时间就是下楼给我买药。

然而我从小到大都不太喜欢吃药，尤其是吃药丸。这点上我和夏泽有共同之处——据梁川说夏泽每次生病，他想让夏泽吞点药丸简直比登天还难。

齐晗好说歹说让我和着水吃了点药片，但是退烧胶囊太大，我觉得卡嗓子，死活不肯碰一下。

齐晗说：“好吧。那哥去给你冲冲剂。”

我对冲剂这玩意儿印象不太好，以前读高中时有一次生病，坚持喝了几天，总觉得多喝几次自己就会变苦，但现在毕竟是我哥给我冲，也很久没喝了，我觉得喝一喝问题不大。

“那你冲吧。”我说。

我哥就起身去客厅接水冲药，离开时带走了房里的胶囊，我并没有注意到。

等他拿着杯冲好的感冒冲剂进来，我接过一口喝下差点儿喝吐了。

“这药还是一如既往的难喝。”我五官皱成一团，接过我哥递过来的维C水，一口灌下去漱了漱，“下次不喝了。”

“不行。”齐晗起身，“不许得寸进尺。”

我翻身把被子一盖，当听不到。

第二天吃了饭，齐晗叫我午睡，他出房间给我冲药时梁川打了个视频电话关心我最近的状况。

我把齐晗和我的事跟他大概说了一下，又谈到我因为那晚突如其来的感冒导致现在正卧床休息。

“别的都还好，”我对着屏幕里的他笑道，“就是我嗓子眼小，不喜欢吞药丸。好在免疫力还行，昨儿嗓子还在发炎，现在已经好得差不多了。”

梁川也跟着笑：“夏泽也不喜欢吃药丸。”

我说我知道。

接着梁川告诉我，每次夏泽生病不肯吃胶囊他都有一个法子，就是趁夏泽看不见的时候偷偷打开胶囊，把里面的药粉和冲剂倒在一起，用水兑开，骗夏泽水里只有冲剂，这样夏泽就会乖乖吃药。

“他现在都不知道，”梁川笑得很质朴，“还总觉得我每次给他冲的冲剂都是那么苦。”

我的笑容凝固在嘴边。

挂了电话，我没穿鞋，光脚悄悄走出房门。齐晗正侧对着走廊，站在桌子面前往杯子里倒入冲剂。杯底指节大小的一堆白色粉末很快被棕色的冲剂粉覆盖，杯子旁边放着四瓣胶囊壳。

我脸色一沉，趁他倒入热水搅拌前阴沉沉道：“齐——晗——”

我哥动作先是一顿，随后他在电光石火间反应过来，在转过来面向我时不动声色地用手掌覆盖住那四瓣胶囊。

他冲我露出他那副温和的神情：“怎么出来了，口渴？”

我不为所动："你手里拿着什么？"

"手里吗？"他说，"杯子。"

"另一只。"

齐晗装模作样地低头看了看自己稳稳盖着胶囊壳子的手："没拿东西。"

"你把手拿开。"

他无奈道："崽崽。"

"叫哥都没用，"我说，"你是不是把胶囊粉末倒冲剂里了？"

他装都懒得装了，直接捏着胶囊壳走到茶几旁边扔进垃圾桶里，再从容不迫地走回来往杯子里冲开水，搅拌好了后去厨房的温水池里降了下温，再端到我面前，完全无视我的满脸哀怨。

"就这一次，"他说，"喝了，睡一觉就好了。"

我念在这是回家第二天，我哥搞这些弯弯绕绕也是为了我好，虽然这药真的很难喝，还是接了过去："就这一次？"

齐晗点头。

等我喝完药犯困回床上躺着，蒙眬间越琢磨越觉得不对劲。

这冲剂我感觉难喝也不是这一两天了，最开始是在高中。

高中那次我在乾江边吹了一早上的风，后来被感冒断断续续折磨了好久，最折磨人的还是喉咙发炎的痛，我又不肯吞药丸，顿顿在教室喝冲剂应付。

我喝了两次，病情也没有好转。第二天大课间上完课后我忘了冲药，就在物理课上打瞌睡，我始终觉得我高中物理成绩的下滑就是从那一节打瞌睡的课开始的。

结果下课铃一响，我就被胡遥推醒了。她破天荒地帮我冲了药，就是脸上挺不自在的，说："给你冲的药，快喝了。"

我记得我关于感冒冲剂的味觉体验就是从胡遥递过来的那杯药开始

改变的。

神奇的是，后来胡遥总能趁我不注意抢先我一步用纸杯给我冲好一杯冲剂盯着我喝下去，那样不同寻常的关怀使我在那一段时间里，深深地对胡遥内心对我存在什么不可告人的情愫这件事有过坚定不移的信念。

齐晗把杯子放进洗碗机里，拿着体温计进来给我量最后一次体温。

我昏昏欲睡间冲他咕哝："哥，高中……你就这么干过。"

每次在我吃药之前把胶囊粉末兑进冲剂里，然后拿下来给胡瑶监督我喝下去。

齐晗冷漠地把体温计从我嘴中抽走，又冷漠地给我盖好被子，最后勉为其难地敷衍了我一下："是吗？哥不记得了。"

说完他便离开房间给我关上了门，等我一觉醒来，神清气爽，早把半梦半醒间对我哥的控诉忘得一干二净。

齐晗，老狐狸。

扔牙

【番外五】

大四考研的最后三个月，我回禾川待在家里备考，齐晗每天从他实习医院的食堂打包饭菜回家对我进行“投喂”。

那时候他正读研一，还算比较清闲。而从小学习吊车尾的我，早已在无涯学海中忙得焦头烂额。终于，最后一个月，一直安安分分待在我牙龈里的智齿长了出来，并且爆发了炎症。

齐晗带我去洗完智齿以后给我灌了三天消炎药，等炎症消了就领我去牙科拔牙。

牙片显示我上面两颗智齿是正常竖着长的，但下面两颗都是横着生长的阻生齿，我一气之下要求四颗全拔，这得到了我哥和医生异口同声的拒绝。

“拔个牙而已，没必要把命豁出去。”齐晗是这么说的。

商量下来他们决定先拔我右边的两颗，麻醉一打完，我躺医疗椅上大张着嘴，感受到牙龈在嘴里被刀子剖开，接着听到了智齿被敲敲打打然后裂开的声音。

我不合时宜地想起了网络上一个很火的被蜜蜂蜇成包子脸的小狗的

表情包。

我这张脸大概是我全身上下为数不多的、从小到大能被外人公认的优点，如果拔完智齿我的腮帮子会肿成那样，那我发誓在消肿以前绝不出门。

我向医生投去请求他保持一下该有的技术水准的目光，然而对方并不能看懂我眼中的请求。

这使我无可奈何地看向外头和我隔着一堵玻璃墙的齐晗。

他此刻正坐在会议桌前，拆了手边上几个纸杯，不晓得在搭什么玩意儿，看起来丝毫不在意我的死活。

……

我对这个世界心灰意冷，闭上了眼睛。

等医生宣告拔牙结束，我的下颌几乎无法顺畅地回到它该有的位置。

当我好不容易闭上嘴，才看见医生洗干净了我的智齿，把它装进齐晗打开的一个掌心大小的自封袋，接着齐晗又出去拿了个东西进来。

竟然是纸杯拆开的纸搭成的一所房子。

齐晗用一本杂志托住那所房子，把装着我阻生齿的自封袋丢到那个“房子”的屋顶上，抬起眼对我笑道：“崽崽明年也要平安健康地长大。”

我赶紧把脸别到另一边免得齐晗发现我有些鼻酸，等冷静过后才“喊”了一声对他说：“幼稚。我都二十二岁了，还怎么长大？”

这典故起源于我有印象时的第一次换牙，是我四岁还是五岁发生的，我已不记得了。

不过现在许多事情我都不记得了，不记得也没关系，我哥会帮我记着从小到大的点点滴滴——这一点从后面的许多年中我才慢慢明白，几乎是关于我的一切，从几岁到二十几岁，我所发生的每一点儿成长和变化，他都记得清清楚楚。

当年我的第一颗牙齿脱落时，我们家还处在随时动荡着不知道明天又会搬去哪一处住所的不确定当中。那段时间我们住的是一个老式筒子楼，一楼拐角处的房屋被原本的房主分割成两个屋子，各租给一户人家以达到利益的最大化。

我们家就住在其中的一间，有一个摆了两张床的房间和一个客厅，还有跟另一户共用的厕所和厨房。

我牙掉的那会儿齐晗正在筒子楼外的院子里跟人堆沙子，我妈则在厨房做饭。

我把掉下来的牙洗干净，放在掌心自己端详了一会儿，便欢天喜地地拿去厨房给我妈分享这件事。

我妈炒着菜，被锅里的油烟呛得睁不开眼，只头也不回地糊弄我一句："知道啦知道啦。"

四五岁的小孩最没眼力见，明明我妈的耐心已经在逼仄潮湿的厨房里消磨殆尽，我还一个劲地缠着她带我去找屋顶扔牙。

听说下面长出的牙要往屋顶扔，上面长出的牙要往地上扔，这样掉牙的小孩来年就会平安健康地长大。

我妈一时被吵烦了，冲我说道："我去哪里给你找屋顶呀？随便找个垃圾桶不就丢了嘛，一天到晚尽给我找事！"

明明齐晗第一次换牙的时候她不是这样说的。

齐晗的第一次换牙是在前一年发生的事，那时我们正跟其他人在一个老式四合院合租，我妈看见他掉了牙，就叫他把牙洗干净，接着牵着他的手走到院子里，把他掉的牙扔上了屋顶，笑眯眯地摸着齐晗的脑袋说："明年也会平安健康地长大。"

我妈发飙后我就彻底安生了，向来如此。

不巧的是，刚才发生的一切都被回房间喝水的齐晗看到，等我垂头丧气地捏着那颗小小的乳牙准备走去客厅扔进垃圾桶时，齐晗绷着张脸把我往院子里拉。

我原本想挣脱走掉来着，直到看见他身体一闪，露出脚下那个由他亲手用沙子堆出来的小房子。

他的神色看起来挺不自在，给出的解释也比较僵硬：“我……不小心搭的，你……你扔吧。”

齐晗见我不动，自己伸手把我的乳牙拿走，轻轻放在了那个沙堆的小房子的屋顶上。

“你不要害怕自己不会平安健康地长大。”

六岁的齐晗很小声地说着，看起来别扭极了。

拔完牙回家的第三天早上，我的侧脸果真的一发不可收拾地肿了起来。

齐晗见我在备考状态中反常地赖床不起，就从厨房来到房间看我在做什么。

我闷在被子里不肯跟他见面，等他生拉硬拽把我从床上拽起来的时候，我还固守城池地捂着自己的脸：“哥，我肿成‘蜜蜂狗’了。”

齐晗憋着笑，把我的手从脸上拿开：“‘蜜蜂狗’也是哥养大的小狗，不怕。”

新年

【番外六】

考完研的这个冬天，禾川飘飘洒洒地下了一整天大雪。

我和齐晗吃完年夜饭，决定去乾江边看看冬樱。

还是那年黑不见底的江面，一样的月亮、一样的深深的积雪、一样的零点的烟花，我跑到他面前对他说了一声：“哥，新年快乐。”

“崽崽也新年快乐，”齐晗把手放在大衣口袋里，垂目看了我半晌，“你是哥永远的骄傲。”

这个世界上真的有人会把齐野当成骄傲吗？

我的笑容凝固在嘴边，缓了好一会儿，才按捺住内心的澎湃，一下子走到靠河的那边，免得叫我哥瞧出我耳朵红了。

“一天到晚尽说酸话。”我梗着脖子说。

齐晗踩着雪，只管笑，并不说话。

过了一会儿，我又悄悄凑过去：“为什么？”

齐晗愣了愣：“什么？”

我支支吾吾地问：“……为什么我是你的骄傲？”

“因为……”他喃喃说，“小野也是有人保护的。”

虽然答非所问，我的心跳却因为他的回答空了一拍。

这是那年他把那个小小的平安锁偷偷塞进我书包里时给我写的话。

“你还记得？”我问。

“你不也记得？”我哥偏头问，“只是不知道那张字条现在还在不在你的英语书里？”

我缓缓瞪大双眼，直到在齐晗的眼中一而再再而三地反复确认，他对这件事真的知情之后，我此生的羞耻感在这个时刻到达了顶峰。

“你怎么知道的？”

我为了缓解尴尬，在脸上强行扯出一个比哭还难看的笑，脸烫得火烧一般：“说！你什么时候偷看的？”

齐晗温和地按住我抓紧他衣服的手：“不是我要偷看，是你自己让我捡的。”

他眨眨眼：“你忘了？”

我此时看向他的神情，宛如他不久前看向我亲手送出的那对袖扣一样。

我想起来了——

那是高一……不，是我准高二、齐晗升高三的暑假，我妈正张罗着要给齐晗租房子，平日在我妈面前大气都不敢出一声的我爸在旁边提了句要不要让齐野也跟着住过去。

我妈自然不同意。

“他去？他去做什么呀？他去好影响齐晗呀！

“他成绩那么差，住过去有什么用，啊？

“他根本就不想学！住哪里有区别吗？

“他过去了成绩能提高几分呀！”

……

这些话我其实早就听习惯了，从一开始听见之后会自己爬去江边坐着吹风到现在能够置若罔闻。

我的身体面对我妈的奚落和贬低似乎已经形成了一套完善的防御系统，无论她说什么，我都“百毒不侵”。

可不是我嘴里不喊痛，伤就不存在的。

那时候我和齐晗还挤在一个房间，住着上下铺，房间里仅一个小小的书桌，不用说，在我妈的计划里，这书桌肯定是买给家中唯一一个会读书的孩子齐晗用的。

尽管齐晗平日里会把使用书桌的时间公平地分成两半，他只会在自己所规划的属于他的时间里坐在那张桌子前，而我不管任何时候都不会往那儿靠，但他还是很自觉地在每次使用完后把属于自己的东西收拾得干干净净，像在完成什么必需的仪式——虽然在我眼中毫无意义。

那天我妈应该和我爸吵了很久，大概是我爸难得在我妈面前有那么坚持的时候，两方都不肯退步，我想那个下午我不管什么时间点回家，都注定会听见我妈对我的贬斥。

而我身上烧到我妈的怒火时，我往往会把怒火撒到齐晗身上。

那晚我依旧在门外默默等到屋里硝烟平息，等时间足够缓和他们争吵后的尴尬，再状若无事地迈进家里。

好巧不巧的是，那天齐晗因为要帮我妈到她一个朋友家里给对方年纪尚小的女儿补习初中数学，所以之前他们的争吵没有人站出来体面收场，之后也没人去化解矛盾。

我轻手轻脚地进了房间把门关上，呆呆地在下铺坐了许久。

齐晗惯用的书桌上空荡荡的，他总把桌面收拾得一尘不染，方便这桌子的另一个主人接着使用。

而全家除了他自己，没人认为这张桌子还有别的主人，包括我。

年少时期突如其来的干劲总是因为一时冲动，或是因为受了刺激而短暂激愤，比如那晚的我。

我无数次地在伤口愈合时认为自己已是铜墙铁壁，无数次在猝不及防的状态下被我妈无意中伤，又无数次在被中伤后躲起来给自己再做心理建设。

那天我第一次失神地走到那张书桌前，悄悄从包里拿出我的英语课本，一页一页翻着，翻一会儿失一会儿神，最后翻到单词归纳页念念有词地背起书来。

背着背着，我的眼泪把书页洇湿了。

我们那个房间的窗户是双开扇，很大，比书桌大。书桌抵着窗框，窗框还能空余一部分出来，足够人站在窗边看风景。

我其实并没有碰到那张桌子，因为每到这种时候，我对齐晗的恨意都分外浓烈。

世界上只有两种小孩：讨人喜欢的和不讨人喜欢的。

如果没有讨人喜欢的小孩，那也就不存在不讨人喜欢的小孩。

我觉得自己一辈子都要活在齐晗的阴影中，在他的衬托下被贴上不讨人喜欢的标签。又或者他成为我的对照组，在我的衬托下被永远打上讨人喜欢的标签。

我不愿意沾染与他有关的一切，哪怕我自己本身就是最大的与他有关的物品。

那时我捧着英语书站在窗前，手捧累了，就把书放在窄窄的窗台上，嘴里念念叨叨，不知道是在呜咽还是在背书。

齐晗就这么毫无预兆地开门走了进来。

兴许是他回家时家中早已一片风平浪静，让他没有察觉异常——齐晗只有在我面前时才分外敏感，他在观察我的喜怒哀乐这方面有着天赋异禀的敏锐性，又或者那不是天赋异禀，而是在多年来在被我造就的情绪环境中练出来的一种本领。

那本领使他熟悉我的一切怒意来源，牢牢掌握所有我脸上风云突变的预兆，毫无疑问这对他其实是一种精神折磨，像走钢丝那样使他小心翼翼。

而那根钢索，他一走就走了十九年。

齐晗总是在我回忆过去这些事情时不厌其烦地摇头否认，仿佛他所受到的那些伤害是我夸大其词："崽崽，你对我没有那么差。"

而我通常会皱着眉头不停地反问："没有吗？"

或许没有吧。

我总是习惯性地把自己往最坏的形象塑造，哪怕是记忆中的自己，我也总让他以最恶劣的模样去填充那些早已被我刻意模糊的记忆，好像这样就能让现在的我警醒，让我愈发刻骨铭心，让我对记忆中的齐野越唾弃厌恶，就越能弥补现在的齐晗。

齐晗却说："这样不对。你不是非要对我们其中一个人残忍才能继续活下去。"

可我对他确实是很残忍过的。

那晚他的闯入打断了我被我妈恶言激出的短时间的勤奋。我知道进门的人是他，而我打心底不愿意让他见到"哭泣的齐野正在背书"这样滑稽的一幕。

这一幕无论哪一个元素单独拎出来说，都会叫人笑掉大牙。

所以在他打了我一个措手不及时，我过于惊慌而失手把书从窗台边抛了下去。

当我双目通红地转过去望着齐晗时，他显然比较震惊，以至于一直维持着握住门把手开门的姿势一动不动。

"她到底是怎么想的？"我问他。

齐晗被问得不明所以："什么？"

我泪眼蒙眬，困惑道："她到底……希望我怎么样呢？"

我不懂我妈的想法，当年十六岁的我以为我这辈子都不会弄懂。

她明显是嫌弃我的堕落的。

我妈可以在任何时候拿出我的一桩桩一件件往事，细数我不求上进的罪过，从而把我说得一文不值，好像我生来如此、无药可救，哪怕她这般那般对我耳提面命也无济于事。

可我不是没有努力过。

但她对我努力求得的成绩更为愤怒。

这种愤怒像是我打破了她给我的一生做好的预设，就像我在她规定好的框架里自甘堕落虽叫她看得厌烦但尚且可以容忍，但我一旦打破了她给我的预设，她的反应不是像寻常家长那样感到惊喜，哪怕连最司空见惯的打压式教育也没有。

那年我把自己优异的中考成绩拿到她面前，她展现出了极致的厌恶，有那么一瞬间我感觉我触及了她的底线，我感到自己下一秒就要被抛弃了。

就像我是一个她从路边随手捡回家的垃圾，虽然脏，但还好只是垃圾，可以被允许出现在她的视线里，但垃圾一旦变成了美味，只会叫她觉得恶心。

我不明白母子之间为何会有如此无缘无故的恨意。

我思考了十六七年，在我妈的心里找不到一个合适的位置，既可以平庸到不叫她觉得低劣，又可以不过分耀眼得让她看我碍眼。

我永远都找不到。

所以我问齐晗："她到底想怎么样呢？"

我看见齐晗的嘴唇在我不甚清晰的视线里张合了两下，可他最终也无话可讲。

他只说："妈……是有苦衷的。"

这句话叫我在以后长达一年的时间里都把齐晗视作帮凶，视作帮我妈把我排挤在这个家之外的帮凶。

原来他知道妈这么做的缘由，但他不告诉我。

往往为虎作伥的人更为可恶。

下一刻我听见他问："你是不是……把什么扔下去了？"

我愣怔两秒，收起了片刻前在齐晗面前表现出的那点不堪一击，看向他的目光再次变得傲慢而充满敌意。

我说："是。"

"什么？"

"书。"

齐晗蹙眉："书？你把书扔了？"

"是。"

我回答他："我不读了。"

他下意识就说："不可以。"

他对待我这样一句随口拈来的胡话非常认真，我知道在他的意识里齐野真的会说到做到。

我今晚扔书，明早就会去退学，反正这家里最权威的那个女人听了这个消息一定不会表达阻拦的意思。

"不可以？"我往黑漆漆的窗台下看了一眼，"那你去给我找啊。"

我心中的恨意太深，像一片浓雾遮盖住了我的记忆，使我在那个时刻忘记了书里有一个我隐瞒了多年只有自己知道的秘密。

齐晗头也不回地往楼下跑。

我望着他离去的方向独自出神，仿佛他离去时带来的风还停留在我眼前。

禾川八月盛暑，是最潮热的时候。

我的窗台楼下是一片花丛，里头蛇虫鼠蚁出没，蚊子极多。

我慢腾腾转身面向窗台，探头出去看。夜幕下齐晗的身影变成了一个不大的黑点，一步一步拨开草丛躬身在地上寻找我丢失的英语书。

他从包里掏出妈给他买的手机，不是最新款，但胜在耐用。

他打开手机背面的手电筒，几乎蹲身在花丛里面，找得十分仔细。

我望着他几乎融入夜幕的头顶，低声问："你又是怎么想的呢？"

只是齐晗听不到。

那片花丛里有大片大片的荨麻草，不出意外，齐晗拿着我的英语书回来后，两只手手掌已被扎得红肿不堪，而手腕和脚脖子被花丛里叫不出名目的各种蚊虫叮咬出了大大小小的包。

我年纪小时曾因为贪玩去抓过一次荨麻草，被扎得满手是刺的感觉至今不想再体验第二次。

可齐晗用两个手腕并在一起把我的书夹回来时，脸上竟毫无受了伤该有的痛苦，反而双目像黑曜石那样熠熠，就像找到了什么了不得的宝贝。

他用手腕小心地把书放在我的面前，耳根微微发红。

我没想到，他竟还敢问我："家里有没有药？"

我还是冷着一张脸，垂目瞥见他发红的双手，大发慈悲，到客厅药箱里给他找了软膏和棉签。

等我开门回到房间，齐晗还和他回来时的状态一样，安安静静地站在窗前。

我看见他的汗水打湿了整个衣服的后背。

我走到他身边，把药扔在桌上，轻咳一声："药。"

他看着我，抿了抿嘴："我的手……有点儿疼，拿不了。"

一般齐晗开口说疼，那就是真的疼到了忍无可忍的地步。

如果连他都直接把"拿不了"这样的话说出口，那大概是真的疼到极限了。

我沉默几秒，僵硬道："那你去床上坐好。"

我蹲在他面前，在他的手上涂满了药膏。

我看着他红白相间的掌心问：“什么感觉？”

他想了想说：“感觉像长满了刺。”

“跟我一样。”我说。

他又笑，他竟然还笑得出来。

因为他的双手短暂地疼了一个夜晚的时间，我无奈之下还得去卫生间打水给他擦背。

这样的行为使他更加心花怒放，而我这晚虽然对他的情绪感到莫名其妙但也没有过多深究。

直到下学期换教材，我特地把那张字条从上一本英语书换到下一本英语书里，指尖触碰到字条上的字迹才猛地醒悟过来那晚齐晗的异常是怎么回事。

可这张纸条本身就因着轻薄而被我夹在书页很深的位置，几乎插入书脊，也正因如此，那个夏夜我把英语书从窗台扔下它也没有飘落出去，如此不起眼的东西，加之夹在书页里，那天天又那么黑，齐晗一定不会发现。

我当时是这么给自己找的借口。

“你看到了？”

此刻我的眼睛瞪得圆溜溜：“你竟然看到了！”

齐晗别开脸。

“哥只是……想翻开看看，你平时都怎么做笔记的……”

“齐晗！”

我弯腰捡起一捧雪在掌心团成团，朝他脖子后头扔过去：“你这只老狐狸！”

齐晗往前跑，躲开了我的攻击。

我一路团雪球一路追，一边追一边朝他身上扔：“如果我今天没问，你打算这辈子什么时候说？”

齐晗跑到很远的前方，在冬樱树下停住脚。

我看见他仰起头，对着满树樱花笑弯了眼，嘴里哈出一口白气。

“小野……会一直被哥保护的。”

“你闭嘴！”

我在他身后冲他大叫，举起雪朝他冲去，“不许说！”

耳边的风声里有齐晗多年难得一闻的开朗笑声。

图书在版编目（CIP）数据

沉火不眠 / 诗无茶 著.
—武汉：长江出版社，2023.9
ISBN 978-7-5492-8953-0
Ⅰ. ①沉… Ⅱ. ①诗… Ⅲ. ①长篇小说－中国－当代
Ⅳ. ①I247.5
中国版本图书馆CIP数据核字(2023)第127582号

沉火不眠 / 诗无茶 著

出　　版　长江出版社
（武汉市解放大道1863号　邮政编码：430010）
选题策划　漫娱图书 聂紫绚
市场发行　长江出版社发行部
网　　址　http://www.cjpress.com.cn
责任编辑　李剑月
特约编辑　李苗苗
总 策 划　幸运鹅工作室
装帧设计　肖亦冰
印　　刷　武汉市卓源印务有限公司
版　　次　2023年9月第1版
印　　次　2025年5月第4次印刷
开本　889mm×1230mm　1/32
印张　8.25
字数　219千字
书号　ISBN 978-7-5492-8953-0
定价　39.80元

电话：027-82926557（总编室）　027-82926806（市场营销部）